El Mapa del Creador

El Mapa del Creador

Emilio Calderón

Rocaeditorial

© Emilio Calderón, 2006

Primera edición: octubre de 2006

© de esta edición: Roca Editorial de Libros, S.L.
Marquès de l'Argentera, 17. Pral. 1.ª
08003 Barcelona.
correo@rocaeditorial.com
www.rocaeditorial.com

Impreso por EGEDSA
Rois de Corella, 12-16, nave 1
08205 Sabadell (Barcelona)

ISBN 10: 84-96544-61-3
ISBN 13: 978-84-96544-61-1
Depósito legal: B. 38.154-2006

Al verdadero José María Hurtado de Mendoza,
por prestarme su nombre y sus conocimientos
sobre la arquitectura fascista. A María Jesús
Blasco, que me habló del cementerio
protestante de Roma y del estilo «Liberty».
Y, por supuesto, al fantasma de Beatrice Cenci,
que una calurosa noche del mes de junio
me susurró esta historia en el estudio 18
de la Academia de España en Roma.

Algunos sueñan que son ellos quienes hacen la Historia, y está la vida, que oye otra historia.

WOLFANG RIEBERMAN

PRIMERA PARTE

1

Cuando ese día de octubre de 1952 leí en los periódicos que el príncipe Junio Valerio Cima Vivarini había muerto decapitado en el glaciar Schleigeiss, al pie del monte Hochfeiler, un remoto paraje de los Alpes austriacos, sentí alivio y preocupación al mismo tiempo. Consuelo porque con su muerte acababa para mí la segunda guerra mundial, a pesar de que Europa ya llevaba varios años tratando de reconstruirse a sí misma; inquietud porque la última vez que Junio conversó con Montse, mi mujer, allá por el mes de marzo de 1950, le confesó que en caso de morir violentamente recibiríamos ciertos documentos con sus correspondientes instrucciones. Y cuando Montse le preguntó a qué documentos se refería, Junio se limitó a responderle que se trataba de un secreto que no podía desvelar «por nuestra propia seguridad». Puesto que la guerra había terminado hacía más de siete años, y dado que Junio había sido un entusiasta defensor del Tercer Reich, lo último que deseábamos era vernos involucrados en sus asuntos. Al margen de las implicaciones personales que podía acarrearnos su muerte, la desaparición de Junio había tenido una repercusión enorme en todos los medios de comunicación, no sólo por tratarse de un personaje controvertido, sino por el hecho de que otro hombre, un tal Emmanuel Werba, había fallecido pocos meses antes en el mismo lugar y en las mismas circunstancias. Las decapitaciones de Junio y del señor Werba, por tanto, habían reavivado la leyenda que aseguraba que los nazis ocultaban toda clase de tesoros en los Alpes bávaros, en cantidad suficiente como para poner en marcha el IV Reich. Esos tesoros estarían custodiados por miembros de un cuerpo de elite de

las SS, fieles seguidores de las creencias esotéricas del Reichsführer, Heinrich Himmler.

A los nombres de Junio y del señor Werba, había que añadir los de los alpinistas Helmut Mayer y Ludwig Pichler, cuyos
cadáveres también habían aparecido mutilados en la misma región. Según contaban los periódicos, en una mina del Alt Aus-
see se había descubierto una galería subterránea repleta de obras
de arte provenientes de toda Europa: 6.577 pinturas, 230 acua-
relas y dibujos, 954 grabados y bosquejos, 137 esculturas, 78 muebles, 122 tapices y 1.500 cajas de libros. Había obras de los hermanos Van Eyck, de Vermeer, de Brueghel, de Rembrandt, de
Halls, de Rubens, de Tiziano, de Tintoretto, y de otros muchos
maestros de la pintura universal. Además, en la localidad de
Redl-Zif, un soldado norteamericano había encontrado jo-
yas, oro y seiscientos millones de libras esterlinas falsas, escondidas en cofres y graneros, con las que los alemanes pretendían colapsar la economía de Gran Bretaña de haber durado la
guerra más tiempo. El plan, bautizado como «Operación Bern-
hard», había sido concebido por el comandante de las SS Alfred
Naujocks, y fue ratificado por el propio Hitler. En julio de 1944,
los nazis tenían preparados cuatrocientos mil billetes falsos, que
pensaban arrojar desde las bodegas de sus aviones sobre suelo
inglés. Una medida que hubiera provocado inevitablemente la
devaluación de la libra esterlina y el consiguiente caos en la economía británica. Imprevistos posteriores (a esas alturas de la
guerra la Luftwaffe no podía dedicar ninguno de sus aviones a
otro menester que no fuera la defensa del espacio aéreo alemán) frenaron la operación, y el dinero fue escondido en Austria, donde se perdió su rastro. De modo que las muertes de
Junio y del señor Werba podían interpretarse como una adver-
tencia para aquellos que cayeran en la tentación de buscar los
tesoros nazis que aún quedaban por descubrir.

Cuando terminé de leer la prensa, comencé a recordar con
nitidez hechos acaecidos quince años atrás.

2

*T*odo comenzó a finales del mes de septiembre de 1937, después de que don José Olarra, en su condición de secretario de la Academia Española de Historia, Arqueología y Bellas Artes en Roma, decidiera subastar un cuadro del pintor Moreno Carbonero, con el fin de recaudar fondos para el bando nacional. El adjudicatario de la subasta resultó ser un político alemán residente en Milán.

Por aquel entonces, la guerra civil española ya había cumplido su primer año, y la vida en Roma se había ido complicando con el transcurrir de los meses. Desde un primer momento, la embajada de España ante el Quirinal se puso del lado de los alzados. El director de la Academia nombrado por la República fue cesado fulminantemente, y el secretario quedó como responsable máximo de la institución. El hecho de que resultara extremadamente difícil y peligroso el viaje desde Roma a España, fue la excusa para que nos fuera concedida una prórroga de nuestras pensiones a los cuatro pensionados que por entonces permanecíamos en la Academia. José Ignacio Hervada, José Muñoz Molleda y Enrique Pérez Comendador, al que acompañaba su esposa, Magdalena Lerroux, comulgaban con las ideas del bando nacional; yo, en cambio, no sentía inclinación política por ninguno de los dos bandos. En compañía, pues, del secretario Olarra y de su familia, y del mayordomo de la casa, un italiano llamado Cesare Fontana, pasamos los primeros meses de la contienda.

Dada la falta de noticias de primera mano, y en aprovechamiento de la privilegiada situación topográfica de la Academia, que coronaba el monte Áureo, la embajada decidió instalar una estación de radiotelegrafía en una de las terrazas a finales de 1936, en la que trabajaban tres técnicos las veinticuatro horas del día.

Con el inicio del nuevo año, llegaron a la Academia quince familias catalanas que habían huido de Barcelona por su afinidad con los sublevados; burgueses que temían represalias de las autoridades republicanas y de las hordas anarquistas. Así las cosas, en febrero de 1937 vivíamos en la Academia Española de Roma más de cincuenta personas, entre pensionados, personal de la casa, militares y «prófugos» (el término lo acuñó el propio Olarra para referirse a los exiliados catalanes en los informes que la embajada de España ante el Quirinal le demandaba). Obviamente, la escasez de medios materiales se agudizó, y antes de que terminara el invierno vivíamos rodeados por el frío y el hambre.

Una vez que el secretario Olarra abrió la veda de las subastas, los pensionados, apoyados por el grueso de los «prófugos», pensamos en la posibilidad de enajenar algunos bienes de la casa que nos proporcionaran dinero en efectivo. El propio secretario Olarra, ante la situación de necesidad extrema que atravesábamos, tuvo que mirar para otro lado y hacer la vista gorda. Al principio, nos conformamos con vender toda clase de muebles, pero luego pensamos que la madera podría servirnos como material de combustión cuando arreciara el frío, y centramos nuestro objetivo en los libros. Si había algo valioso en la Academia, era su biblioteca, dotada con numerosos ejemplares de la época de su fundación, allá por 1881, y hasta alguno de los siglos anteriores, herencia de los monjes que habían habitado el edificio desde el siglo XVI. Como Magdalena Lerroux, la mujer del pensionado Pérez Comendador, conocía una *antica libreria* en la Via dell' Anima, decidimos hacer un lote y probar fortuna.

La encargada de la selección fue Montserrat, una joven «prófuga» que había decidido poner en orden la biblioteca sin que nadie se lo hubiera pedido, por puro entretenimiento. Siempre vestida con una camisa y una falda larga de blanco roto, y un pañuelo del mismo color cubriéndole la cabeza, Montserrat, Montse, parecía más una enfermera que una bibliotecaria vo-

16

cacional. En algunos casos incluso su comportamiento era parecido al de una novicia, pues hablaba poco y con cautela, sobre todo si había personas mayores a su alrededor. Al cabo de las semanas, Montse me confesó que tanto el atuendo como la actitud habían sido obra de su padre, para que pasara desapercibida. Pero a Montse la delataban sus hermosos ojos verdes, su blanca piel de mármol de Carrara, su largo cuello de una delicadeza incomparable, su figura esbelta y su caminar pausado y elegante. Una clase de belleza que ningún disfraz podía ocultar y que dejaba perplejos a los hombres.

Pérez Comendador echó a suertes quién de los pensionados debía acompañar a la «prófuga» hasta la librería para negociar un trato beneficioso.

—Te ha tocado, José María —dijo.

Cualquier actividad que sirviera para romper con la rutina, que en nuestro caso consistía en estar pendientes en todo momento de las noticias que llegaban de España a través de la estación de radiotelegrafía, era bienvenida, así que no puse reparos. He de reconocer, además, que Montse me había atraído desde el primer día, tal vez porque veía en su belleza una forma de salvación, una manera de librar mis pensamientos del cataclismo de la guerra.

—¿Y cuánto dinero he de pedir? —pregunté, dado mi desconocimiento del mundo de los negocios.

—El doble de lo que te ofrezcan, de esa manera podrás rebajar tus pretensiones hasta una cifra intermedia que esté entre lo que pides y lo que te ofrecen —observó Pérez Comendador, a quien la vida de casado le hacía mantenerse alerta con los números.

Como cualquier escolar enamorado que se dispone a pasear en compañía de su amada, me hice cargo de los libros, y Montse tomó la iniciativa. Descendimos por el fresco y frondoso jardín de la Academia y salimos a la Via Garibaldi por la «puerta prohibida», llamada así porque la policía de Mussolini había ordenado clausurarla, al parecer, por el trasiego de anarquistas y mujeres de vida ligera que la utilizaban para entrar y salir por las noches. Los supuestos anarquistas no eran otros que los propios pensionados, pintores y escultores en su mayoría, y las fulanas sus modelos. A la espera de que la orden se llevara a término, seguíamos utilizando aquella puerta, más cómoda que la que daba a la escalinata de San Pietro in Montorio, demasiado fatigosa por su gran pendiente.

Una vez a cielo abierto, el sol nos recordó que todavía estábamos en verano, un estío canicular y húmedo como todos los de Roma. Tan sólo la presencia de unas nubes grises sobre las colinas Albanas anunciaba la inminente llegada del otoño. El blanco roto de las vestimentas de Montse me hizo pensar en un ángel, y el contoneo de sus caderas en un demonio. Creo que fue ese detalle, descubrir que su comportamiento en la Academia no era más que una impostura calculada, lo que llamó mi atención. Incluso me atrevería a asegurar que el amor que más tarde llegué a sentir por ella, germinó en esos instantes.

—¿Sabes ir? —me preguntó con un tono de voz que denotaba que había dejado su pudor dentro de los muros de la Academia.

—Sí, no te preocupes.

—Este empedrado es imposible —dijo refiriéndose al adoquinado que cubría casi todas las calles de la ciudad.

Entonces me di cuenta de que Montse se había calzado unos zapatos de tacón de aguja, como los que se hubiera puesto para ir a bailar con su novio.

—Con esos tacones corres el riesgo de torcerte un tobillo —observé.

—He pensado que me daban un aspecto más serio y formal, y mi padre siempre dice que en los negocios lo más importante es la seriedad y la formalidad.

Y también en la vida cotidiana, pensé, recordando el sempiterno gesto adusto y severo del señor Fábregas, el padre de Montse, un industrial textil con fábrica en Sabadell atormentado por lo que había ocurrido en Barcelona. Siempre llevaba consigo el recorte de un periodista británico llamado George Orwell, hombre de ideas izquierdistas afín a la causa del Frente Popular, que había escrito que llegar a la ciudad condal era algo así como desembarcar en un continente diferente en el que daba la sensación de que las clases adineradas habían dejado de existir, el tratamiento de «usted» había desaparecido y el sombrero y la corbata eran consideradas prendas fascistas. Si alguien le preguntaba por los motivos de su forzado exilio, el señor Fábregas recurría al artículo de marras, que leía con voz alta y clara. Y en el supuesto de que su interlocutor acusara a Franco de haber roto la legalidad vigente, el señor Fábregas mostraba otro recorte de prensa, en esta ocasión del diario independentista catalán *La Nació*, fechado el 9 de junio de 1934, donde había subrayado el siguiente párrafo: «Nosotros no hemos querido pactar nunca con el Estado español porque nos ofende el olor a gitano»; tras lo cual añadía: «Aquí tiene la profecía de la guerra. Aquí tiene la respuesta a por qué Franco decidió romper la baraja: los jugadores eran desleales y anidaban bajos instintos». Ahora, desde la distancia, se dedicaba a recaudar fondos para que Cataluña fuera liberada de la anarquía bolchevique, según sus palabras.

—¿Te gusta Roma? —le pregunté a continuación para romper el hielo.

—Los edificios me gustan más que los de Barcelona; en cambio, prefiero las calles de Barcelona. Las calles de Roma son como las del Chino, pero con palacios. ¡Y qué palacios! Y a ti, ¿te gusta Roma?

—Pienso vivir aquí toda mi vida —respondí categóricamente.

Pese a que se trataba de una idea que llevaba rondándome la cabeza desde hacía varios meses, era la primera vez que la manifestaba a viva voz.

—¿Como pensionado en la Academia? —se interesó Montse.

—No, cuando termine la guerra se habrá acabado también la Academia. Pienso abrir un estudio de arquitectura.

Curiosamente, había sido Valle-Inclán, en su condición de director de la Academia, quien me había invitado para que estudiara la arquitectura fascista, por si algo de ella se pudiera aprovechar para nuestra República. Ahora él había muerto en su Galicia natal, y la República estaba a punto de desmoronarse como un edificio mal construido. Gracias al objeto de mi estudio, el secretario Olarra no recelaba de mí, al menos abiertamente, puesto que entre sus misiones se encontraba la delación, informar a la embajada sobre aquellas personas cuyas ideas políticas o cuyo comportamiento resultara sospechoso.

—¿Por qué no quieres regresar a España? Yo estoy deseando volver a Barcelona. Además, si algo va a hacer falta en España cuando acabe la guerra, son arquitectos.

Montse tenía razón. En caso de ganar la guerra, Franco iba a necesitar arquitectos que conocieran a fondo la arquitectura fascista. Pero una cosa era lo que Franco fuera a necesitar, y otra muy distinta lo que yo deseaba.

—No tengo familia, así que nadie me espera en España —reconocí.

Montse me escrutó con una mirada que demandaba una información más prolija.

—Mis padres murieron, y también mis abuelos. Y soy hijo único.

—Tendrás algún tío, algún primo…, todo el mundo tiene primos.

—Tíos y primos sí que tengo, pero viven en Santander y nunca les he tratado. A mis tíos les he visto un par de veces en Madrid, cuando vinieron para hablar de la herencia de mis abuelos. Pero las cosas se torcieron, y la relación entre mis padres y mis tíos quedó dañada. En cuanto a mis primos, son unos extraños para mí…

—La familia es como un país en pequeño, en el que también caben los traidores —soltó Montse, al tiempo que suspiraba.

En esa ocasión fui yo quien la miró sin ocultar cierta sorpresa.

—Es una frase de mi padre. Mi tío Jaime es rojo. Nos ha prohibido mencionar su nombre —añadió.

—Pero tú acabas de hacerlo —observé.

—Porque no estoy dispuesta a que mi padre y mi tío acaben como Caín y Abel.

Estuve a punto de preguntarle a cuál de los dos le asignaba el papel de Caín y a quién el de Abel, pero al final no lo hice por temor a dar pie a una discusión de resultado incierto. Si algo había aprendido en los últimos meses, era que en tiempos de guerra las palabras a menudo provocaban malentendidos o incluso actos violentos.

—En el fondo, tu padre tiene razón. Los países son como las familias. Una vez que sus miembros se declaran la guerra lo único que les importa es que la correlación de fuerzas les sea favorable, sin tener en cuenta el daño que se infligen —añadí. Cruzamos el Tíber por el Ponte Sisto tapándonos la nariz con las manos para no tener que respirar el aroma untuoso y pútrido que emanaba de las aguas. El río parecía una cicatriz purulenta sobre la faz de la ciudad. Alguien había pintado unas fasces en uno de los extremos del puente, la segur en un hacecillo de varas que era el distintivo de los cónsules y lictores de la antigua Roma, y que Mussolini había recuperado como insignia de su movimiento.

En la Piazza Navona, a la altura de la Fontana dei Fiumi, Montse se refirió a la leyenda que arrastraba la fuente más famosa de Bernini.

—Dicen que los colosos que representan al Nilo y al Río de la Plata vuelven la cabeza para no tener que ver la iglesia de Sant'-Agnese in Agone, de Borromini, ya que la enemistad entre ambos artistas era proverbial.

—Todo el mundo cuenta la misma historia, pero es falsa —dije—. La fuente se construyó antes que la iglesia. La estatua que simboliza al Nilo tiene la cara tapada porque entonces se ignoraba dónde estaba su nacimiento. Roma está llena de leyendas que lo único que pretenden es engrandecer aún más su historia. Es como si la vieja ciudad dudara de su belleza y hubiera encontrado en el pábulo un alimento para sobrevivir, un método de rejuvenecimiento.

En la librería, un pequeño y vetusto local recubierto de estanterías repletas de libros antiguos de lance y de grabados de las famosas *Vedute di Roma* de Piranesi, nos atendió un hombre de unos cincuenta años, de aspecto inflamado y color sanguíneo: cara gruesa y redonda, mejillas al rojo vivo, ojos abultados inyectados en sangre, nariz ganchuda y labios voluptuosos.

—Me llamo Marcello Tasso —se presentó—. Imagino que venís de parte de la señora de Pérez Comendador. Os estaba esperando.

Observamos que debajo del mostrador había una mesita de madera taraceada, sobre la que descansaba un libro antiguo

21

abierto de par en par, y unos cuantos objetos metálicos que asemejaban alguna clase de instrumental médico. La visión nos causó tanta sorpresa que el señor Tasso se vio en la obligación de darnos una explicación:

—Además de comprar y vender libros, también los restauro o incluso los recupero para la vida —añadió—. Muchos clientes me llaman el médico de libros de Roma, y eso me llena de orgullo. Estoy pensando en la posibilidad de abrir un museo de libros maltratados, en el que mostrar que el mayor peligro para el libro no son los insectos, el fuego, la luz del sol, la humedad o el paso del tiempo, sino el hombre. Algo sin duda paradójico teniendo en cuenta que es el hombre su artífice. Es lo mismo que decir que el mayor peligro para el hombre es Dios, su creador... Aunque cabe la posibilidad de que Dios deplore al hombre en la misma medida en que éste deplora los libros... Pero estaremos más cómodos en mi despacho. Seguidme.

Y antes de que pudiera siquiera darme cuenta, el señor Tasso me había arrebatado los libros que yo llevaba, en un claro signo de que aquéllos eran sus dominios.

No sé por qué, pero el olor a papel rancio y apolillado que se respiraba en la librería, amén del entusiasmo de su propietario, me hizo sentir seguro. Era como volver a los años anteriores a la guerra, como entrar en un mundo en el que no había lugar para las confrontaciones. Sin embargo, en cuanto puse los pies en el despacho, me sentí repelido por la colección de grabados que colgaba de las paredes. Se trataba de la serie titulada *Carceri d'invenzione* (*Cárceles de invención*), dieciséis aguafuertes firmados por el propio Piranesi en 1762, en los que el autor recreaba una arquitectura irreal de pasadizos y escaleras que conducían a un mundo subterráneo y angustioso, tal vez el Averno. Una obra ejecutada en pleno Siglo de las Luces en la que predominaban las sombras y los claroscuros. En una de las láminas leí una frase del historiador Tito Livio que hacía alusión a Ancus Marcius, el primer rey que ordenó construir una cárcel en Roma:

Ad terrores increscentis audacie

—¿Te gustan las «cárceles» de Piranesi? —me preguntó el señor Tasso, tras comprobar que mi vista se había sentido atraída por aquellas estampas.

—No mucho. Resultan demasiado sombrías —respondí.

—Lo son. En las cárceles de Piranesi vemos todo aquello que encadena a los seres humanos: el miedo y el tormento de sabernos mortales; la enormidad del espacio que nos recuerda nuestra propia pequeñez; el hombre convertido en Sísifo, consciente de que el combate con la vida está perdido... Pero, por favor, acomodaos.

Como las dos butacas dispuestas para las visitas estaban ocupadas por columnas de libros polvorientos, tuvimos que permanecer de pie.

—¿Os apetece beber algo? —nos ofreció a continuación.

Montse y yo negamos con la cabeza, a pesar de que ambos teníamos la garganta seca por el paseo y la excitación del momento.

—Veamos qué me traéis.

El señor Tasso escrutó la mercancía con sumo cuidado, pero con la diligencia de quien sabe lo que se trae entre manos. De un vistazo revisó las cubiertas, los índices, la calidad del papel y comprobó el estado de la encuadernación de cada uno de los ejemplares.

—¿De dónde habéis sacado este libro? —preguntó por fin, al tiempo que mostraba una de las obras y mantenía enarcadas las cejas.

—Todos proceden de la biblioteca de la Academia Española —observó Montse, empleando un italiano tan correcto que me sorprendió.

El señor Tasso se tomó unos segundos antes de añadir:

—Se trata de un libro de mucho valor. ¿Habéis oído hablar de Pierus Valerianus?

Montse y yo volvimos a negar con la cabeza.

—Fue Protonotario Apostólico del papa Clemente VII. Escribió una obra titulada *Los jeroglíficos, o un comentario sobre las letras sagradas de los egipcios y otros pueblos.* Se imprimió por primera vez en 1556, en Basilea, y el libro constaba de cincuenta y ocho capítulos. Valerianus fue uno de los primeros escritores que trataron de desvelar el significado de los jeroglíficos egipcios, haciendo hincapié en las verdades del simbolismo animal en conexión con la historia natural. Una labor ciertamente difícil teniendo en cuenta que la Contrarreforma estaba en pleno apogeo.

—¿Y bien? —dijo Montse.

—El ejemplar que me habéis traído pertenece a esa primera edición, la de 1556.

—Entonces, le interesa —di por sentado.

El señor Tasso esbozó una amplia sonrisa, que dejó a la vista una lengua de un intenso color carmesí.

—Digamos que tengo un comprador para este libro, alguien que estaría dispuesto a pagar una suma interesante por él.

—¿Y qué hay del resto del lote? —planteé, dispuesto a llevar el negocio hasta sus últimas consecuencias.

—El resto os lo compro yo. Ahora que España está en guerra, el interés por la literatura española ha aumentado entre los lectores italianos. En cuanto al Valerianus, volved mañana a la misma hora.

Cerrado el trato y con el dinero en la mano, recuperé el valioso libro y nos dispusimos a abandonar el local.

—Será mejor que el libro se quede aquí, entre libros. Yo sabré cuidar de él —propuso el señor Tasso.

Miré al librero con desconfianza, pero al cabo comprendí que tenía razón. Después de todo, su negocio estaría en el mismo lugar al día siguiente, tal y como había ocurrido durante los últimos treinta años.

—De acuerdo, pero hágame un recibo de lo que le entrego. Y prométame que en el supuesto de que el libro sea robado o sufra algún desperfecto mientras está en sus manos, recibiremos una indemnización justa.

Yo mismo me sorprendí de mis dotes comerciales, sobre todo cuando el señor Tasso cogió pluma y papel con la intención de atender mi demanda.

—Dime tu nombre.

—José María Hurtado de Mendoza.

Cuando Montse y yo salimos a la calle, lo hicimos henchidos de orgullo y de satisfacción. Llevábamos los bolsillos llenos de dinero, y aún habría mucho más al día siguiente. Sin olvidar los libros que quedaban en la Academia. Con un poco de suerte, pasaríamos calientes y bien comidos el invierno que se avecinaba. Lo que ninguno pudo siquiera imaginar era lo mucho que estaban a punto de cambiar nuestras vidas.

3

*E*l insomnio me arrojó de la cama a eso de la medianoche. Decidí subir a la terraza para conocer las últimas noticias llegadas de España. Claro que se trataba de una información que previamente pasaba por el tamiz de la censura. El secretario Olarra, ejerciendo de comisario político, se encargaba de trasladarnos los éxitos de las tropas sublevadas, a la vez que criticaba sin reparos el espíritu de la República y desdeñaba el comportamiento de los soldados que la defendían, a los que llamaba despectivamente «chusma sin rostro».

Rubiños, el más joven de los tres radiotelegrafistas, hacía guardia con los auriculares cubriéndole las orejas y los ojos cerrados. Con la mano derecha sujetaba un lápiz, y con la izquierda un pequeño cuaderno de notas, en el que tenía que apuntar las comunicaciones que se recibían desde la Península. Por la expresión de su gesto, se diría que estaba en estado de duermevela, a punto de caer en los brazos de Morfeo.

—¿Alguna novedad? —me interesé.

Rubiños saltó de la silla como una liebre que hubiese sido pillada durmiendo en su madriguera por el cazador. Su cabello rubio, frágil y quebradizo, se había arremolinado en torno a la coronilla, en tanto que sus ojos azules giraron dentro de las órbitas buscando el lugar exacto desde el que mirarme.

—Ninguna en especial, mi pensionado, salvo que los rojos siguen matando religiosos a base de hacerles comer crucifijos y cuentas de rosario. A una monja le han cortado las tetas y abandonado su cadáver en la playa de Sitges; y en Madrid están arrojando a los curas a la jaula de los leones de la casa de fieras, como hacían los antiguos romanos con los cristianos…

Rubiños era uno de esos jóvenes que no se callan nada y disfrutan regodeándose de los detalles escabrosos, como si la crueldad del adversario le sirviera para reafirmar sus propias convicciones.

—No es necesario que abunde en los detalles, Rubiños.

—¿Le apetece un pitillo? —me ofreció—. Es tabaco de picadura del monopolio italiano. Peor que el caldo de gallina que fumaba en mi Galicia natal. Mi padre dice que para hacer la guerra es necesario tener dos brazos, dos piernas, un par de cojones, buen tabaco y buen café. Si el tabaco y el café son malos, entonces cunde la desmoralización entre la tropa.

Era curioso que Rubiños hablara como si el frente estuviera al otro lado del Tíber y no a dos mil kilómetros de distancia. Yo, en cambio, era incapaz de vivir la guerra en primera persona.

—No fumo, gracias.

—¿Es verdad que han vendido media docena de libros por un buen pico? —se interesó.

Una bocanada de aire cálido y denso con sabor a humedad, mezclado con el aroma dulce del pitillo de Rubiños, se abrió paso hasta mis pulmones.

—Más o menos —respondí lacónico.

—Mi padre siempre dice que las cosas más valiosas son las que menos valor aparentan. Los libros, por ejemplo.

Me acordé de Montse. La imaginé durmiendo, ocultando su belleza debajo de las sábanas raídas de la Academia. Claro que tal vez también en eso desobedecía a su padre. Quizá dormía enseñándole las piernas o los brazos al sueño, con los pechos enmarcados por el embozo. De pronto me asaltó el deseo de abrazarla, de poseerla, de hacerla mía. Incluso se me erizó el vello, como si de verdad hubiera notado el roce de su cuerpo. Fue tan sólo un instante, pero me turbó hasta el punto de hacerme sentir vergüenza.

—Tu padre tiene razón. Si la gente leyera más, no estarían las cosas como están —observé.

Rubiños me miró con una expresión que ponía de manifiesto que no sabía qué sentido darle a mis palabras.

—Ahora tengo que ocuparme del radiotelégrafo, discúlpeme, mi pensionado —concluyó.

Todo intento por explicarle a Rubiños que ser pensionado no llevaba aparejado ningún rango militar o académico había resultado inútil. En eso era igual de ceremonioso que los romanos, que llamaban a todo el mundo «doctor», «ingeniero», «profesor» o incluso «comendador», con independencia del título que uno poseyera.

Luego me acerqué al pretil para contemplar la vista de Roma. La ciudad dormía un sueño plácido y oscuro, sólo interrumpido por el ruido de algún lejano motor y por la tenue luz ambarina de algunas farolas. Cuando mis ojos se hubieron adaptado a la oscuridad, se perfilaron ante mí un sinfín de cúpulas y torres de aspecto espectral. Comencé a enumerarlas de derecha a izquierda, siguiendo la costumbre siempre que subía a aquella terraza: Santi Bonifacio e Alesio, Santa Sabina, Santa Maria in Cosmedin, Il Palatino, San Giovanni in Laterano, Il Vittoriano, Il Gesù, Sant'Andrea della Valle, il Pantheon, Sant'Ivo alla Sapienza, Trinità dei Monti, Villa Medici, y por último San Pietro. Ninguna vista de Roma era comparable a la que se divisaba desde la terraza de la Academia Española. Incluso Stendhal había escrito que se trataba de un lugar único en el mundo. Uno tenía la sensación de estar contemplando la ciudad desde una nube, por encima de sus habitantes, de sus edificios e incluso de su propia historia. En los días claros, se columbraban las colinas Albanas y Castel Gandolfo, la residencia veraniega de los papas, detrás del perfil nítido y majestuoso de la ciudad. Las cúpulas refulgían bruñidas por los rayos solares y el negro adoquinado de las calles se teñía de una luz blanca y lechosa. En los días de tormenta, en cambio, las nubes bajas extendían un velo gris sobre la ciudad —a veces no eran más que jirones de brumas que alcanzaban a tocar con sus dedos cúpulas y torreones—, que adquiría un aspecto etéreo, irreal. Pero por buena que fuera la vista, por bueno o malo que resultara el día, lo que no se percibía por ninguna parte era el sueño de Mussolini de la nueva Roma, una ciudad vasta, ordenada y potente, como lo fuera en los tiempos del primer imperio de Augusto. La orden que el Duce había trasladado a arquitectos, urbanistas y arqueólogos era la de «liberar el tronco del gran roble (Roma) de todo aquello que lo escondía, de todo aquello que había crecido en los siglos de decadencia». Era cierto que el centro histórico se había descongestionado con la apertura de la Via dei Fori Imperiali, de la Via della Consolazione, de la Via del Teatro Marcello y del Corso del Rinascimento, y que estaban en marcha proyectos interesantes como el Palazzo Littorio o el aislamiento del mausoleo de Augusto, obra del arquitecto Antonio Muñoz, pero aún faltaba mucho para que Roma pudiera parecer una urbe moderna.

Al girarme para regresar a mi estudio, me encontré con otra figura espectral e imponente, la del secretario Olarra; un hombre lúgubre y espigado como un ciprés de cementerio. Me observaba fijamente, en silencio.

—¿Qué haces aquí arriba? —me interrogó cuando se sintió descubierto.

Olarra recelaba de todos los que subían a la estación de radiotelegrafía, por temor a que fueran espías de la República. Además, empleaba un lenguaje desmesurado con la intención de intimidar a su interlocutor, pues en el fondo no se fiaba de nadie. Aquel Olarra desconfiado y vehemente defensor de las abstrusas teorías morales, sociales y políticas del fascismo, poco se parecía al Olarra que dos años y medio atrás había trabajado codo con codo con Valle-Inclán, cuando la República era todavía un hermoso proyecto de futuro, «la niña bonita de los españoles», como la llamó Salvador de Madariaga.

—No podía dormir —respondí.

—Las personas que duermen mal parecen ser más o menos culpables, porque confieren presencia a la noche.

—No soy culpable de nada —le espeté.

—Entonces tal vez tengas un problema de conciencia —sugirió a continuación.

Para Olarra el único estado de ánimo posible era el del triunfalismo, pues sólo mostrando un desbordante optimismo se podía alcanzar la meta de restituir el orden y la moral tradicional en España. Mostrarse reservado o taciturno era síntoma de debilidad, de falta de fe en la causa. En el fondo, el ardor guerrero que Olarra propugnaba era simple desmesura, como si el entusiasmo exagerado fuera el máximo exponente de las ideas que defendía. Y en el fondo, así era. Él era más fuerte que sus ideas.

29

—Un problema de calor —reconocí.

—Mañana entra el otoño, así que pronto comenzarán las lluvias y descenderán las temperaturas. Y lo mejor de todo, este año no habrá invierno. En tres o cuatro semanas habrá llegado la primavera. Franco se está comiendo la Península a bocados. Asturias está a punto de caer, y cuando eso ocurra el frente norte estará en manos de las tropas nacionales. Y sin industria pesada y de armamento que está en el norte, la República está perdida. El siguiente paso es hacer la tenaza sobre Madrid con el ejército de Queipo de Llano. Creo que ya es hora de que le des un empujón a tu trabajo, porque pronto, muy pronto, la patria requerirá nuestros servicios.

A veces me preguntaba dónde había aprendido a hablar de aquella forma tan vacua y demagógica, pero sólo tenía que mirar a mi alrededor para comprender que Olarra era un digno hijo de su tiempo. Bastaba con echarle un vistazo a los vestíbulos, pasillos y despachos surgidos de la mayestática arquitectura impulsada por Mussolini, para darse cuenta de que era necesario emplear una oratoria grandilocuente y subida de tono para llenarlos con la voz.

—En cualquier caso, aunque no vaya a haber invierno, creo que deberíamos seguir vendiendo libros, para cubrirnos las espaldas —sugerí, pues la prensa italiana aseguraba que las tres batallas libradas hasta el momento en las cercanías de Madrid habían provocado el desgaste y agotamiento de los contendientes—. Al parecer, los libros españoles están de moda en Italia.

—Gracias a nuestra cruzada. ¡Dios bendiga al Caudillo! ¡Dios bendiga al Duce! Y ahora vuelve a la cama, no me vayas a asustar a las damas.

—¿Y usted, no duerme? —le pregunté.

—¿Dormir yo? ¿Con la que está cayendo? Soy el capitán de un barco que navega inmerso en un temporal, de modo que de dormir nada de nada. Además, por si no tuviera bastantes preocupaciones, ando empeñado en traducir al castellano las reglas de catalogación de la Biblioteca Vaticana, que a día de hoy son un verdadero un galimatías.

Diplomado *cum laude* por la Escuela de Biblioteconomía de la Vaticana, el secretario Olarra se dedicaba a refundir los tratados existentes en un único texto en castellano, que sirviera para catalogar las ingentes colecciones de la Biblioteca Apostólica Vaticana. Una labor que le había ocupado los últimos años y que, paradójicamente, había provocado que descuidara la catalogación de la biblioteca de la Academia. Aunque ahora que Olarra contaba con la ayuda de Montse, las cosas habían comenzado a enderezarse.

4

$\mathcal{M}$ontse arrancó a andar sin saber que iba a reunirse con su destino. En cuanto sus pies pisaron la Via Garibaldi volvió a convertirse en la joven vitalista y descarada de la víspera. Percibí que se había perfumado más de la cuenta, y pensé que tal vez lo había hecho pensando en mí. Un síntoma evidente de que había empezado a interesarme. Luego comenzó a hablarme con una curiosidad cada vez más creciente, que yo trataba de corresponder en la misma medida preguntándole por su vida en Barcelona y sus planes de futuro, hasta que me soltó de sopetón:

—En cuanto te hagan entrega del dinero, me lo das para que lo esconda.

La cara de sorpresa que puse le obligó a añadir:

—Me he puesto una faltriquera para la ocasión.

—¿Acaso desconfías de mí? —le pregunté.

—Vamos a ver, ¿tú eres un artista o un intelectual?

Si Montse tenía una virtud que destacaba sobre las demás, era su capacidad para abordar cualquier tema con absoluta naturalidad, llamando a las cosas por su nombre, sin perder jamás la sonrisa o el buen humor. No le daban miedo las palabras, y eso siempre le otorgaba una ventaja sobre su interlocutor.

—¿A qué viene esa pregunta?

—Responde —insistió.

Desde luego, nunca había pensado que tendría que pronunciarme sobre una cuestión tan imprecisa y subjetiva como ésa.

—¿Un artista? —dejé caer con toda clase de reservas.

—Pues los artistas suelen ser negados para los negocios —sentenció.

—¿Y qué hubieras dicho si me hubiera decantado por la otra opción? —me interesé movido por la curiosidad.

—Lo mismo. También los intelectuales son unos ineptos para asuntos de dinero.

Me sorprendió el aplomo de su discurso, segura como estaba de los estrechos vínculos que unían a su familia con el mundo de la empresa. Posiblemente le había oído repetir a su padre ese discurso burgués que divide a las personas según el carácter práctico de las actividades que desarrollan.

—Me temo que también lo son las jóvenes de veinte años de la burguesía catalana —le repliqué.

—El 11 de enero cumplo veintiuno, y desde los dieciocho ayudo a mi padre en la oficina. He estudiado taquigrafía, sé lo que es un asiento contable, sé rellenar un formulario para importar o exportar bienes de consumo, sé lo que es el debe y el haber, y hablo cinco idiomas: inglés, francés, italiano, catalán y castellano.

El alarde me dejó sin palabras.

—En el año treinta y uno, cuando se proclamó la República, mi padre y mis tíos Ernesto y Olga decidieron hacerle la vida imposible a mi tío Jaime, el innombrable, porque se había pasado al Frente Popular y andaba metido en no se qué clase de líos político-financieros —prosiguió—. Tras una dura batalla legal que duró más de dos años y medio, consiguieron echarlo del negocio familiar, con la resultante ruina de mi tío. Así las cosas, se vio obligado a vender un reloj de oro que había heredado de mi abuelo para poder sobrevivir. Media hora después de cerrar la operación, dos desconocidos le propinaron una soberana paliza y le robaron el dinero a trescientos metros de la joyería. Estuvo a punto de morir. Yo fui la única que fue a visitarlo al hospital, en secreto.

A tenor de la historia que Montse acababa de contar, cabía suponer que los inductores de la paliza habían sido su padre y sus tíos, y no el joyero, pero preferí no decir nada.

—El señor Tasso no parece de esa clase de hombres —observé.

—Tú, por si acaso, entrégame el dinero en cuanto lo recibas, a ser posible sin que te vean.

En la puerta de la librería había aparcado un coche de la marca Italia, parecido al que Valle-Inclán había dejado abandonado en San Pietro in Montorio antes de regresar a España, cuya matrícula estaba compuesta por unas siglas y un número: S. M. O. M. 60. Un chófer dormitaba en su interior con una gorra de plato cubriéndole el rostro. Supuse que se trataba de un coche oficial.

—¿Nuestro comprador? Con ese coche debe de ser un pez gordo —sugirió Montse.

El pez gordo resultó ser un joven cenceño de unos treinta años, un metro ochenta y cinco de estatura, piel atezada, facciones bien proporcionadas, barbilla prominente, partida en dos en la base, ojos oscuros de mirada viva e insolente, y el cabello negro y brillante pegado al cráneo gracias a un fijador. Vestía la camisa negra y los pantalones gris tórtola de los fascistas italianos, y despedía un fuerte olor a perfume caro.

—Os presento al príncipe Junio Valerio Cima Vivarini. Se trata de un reconocido paleógrafo, y está muy interesado en adquirir vuestro libro —intervino el señor Tasso.

Que aquel príncipe fuera un afamado paleógrafo resultaba tan extravagante como si el señor Tasso lo hubiera presentado como un eficiente carnicero. En realidad, más que un príncipe de sangre azul parecía un miembro de los *principi*, la fuerza de choque que los fascistas empleaban para reventar huelgas y reprimir toda manifestación antifascista. Aunque también podía pasar por un *bullo di quartiere* o chulo de barrio, típico personaje violento y pendenciero de las comedias romanas que se caracteriza porque prefiere perder un amigo antes que una buena respuesta.

—*Piacere* —se presentó el joven, al tiempo que se cuadraba haciendo chocar ruidosamente los tacones, al más puro estilo teutón.

Jamás había presenciado una escena tan ridícula. Un príncipe paleógrafo de ideología fascista escenificando un saludo marcial en el interior de una librería repleta de libros viejos y polvorientos. Mussolini tenía razón cuando dijo que «toda la vida es gesto».

—*Piacere* —repitió Montse, al mismo tiempo que se despojaba del pañuelo que le cubría la cabeza.

Por el tono de su voz supe que la había perdido, que jamás podría competir en fascinación con aquel personaje que parecía recién salido de una opereta italiana. Aunque también sabía que deslumbrar a una persona es relativamente sencillo y llevaba tan sólo un instante. Lo verdaderamente difícil es mantener la luz encendida un largo período de tiempo sin dañar la visión de la persona que tenemos enfrente. Y Junio no parecía de la clase de hombre que sólo se preocupa por una mujer (tenía que ocuparse de tantos y tan variados asuntos que carecía de la constancia necesaria que requiere toda relación). Pasaron meses, incluso años, hasta que ambos pudimos completar el mapa de la personalidad de Junio, un ser tan extremadamente complejo que llegaba a parecer simple. El más cruel y también el más bondadoso de los hombres; el más intolerante y al mismo tiempo el más comprensivo; el más soberbio y humilde; el más fuerte y vulnerable. Y como Montse, vivía en una permanente impostura según fuera el círculo en el que le tocara desenvolverse, una suerte de disimulo que le llevó incluso a disponer de varias identidades. Ahora, con la compasión a la que estoy obligado tras conocer las dramáticas circunstancias de su muerte, diría que fue una víctima de su época. Un demente que había nacido precisamente en un momento en el que Europa se había vuelto loca.

Lo cierto era que si en un primer momento Junio me arrebató a Montse, el mundo peligroso e inaccesible que rodeaba a nuestro amigo me la fue devolviendo poco a poco. Gracias a que yo era el vínculo entre Junio y ella, acabó fijándose en mí, terminó por aceptarme. Sólo tuve que esperar. Pero vayamos por partes, porque Montse no volvió a mí de una vez, sino como la consecuencia de un naufragio cuyos objetos son devueltos por el mar a la playa en distintas ocasiones y de forma aleatoria, tras un largo proceso que sólo las corrientes marinas conocen.

—El libro vale al menos siete mil liras, pero estoy dispuesto a llegar hasta las quince mil —ofertó Junio.

La desmoralización que me había producido el comportamiento de Montse, se multiplicó cuando el joven príncipe echó por tierra la recomendación de Pérez Comendador de pedir el doble de lo que me ofrecieran para luego rebajar mis pretensiones a la mitad.

—No entiendo. Si el libro vale siete mil liras, por qué quiere pagar quince mil. Es absurdo.

Montse me dedicó una mirada feroz, de desaprobación, tal vez convencida de que ella era la causa de aquel exagerado gesto de generosidad.

—Digamos que el dinero no es un problema para mí —dijo con cierta suficiencia.

—Entonces ¿por qué no pagar dieciséis mil, o mejor aún, diecisiete mil? —insinué.

—Está bien, les daré diecisiete mil liras —accedió.

Por un momento, tuve la sensación de que estábamos manteniendo un pulso sin otro objetivo que imponer nuestros egos.

—Trato hecho —acepté.

—Están olvidando mi comisión —intervino el señor Tasso, que había permanecido a la expectativa hasta ese momento.

—¿A cuánto asciende? —preguntó el príncipe, mucho más ducho que yo en el arte de la compra y venta.

—A mil liras por cada parte.

—Me parece una cantidad justa.

Luego ambos hombres me miraron, a la espera de que me pronunciara.

—A mí también —dije por fin.

Interpreté aquella negociación como una victoria sobre Junio, y como una forma de reivindicarme delante de Montse, sin sospechar que, además del libro, también nos estaba comprando a nosotros. Pero entonces todavía era demasiado pronto, y nosotros demasiado ingenuos para darnos cuenta.

Aproveché un momento de descuido para entregarle el dinero a Montse, según su deseo. Aunque en realidad lo hice para ponerla a prueba.

—No, guárdalo tú —me dijo bajando la voz.

—¿Y si nos asaltan como a tu tío Jaime? —le recordé.

—¿Quién iba a asaltarnos, un príncipe con chófer, un Robin Hood fascista?

En las palabras de Montse había algo más que una simple dosis de ironía. Su organismo había puesto en marcha los mecanismos que hacen que una persona confíe en otra sin reservas, sin otro motivo que la atracción física. Algo que me pareció injusto por no ser yo el depositario de esa confianza. Pero por aquel entonces, Montse era demasiado joven, y en Roma había tantos príncipes destronados como gatos callejeros. Una plaga que fuimos descubriendo con el paso de los años.

5

*L*as dieciséis mil liras sólo impresionaron al secretario Olarra, que tras contar en dos ocasiones el dinero, exclamó:

—¡El Duce le daba quince mil liras mensuales a José Antonio Primo de Rivera para el sostenimiento de la Falange! ¡Y vosotros habéis conseguido vender un libro por dieciséis mil! ¡Definitivamente el mundo se ha vuelto loco!

El resto estaba ocupado en comentar un incidente que había tenido como protagonista a doña Julia, una de las «prófugas» más respetadas por sus artes culinarias. Al parecer, la buena mujer había tenido un encontronazo con el fantasma de la Academia durante la siesta. Se había tumbado a descansar un rato como cada tarde, cuando de pronto sintió que la abrazaban unos brazos largos y transparentes de mujer desde el interior del colchón. Tras comprobar que la fuerza del abrazo le impedía levantarse de la cama, había optado por cerrar los ojos y rezar un Padrenuestro que, al parecer, es lo que hay que hacer cuando uno se ve en semejante situación. El fantasma desapareció y doña Julia salió pitando de su habitación con el mismo terror que ánimo para divulgar su experiencia.

Para los pensionados, la historia del fantasma no era nueva; todo lo contrario, formaba parte de los entresijos de la Academia. Según unos, se trataba del espectro errante de Beatrice Cenci, una aristocrática dama romana que había muerto decapitada en el cadalso tras asesinar a su padre, el cual abusaba sexualmente de ella, y cuyo cuerpo había sido enterrado en la vecina iglesia de San Pietro in Montorio. El hecho de que su cabeza cercenada hubiera sido guardada en una urna de plata, y de que ésta hubiera desaparecido cuando las tropas francesas entraron en Roma, en 1798, habría provocado el enfado del espectro de la difunta, que ahora vagaba por las dependencias de la Academia reclamando que le fuera devuelto aquello que le había sido usurpado. Otros aseguraban que el fantasma era el espíritu de uno de los monjes que había residido en el edificio, cuando era convento de la orden franciscana. Sea como fuere, los «prófugos» habían sido advertidos de la presencia del fantasma nada más desembarcar en Roma, y era cuestión de tiempo que la sugestión les jugara una mala pasada.

Después de soportar durante más de una hora los detalles del incidente y las opiniones de cada uno (hubo quien llegó a proponer que la Academia fuera exorcizada por un sacerdote), decidí dar un paseo por el Trastévere para poner en orden mis ideas. Me embargaba un extraño sentimiento de melancólico desasosiego, y aunque me costaba reconocerlo, en mi fuero interno sabía que estaba relacionado directamente con Montse. Sentía que había algo extraño en sus ideas, que estaban muy por encima de las de otras chicas de su edad e incluso de la mía, que era siete años mayor que ella. Siempre estaba dispuesta a disfrutar de cada momento como si fuera el último, y por ese mismo motivo era extremadamente exigente consigo misma y con los demás. Era como si la sola aparición de Junio me hubiera hecho comprender que aunque algún día llegara a tenerla, nunca se entregaría del todo. Ésa era su naturaleza, la libertad formaba parte intrínseca de su ser más íntimo, y nada ni nadie, ni siquiera el amor más profundo, podría hacerla cambiar. Intentarlo habría sido lo mismo que encerrar un pájaro en una jaula. Junio, por tanto, no fue únicamente una amenaza, también fue la piedra de toque que me permitió conocer la verdadera esencia de Montse. En el fondo, mi relación con ella no habría sido posible sin él, al menos en los términos en los que se produjo. Sí, tal vez habría logrado un compromiso temporal, uno de esos noviazgos adolescentes, pero jamás que a la finalización de la guerra civil permaneciera conmigo en Roma, renunciando incluso a su familia. Pero como digo, en esos momentos me sentí impelido a huir de la Academia, pensando que de esa forma conseguiría dejar atrás mis temores.

En esa ocasión descendí por la escalinata que unía San Pietro in Montorio con la Via Goffredo Mameli. Luego tomé la Via Bertani, crucé la Piazza San Cosimato, seguí por la Via Natale del Grande, giré a la izquierda por San Francesco a Ripa y, sin haberlo planeado conscientemente, me encontré delante de Frontoni, un viejo y destartalado café familiar. Entré y pedí un *cappuccino fredo*. Don Enrico, el propietario, me contó por enésima vez que la popular modalidad de café había tomado su nombre del hábito de los monjes capuchinos, al que se parecía por la mezcla de los colores marrón y blanco. Daba igual que yo llevara cerca de dos años frecuentando aquel café, cada vez que solicitaba un *cappuccino*, me contaba aquella breve historia.

Durante tres cuartos de hora permanecí en silencio, absorto en mis pensamientos y bajo la mesiánica mirada del Duce, presente en el local por medio de un gigantesco cartel propagandístico, hasta que don Enrico vino a sacarme de mis cavilaciones:

—Un caballero me ha pedido que le hiciera entrega de esta nota cinco minutos después de que se hubiera marchado.

Cuando alcé la vista, me sorprendió lo mucho que don Enrico se parecía a Mussolini. Era como si todos los italianos se hubieran puesto de acuerdo para parecerse a su líder, un extraño fenómeno mimético sólo comparable al que se da entre amo y perro.

—¿Un caballero? —pregunté sorprendido.

—Extranjero como usted.

—¿Cliente habitual?

—No, nunca había estado antes por aquí. Tenía cara de… hombre del norte —añadió, al tiempo que su mano derecha dibujaba un garabato en el aire.

—¿De hombre del norte?

—Ya sabe, pelo rubio, ojos claros y la cara llena de pecas. Si estuviéramos en Sicilia, diría que se trataba de un descendiente de normandos, pero como no lo estamos, digo que se trata de un normando. ¿Y dónde viven los normandos? En el norte.

La lógica aplastante de don Enrico me dejó sin argumentos, momento que aprovechó para hacerme entrega de una cuartilla doblada por dos veces. Me tomé unos segundos antes de atreverme a leer su contenido. Decía:

Si quieres información sobre SMOM 60, nos vemos mañana en el cementerio protestante, a las cinco. Delante de la tumba de John Keats. Ven con la chica.

Habría tomado aquel mensaje como una broma pesada, si no hubiera sido porque mencionaba las siglas de la matrícula del coche de Junio, un detalle que había llamado mi atención desde el principio.

Desconocía quién podía haber escrito aquella extraña nota y las razones que le habían llevado a hacerlo, si bien evidenciaba que alguien más tenía conocimiento del negocio que acabábamos de cerrar con el príncipe. Pero si ese detalle resultaba sorprendente por sí mismo, no lo era menos que el comunicante anónimo diera por sentado que tanto yo como Montse pudiéramos estar interesados en conocer la cara oculta de Junio, por así decir, máxime cuando, al menos en lo que a mí concernía, no tenía intención alguna de entablar con él un contacto estable. ¿Qué podía importarnos a Montse y a mí quién fuera aquel príncipe de pacotilla y cuáles sus pecados? Pensé que todo obedecía a la estratagema de un comprador frustrado, interesado en hacerse con nuestro libro a toda costa.

Al iniciar la fatigosa ascensión por el Trastévere primero y después por el monte Áureo en dirección a la Academia, no sospechaba que estaba siendo vigilado, y que nuestras vidas estaban a punto de dar un inesperado *capovolgimento* que nos obligaría a entrar al servicio de una causa, a vigilar a quienes nos vigilaban, a medir nuestras palabras, y que aquel estado de cosas se prolongaría hasta la entrada de las tropas aliadas en Roma siete años más tarde.

6

*L*a Academia era un *totum revolutum*. Terminado el capítulo del fantasma, la noticia de las dieciséis mil liras había corrido como la pólvora, llegándose a escenificar una especie de motín frente al despacho del secretario Olarra, al que no le había quedado más remedio que desprenderse de una cantidad de dinero para que las señoras pudieran comprar carne después de que lleváramos varias semanas sin probarla. Tras someter el asunto a votación, se decidió por unanimidad adquirir *trippa* para preparar unos callos a la madrileña. Incluso aquella inocente resolución no quedó al margen de la situación política, pues con los callos a la madrileña se quería simbolizar la inmediata caída de la capital de España a manos de las tropas nacionales.

—¡Que piquen, que más les va a picar a los rojos cuando Franco entre en Madrid! —exclamó el señor Fábregas, ya convertido en el segundo de a bordo tras el secretario Olarra.

Encontré a Montse en la biblioteca. Definitivamente, se había despojado del pañuelo monjil y ahora llevaba el pelo recogido por una diadema.

—¿Por qué no estás abajo con las demás mujeres? —le pregunté.

—Porque no soy esclava de ningún hombre —me respondió sin miramientos—. Estoy revisando la biblioteca, por si hubiera algún libro más sobre Egipto o sobre algún asunto relacionado con la paleografía.

—¿Para vendérselo al príncipe Cima Vivarini?

No pude evitar formular la pregunta con cierto tono capcioso, pues su obstinación despertaba en mí celos, enfado y deseos de protesta.

—Nos ha pagado dieciséis mil liras por un libro. Tal vez esté interesado en seguir adquiriendo... nuestros fondos.

Estaba claro que Montse no era esclava de ningún hombre, pero no por falta de ganas.

—Creo que deberías leer esto —le dije, haciéndole entrega de la nota.

Una vez la hubo leído, me preguntó:

—¿Qué significa?

—No lo sé. Estaba tomando un café en Frontoni, cuando el propietario me la ha entregado siguiendo las instrucciones de un desconocido con aspecto de... hombre del norte. Ésas son las siglas y el número de la matrícula del coche de tu amigo. Creo que puede tratarse de alguien que no está conforme con que el príncipe haya comprado el Pierus Valerianus, y ahora quiere hablar con nosotros para que deshagamos el trato.

Montse pasó por alto mi desliz a la hora de atribuirle un grado de amistad con Junio que no se correspondía con la realidad. Pero para entonces, yo ya había decidido que ambos se pertenecían, aunque sólo se hubieran visto una vez.

—Si es como dices, ¿por qué el hombre no ha dado la cara? ¿Por qué no ha hablado contigo directamente? ¿Y por qué convocarnos en un cementerio, delante de una tumba en particular?

—No tengo ni la más remota idea. Supongo que el cementerio será grande, y hay que quedar en un lugar concreto. Tal vez el misterioso hombre sea inglés, como Keats.

—Ven con la chica —repitió en voz alta.

—¿Qué crees que debemos hacer? —le pregunté.

Ahora pienso que dejar que ella tomara la decisión fue un acto de cobardía por mi parte, sobre todo por las consecuencias que tuvo para nuestras vidas, pero en el fondo quería saber hasta dónde estaba dispuesta a llegar, si mis sospechas con respecto a lo que sentía por Junio eran ciertas.

—Si mi padre se entera de que he ido a un cementerio protestante, me mata. Pero por otra parte tal vez sea importante lo que ese hombre tenga que decirnos —expuso.

43

—¿Y cómo nos las ingeniaremos para salir juntos sin que tu padre sospeche? —planteé.

—Muy fácil —me respondió, a la vez que señalaba una columna de libros.

—Tal vez podamos engañar a tu padre, pero dudo que lo logremos con Olarra. Tiene orden de la embajada de vigilarnos a todos. Conozco a dos o tres pensionados en España que están siendo investigados gracias a sus informes. Posiblemente más de uno acabe en la cárcel o fusilado por su culpa. Lo más probable es que nos haga seguir hasta la librería —objeté.

—Pues entonces iremos a la librería del señor Tasso antes de dirigirnos al cementerio. Le haremos entrega de un nuevo lote de libros y le diremos que deseamos volver a reunirnos con el príncipe, que queremos que visite la Academia y le eche un vistazo a la biblioteca, por si hubiera otros ejemplares de su interés. Olarra no podrá sospechar porque no tendrá motivos para hacerlo.

44 Me sorprendió la astucia de Montse tanto como su determinación a la hora de provocar un nuevo encuentro con Junio.

La voz de doña Julia anunciando que la cena estaba lista puso punto final a nuestra conversación.

Los callos a la madrileña causaron un entusiasmo sin precedentes entre los comensales. Hubo brindis por Franco, por Mussolini, por Hitler y por el emperador del Japón, los cuatro jinetes del Apocalipsis que habrían de librar al mundo de las garras del oso comunista. Como colofón a la velada, Olarra puso en marcha el gramófono de la Academia, y al son de una marcha militar salieron a bailar varias parejas, incluidos Miguelito y Marianita, dos niños de diez y nueve años respectivamente. Pese a que la escena resultó tan estridente como los acordes de aquella música, hubo brotes de nostalgia y hasta alguna lágrima, que arreciaron cuando Pérez Comendador y su mujer, Magdalena Lerroux, anunciaron que iban a emprender un largo viaje por Grecia.

—Lo que hace Pérez Comendador es borrarse. No creo que sea el momento apropiado para irse de vacaciones a ninguna parte —oí que le decía el señor Fábregas al secretario Olarra.

—Si hay alguien en esta casa de quien no se puede dudar, es de Pérez Comendador. Él solito puso contra las cuerdas a Valle-Inclán cuando quiso convertir la Academia en un nido de anarquistas y revolucionarios. Y le aseguro que enfrentarse a don Ramón, cuyo carácter era peor que el del mismísimo diablo, no era tarea fácil. Además, su valedor es el señor duque del Infantado, así que tiene permiso para ir a donde le venga en gana. Sin olvidar que la marcha del matrimonio Pérez Comendador supone dos bocas menos que alimentar. No lo olvide —le replicó el secretario Olarra.

—El día que yo salga de aquí será para matar rojos —añadió el señor Fábregas.

—El día que usted deje esta casa será porque habrá terminado la guerra. Si quería matar rojos, tenía que haberse quedado en Barcelona —le corrigió el secretario Olarra.

Cuando todos se hubieron retirado a sus habitaciones, subí de nuevo a la terraza. Encontré a Rubiños en la misma situación que la noche anterior: cabeceaba como un buque tratando de sobreponerse a la marejada del sueño. Mi llegada coincidió con el repiqueteo del telégrafo.

—¡Carajo de máquina! —exclamó, recuperando la compostura.

Pese a que Rubiños trataba de mantener un porte marcial, su aspecto no era el de un soldado, sino el de un colegial sin aptitudes guerreras.

Me dirigí directamente al pretil. En esta ocasión no reconté torre o cúpula alguna, directamente busqué con la vista la pirámide de Cayo Cestio, el monumento funerario en torno al cual había surgido el cementerio protestante de Roma. Un mausoleo con forma de pirámide que mandó construir el pretor y tribuno de la plebe del mismo nombre, muerto el año 12 a.C., y que antaño había inspirado a pintores y poetas pertenecientes al romanticismo, cuando la Porta San Paolo y el Testaccio aún no habían sido absorbidos por la ciudad. Yo conocía bien la zona, puesto que frente a la pirámide se encontraba la nueva oficina de correos, obra de los arquitectos Adalberto Libera y De Renzi, ejemplo destacado de la arquitectura racionalista italiana, pero jamás se me había ocurrido visitar el cementerio vecino.

Una fina lluvia, acompañada de una brisa fresca y de una espesa neblina, anunció la llegada del otoño, y la ciudad pareció desvanecerse delante de mis ojos.

7

*R*oma amaneció cubierta por un manto de hojarasca que despedía un fuerte aroma a fermentación, un olor parecido al de la fruta demasiado madura. Daba la sensación de que el verano había terminado hacía una eternidad, y de que una sola noche había bastado para modificar el paisaje de la ciudad, que se había teñido de ocres, marrones y amarillos. El repentino cambio de estación me llevó a pensar que nada sucede como esperamos, porque la confianza que tenemos en que ocurran las cosas tal y como deseamos hace que la realidad nos coja desprevenidos. Eso mismo había acontecido con nuestra guerra, se había estado gestando durante mucho tiempo y, sin embargo, nadie había sido capaz de evitarla. Todos pensaron que estaba muy lejos, nadie creyó que pudiera empezar de verdad, de la misma manera que yo estaba convencido de que el otoño aún iba a tardar en llegar, a pesar del calendario.

Quedé con Montse en el claustro después del desayuno, y subimos al despacho del secretario para contarle nuestros planes de invitar al comprador del famoso libro a la Academia. El hecho de que yo describiera a Junio como un joven camisa negra miembro de la nobleza italiana, además de un reconocido paleógrafo, facilitó las cosas, pues a Olarra nada le congratulaba más que codearse con dirigentes del partido fascista. Creo que en el fondo anhelaba que alguien le presentase al Duce, personaje por el que sentía una admiración sin límites.

—¿Y cómo dices que se llama ese príncipe? —se interesó el secretario.

—Junio Valerio Cima Vivarini —respondí.

Dejamos a Olarra degustando aquel nombre con sumo deleite, como si se tratara de un manjar para el paladar.

—Ahora el secretario irá a mi padre con el cuento del príncipe italiano, y tendremos las manos libres —observó Montse.

Después de la comida pusimos rumbo a la librería del señor Tasso llevando media docena de Quijotes, todos los que habíamos encontrado en los anaqueles. Montse estaba especialmente excitada, tanto por haber ideado una estratagema impecable como por nuestra misteriosa cita en el cementerio. Volvería a ver a Junio en cuanto aceptara nuestra invitación, y para entonces ella ya sabría muchas cosas sobre él gracias a nuestra reunión secreta. ¿Acaso podía pedir más? En cuanto a mí, creo que había empezado a aceptar mi papel de comparsa, a la espera de que las cosas se aclararan definitivamente.

—Si la montaña no va a Mahoma, que Mahoma vaya a la montaña. Me parece una idea estupenda y me gustaría sumarme como invitado, si no tenéis inconveniente —respondió el señor Tasso a nuestra propuesta.

La primera parte del plan había salido a pedir de boca.

Luego tomamos el tranvía hacia el Testaccio. Una sacudida arrojó a Montse a mis brazos. Deseé que nuestras vidas estuvieran llenas de sacudidas como aquélla. Tuve que hacer un esfuerzo por no convertir aquel encontronazo fortuito en un abrazo premeditado, pero afortunadamente me di cuenta a tiempo de que no era el momento ni el lugar para las demostraciones de afecto. Nos apeamos en la parada de la Oficina de Correos.

—Un edificio feo para un mundo feo —observó Montse, ajena a lo que representaba esa clase de arquitectura.

Recorrimos la Via Caio Cestio bordeando el muro del cementerio, hasta que encontramos una cancela cerrada. Un cartel rezaba: CIMITERO ACATTOLICO DI TESTACCIO. PER ENTRARE BASTA SUONARE LA CAMPANA.

Una vez en el interior del camposanto, nos dimos de bruces con uno de los parajes más hermosos de Roma. Veinte o veinticinco mil metros cuadrados sembrados de artísticas lápidas, monumentales mausoleos, azaleas, hortensias, lirios, adelfas, glicinias, cipreses, olivos, laureles y granados, al abrigo de la muralla Aurelia y la pirámide de Cayo Cestio. Un lugar de una belleza sobrecogedora. Meses después, cuando las circunstancias me llevaron a interesarme por las obras poéticas de Keats y de Shelley, comprendí que éste escribiera en su *Adonais*, la elegía que le dedicara a su amigo Keats, que uno podría enamorarse de la muerte si supiera que iba a ser enterrado en un lugar tan hermoso.

—¿La tumba de John Keats? —le pregunté al vigilante.

—Las tumbas de Percy Shelley y August Goethe subiendo, al frente; la de John Keats, a la izquierda; y la de Antonio Gramsci, a la derecha —dijo mecánicamente.

Montse entrelazó su brazo con el mío, en señal de temor y respeto, y comenzamos a caminar en la dirección indicada. De repente, el abigarrado solar se transformó en un jardín inglés, con su hierba bien cortada y sus árboles centenarios de gruesos troncos y copas anchas, salpicado de tumbas aisladas. La de Keats era la última, y estaba a los pies de la pirámide. En la lápida no figuraba su nombre, tan sólo un epitafio que decía:

49

HERE LIES ONE WHOSE NAME WAS WRIT IN WATER.

Como Montse aseguraba hablar inglés, le pregunté:

—¿Qué quiere decir?

—«Aquí yace uno cuyo nombre fue escrito en el agua» —tradujo.

—Es poético —añadí.

—Es la tumba de un poeta.

Cinco minutos más tarde se acercó hasta nosotros un hombre de mediana edad que encajaba a la perfección con la descripción de don Enrico: ojos glaucos, pelirrojo, piel lechosa y la cara llena de pecas.

—Veo que recibisteis mi mensaje. Me llamo Smith, John Smith —dijo en un italiano con un fuerte acento inglés.

—Ella es Montserrat Fábregas, y yo me llamo José María Hurtado de Mendoza.

Intercambiamos sendos apretones de manos.

—Imagino que os estaréis preguntando la razón por la que os he hecho venir hasta aquí, pero no es fácil explicarlo en po-

cas palabras, de modo que, si me lo permitís, tendré que extenderme.

Smith, o como quiera que se llamase de verdad, se calló a la
espera de que le diéramos nuestra conformidad.

—Adelante —intervino Montse.

—Dividiré mi historia en tres capítulos que, aunque separados en el tiempo, están relacionados entre sí como compro-
baréis más adelante —añadió.

—Si no quiere que perdamos la paciencia, diga lo que tenga
que decir de una vez —observé.

—Ésta es la tumba de John Keats, uno de los poetas más
importantes de Inglaterra —comenzó la narración—. Y esa
otra, la que está a su lado, contiene los despojos de la persona
que cuidó de él hasta su muerte, el pintor Joseph Severn. Ambos llegaron a Roma juntos, en septiembre de 1820. Severn había emprendido el viaje después de ganar una medalla de oro
de la Royal Academy; Keats, en cambio, venía a Italia en busca de un clima más benigno, puesto que estaba aquejado de tuberculosis. La pareja de amigos, que en realidad se habían conocido tres días antes de que el barco zarpara de Inglaterra, se
instaló en un pequeño piso del número 26 de la plaza de España. La salud de Keats no mejoró; todo lo contrario, hasta el
punto de que a principios de 1821 Severn comenzó a buscar un
lugar apropiado para enterrar a su compañero. Ese lugar es el
que estáis contemplando ahora. Claro que entonces el cementerio no estaba vallado ni cuidado, y las cabras triscaban la
hierba por entre las tumbas en compañía de sus pastores. A pesar de lo cual abundaban las margaritas, los narcisos, los jacin-
tos y las violetas silvestres. Keats quedó entusiasmado con la
descripción que Severn le hizo del lugar, tanto que le obligó
a volver en varias ocasiones. En una de esas visitas, Severn se
topó con un pastor, con el que conversó amigablemente. Al cabo, el pastor le confesó haber descubierto un extraño documento enterrado a los pies de la vecina pirámide de Cayo Cestio, dentro de un cofre. Se trataba de un papiro egipcio, que
Severn le compró al pastor con el propósito de llevárselo a Keats,
necesitado de distracciones que le hicieran olvidar su enfermedad. Keats recibió el regalo con entusiasmo, y no dudó en con-

tarle los pormenores del hallazgo a su médico, el doctor Clark, quien a su vez le transmitió la noticia al cónsul británico en Roma. Lo más seguro es que el papiro de Keats fuera la comidilla de lugares como el Antico Caffè Greco, en el que se reunían los intelectuales extranjeros, y que su existencia llegara a oídos de algún miembro de la curia vaticana. Keats creía que el papiro contenía las claves para descubrir en Egipto el tesoro de un faraón o algo parecido. Desgraciadamente, el poeta falleció el 23 de febrero de ese año. Pero la cosa no terminó ahí. ¿Me seguís?

—Continúe —intervine.

—Keats era para la Iglesia católica un protestante, y en 1821 se pensaba que su dolencia podía dar lugar a una epidemia, por lo que se ordenó quemar todo lo que había en el interior de la vivienda: muebles, ropas, libros, papeles, etc. Hoy creemos que, en realidad, el Vaticano estaba interesado en hacerse con el papiro que Severn le había regalado.

—¿Por qué motivo? —preguntó Montse.

—Porque supuestamente contenía un mapa, el llamado Mapa del Creador.

—¿Y qué se supone que contiene ese mapa? —intervino de nuevo Montse.

Smith se tomó unos segundos antes de responder:

—Eso depende de lo creyente que uno sea. Según se dice, el mapa en cuestión habría sido elaborado por el mismísimo Dios, y en él estarían las claves para comprender el mundo desde sus orígenes.

—Nada semejante puede existir —objeté.

—Será mejor que pasemos al segundo capítulo —dijo pasando por alto mi comentario—. Supongo que os estaréis preguntando cómo y cuándo llegó el mapa hasta la base de la pirámide de Cayo Cestio. ¿Habéis oído hablar de Germánico, el general romano? Fue uno de los hombres más importantes de su época. Hijo de Druso, el hermano del emperador Tiberio, fue adoptado por éste a la muerte de su padre. Sin embargo, Tiberio veía en Germánico a un peligroso competidor, al que el pueblo y el ejército adoraban. En el año 17 de nuestra era, y con el pretexto de apaciguar a los partos, fue enviado a Antioquia. Pero Germánico no sólo era un soldado, también era un hombre sensible que escribía y recitaba poesía, por lo que decidió realizar un viaje por Egipto sin la autorización de Tiberio. Llegó al país del Nilo en la primavera del año 19, y permaneció allí hasta el otoño. Durante esos seis meses, Germánico entró en contacto con numerosas sectas que preservaban la cultura y la sabiduría de los antiguos egipcios. Fue así cómo consiguió hacerse con el Mapa del Creador.

—¿Y cómo se supone que los egipcios habían obtenido el mapa? —se interesó Montse.

—El mapa habría llegado a Egipto durante la ocupación persa, cinco siglos antes. La cuestión es que Germánico fue envenenado a su regreso a Antioquia por la mano de un tal Pisón, quien obedecía órdenes de Tiberio. Así las cosas, el mapa llegó a Roma con la herencia del militar. Las razones por las que alguien decidió esconderlo, se nos escapan, pero llama poderosamente la atención que lo hiciera en un edificio típicamente egipcio como es la pirámide de Cayo Cestio.

—De modo que el mapa fue de Persia a Egipto, de Germánico pasó a manos de un desconocido que lo escondió en la base de la pirámide de Cayo Cestio, luego lo encontró el pastor que se lo vendió a Severn y, por último, lo requisó el Vaticano tras la muerte de John Keats —recapituló Montse.

—Así es. Pero aún falta el tercer capítulo, el más importante de todos y por el que estáis aquí. En 1918, un noble alemán de adopción llamado Rudolf von Sebottendorff fundó una sociedad ocultista llamada Thule, sobre las bases de la Germano Orden, una organización que aglutinaba a media docena de asociaciones nacionalistas. El nombre de Thule fue elegido en recuerdo del legendario reino del mismo nombre, una especie de Atlántida nórdica que sirvió de inspiración, entre otros, a Richard Wagner. Von Sebottendorff había vivido una temporada en El Cairo, y allí entró a formar parte de la logia del Rito de Menfis, donde tuvo conocimiento de la existencia del Mapa del Creador. Un año más tarde, Anton Drexler, otro miembro de Thule, fundó en Múnich el Partido de los Trabajadores Alemanes, que era en realidad el brazo político de Thule. Adolf Hitler, que en ese momento era un informador de la policía po-

lítica militar, asistió a una reunión del partido, y a su finalización se afilió. Pocos meses más tarde asumió la dirección de la
organización, que pasó a llamarse Partido Nacionalsocialista de
los Trabajadores Alemanes, es decir, el partido nazi que ahora
conocemos. La ascensión al poder de Hitler conllevó la participación de la Sociedad Thule en todos los órganos de gobierno.
El objetivo de los Thule era fomentar que el pensamiento científico demostrara las cualidades de la raza aria. En este punto
aparece una figura clave, Karl Haushoffer, profesor de geopo-
lítica, orientalista y miembro de Thule, que ha desarrollado
su idea de «sangre y suelo», según la cual la supremacía de una
raza depende de la conquista de lo que él denomina *Lebensraum*, el «espacio vital». Es decir, para una nación el espacio no
sería tan sólo un vehículo del poder, sino el poder en sí mismo. Para reforzar las teorías de Haushoffer, Thule ha creado la
Deutsche Ahnenerbe (Organización Alemana de la Herencia
Ancestral), una especie de sociedad de estudios para la antigua
historia del espíritu, dotada con un departamento de lingüís-
tica y otro dedicado a la investigación sobre los contenidos y
símbolos de las tradiciones populares, cuya finalidad es encontrar pruebas que corroboren la supremacía de la raza aria y su
derecho ancestral a ocupar territorios allende sus fronteras.
Por lo pronto, las ideas de Haushoffer ya han calado en Hermann Göring, que ha manifestado en público el interés de Alemania por controlar Austria y Checoslovaquia, y su deseo de
que las potencias occidentales les dejen las manos libres para
actuar en Europa del Este. Además, sabemos que en los próxi-
mos meses van a aumentar el número de departamentos de
Ahnenerbe: habrá uno dedicado a la arqueología germánica, y
otro estará especializado en esoterismo. Los nazis están convencidos de que existen en el mundo una docena de «objetos
sagrados» capaces de otorgarle un poder ilimitado a quienes
los posean. El Mapa del Creador sería uno de esos objetos supuestamente mágicos.

—¿Trata de decirnos que los nazis andan detrás de ese mapa? —le dije, ya convertido en abogado del diablo.

—Voy a responderte precisamente con una frase de John
Keats: «Los fanáticos crean un ensueño y lo convierten en el

53

paraíso de su secta». No sólo desean el Mapa del Creador, también quieren hacerse con el Arca de la Alianza, con el Santo Grial y con la Santa Lanza de Longinos, entre otros objetos místicos. Los nazis creen en la geomancia, y están convencidos de la existencia de una geografía sagrada, de modo que ningún país sería el resultado de acciones seculares sin planificar, sino que detrás de cada territorio habría un plan maestro. El Mapa del Creador les serviría para desvelar ese plan.

—No entiendo cómo —dijo Montse.

—Verás, a lo largo de la Historia han sido numerosas las montañas consideradas como moradas de los dioses. Por ejemplo, el monte Olimpo para los griegos; los montes Sinaí y Horeb para los judíos; el Kanchenjunga para los budistas tibetanos; los montes Meru y Kalias para los hindúes. Según los geomantes, estas montañas sagradas serían en realidad centros de energía que canalizarían las fuerzas cósmicas a través de una serie de Líneas Ley o Santas que se extenderían por todos los confines de la Tierra. Los templos, monasterios y otros edificios sagrados serían entonces puntos de confluencia de estas fuerzas telúricas, capaces de ejercer una influencia decisiva sobre el cuerpo psíquico de las naciones. Y quien domina el cuerpo psíquico de un país no tiene problemas para controlar el poder político. Eso explicaría el gran éxito que han tenido las religiones en todos los rincones del orbe. En el Mapa del Creador estarían reflejadas todas estas líneas portadoras de energías sutiles.

La idea de un mapa de semejantes características me resultaba tan absurda como empezaba a parecerme nuestra presencia allí, por lo que solté:

—Soy arquitecto, y le aseguro que nadie ha podido demostrar que la ubicación de un edificio pueda influir en la psique de sus moradores.

—Los chinos lo llaman *feng-shui* —observó Smith.

—Todas las supersticiones tienen un nombre. Además, ¿qué tenemos que ver nosotros en este asunto?

—El Pierus Valerianus es el único libro en el mundo que habla del Mapa del Creador en uno de sus apéndices. En realidad, la edición de 1556, tal y como la conocemos hoy, no se corresponde con la primera impresión. Hubo una edición anterior, publicada en las mismas fechas, que fue retirada precisamente porque hacía mención a la existencia del Mapa del Creador, que la Iglesia no reconocía. Esta edición *princeps* fue mandada quemar en la misma Basilea. Pero como suele ocurrir, no todos los ejemplares de esa «edición especial» fueron destruidos. Siempre se ha creído que tres o cuatro ejemplares se libraron de la hoguera, pero nadie sabía dónde se encontraban. Vuestro libro es uno de ellos.

—Y ahora cree que el príncipe Cima Vivarini quiera venderle el libro a los nazis —razoné.

Por primera vez, Smith dejó escapar una sonrisa.

—No lo creo, estoy seguro. El príncipe Cima Vivarini es el hombre de la Sociedad Thule en Roma. Aunque su padre es veneciano, su madre es una aristócrata austriaca con estrechos vínculos con la nobleza germana. Lo curioso es que a pesar de su origen, tiene pasaporte de la Soberana Orden Militar de Malta, el país más pequeño del mundo.

—¿Se refiere a la isla de Malta? —intervino Montse.

—Digamos que los caballeros de la Soberana Orden de Malta perdieron la isla en el primer tercio del siglo pasado. Entonces se establecieron en Roma, donde crearon un país independiente, cuyo territorio es el Palazzo di Malta, en el número 68 de la Via dei Condotti, y Villa Malta, en el Aventino. En el palacio reside el Gran Maestre y se reúnen los órganos de gobierno; en la villa del Aventino tienen sus sedes el priorato de la orden y las embajadas ante la Santa Sede y el Reino de Italia. La orden tiene un gobierno propio, una magistratura independiente y relaciones bilaterales con numerosos países, expide sus propios pasaportes, emite sellos y acuña monedas como cualquier estado soberano. La matrícula de los coches de ese país está formada por las siglas SMOM: Soberana Militar Orden de Malta.

Montse y yo nos dedicamos sendas miradas de incredulidad.

—¿Está hablando en serio? —le pregunté a Smith.

—También a mí me costó hacerme a la idea al principio, pero Roma es la única ciudad del mundo que da solar a tres países distintos: el Reino de Italia, el Estado Vaticano y la Soberana Orden de Malta. Sus miembros pertenecen a la alta nobleza europea, políticos y empresarios de profundas creencias católicas. El grupo más influyente lo componen los Habsburgo, los Hohenzollern y los Luxemburg, familias de la más rancia aristocracia alemana con lazos con la Santa Sede. En teoría, la finalidad de la orden es proporcionar asistencia humanitaria a los más necesitados, por medio de clínicas, hospitales, ambulancias, y ayuda a los refugiados, pero en realidad sirve de puente entre la clase política y el poder económico con el Vaticano. Por eso tememos que ahora que Thule tiene en su poder la prueba de la existencia del Mapa del Creador, quiera sustraerlo de la Biblioteca Vaticana.

—Aún no nos ha dicho por qué nos cuenta todo esto —le hice ver.

—Digamos que necesito vuestra ayuda —reconoció.

—¿Qué clase de ayuda? —me interesé.

—Quiero que continuéis la relación con el príncipe Cima Vivarini, y que tratéis de averiguar cuáles son sus planes.

Cualquiera que no creyera en las casualidades tenía aquí la prueba de que existían. Era como si Montse se hubiera adelantado a la propuesta de Smith al invitar a Junio a visitar la biblioteca de la Academia. Hasta ese instante, espiar era para mí sinónimo de escuchar las conversaciones ajenas con la oreja pegada a la puerta de un dormitorio, y jamás se me había ocurrido pensar que existiera otra clase de espionaje. Me disponía a desestimar la propuesta de Smith en nombre de los dos, cuando Montse se me adelantó:

—Yo lo haré. Odio a los nazis desde que empezaron a quemar libros en 1933 —se ofreció.

No me cabía duda de que para Montse la conversación estaba resultando tan excitante como leer una novela de terror: el lector experimenta y comparte el miedo con los protagonistas, pero queda exento de sufrir las consecuencias.

—Ni siquiera sabemos si dice la verdad; ni siquiera nos ha dado un motivo convincente por el cual tengamos que hacer lo que nos pide —observé.

—Tienes razón —reconoció Smith—. Pero por ahora sólo

os conviene saber que represento, digamos, a un grupo de personas que defiende la pervivencia de la democracia en Europa, y que la vida de mucha gente podría estar en peligro.

—Yo lo haré —insistió Montse con terquedad.

Estaba seguro de que la palabra democracia era tabú en casa de los Fábregas, que Montse ni siquiera sabía lo que significaba en realidad, de modo que si estaba dispuesta a convertirse en una Mata-Hari, era por una razón estrictamente sentimental. En realidad, lo comprendí más tarde, detrás de aquel impulso se escondía un acto de rebeldía.

—¿Sabes en qué lío podemos meternos si seguimos adelante con esto? Tú piensas que se trata de un juego, pero Smith habla de espiar a una persona que puede ser… peligrosa —dije, en un nuevo intento por persuadirla para que cambiara de opinión.

—Tu amigo tiene razón —admitió Smith—. No puedo negarte que existe la posibilidad de que corras algún peligro, aunque si procedes con cautela será remota.

—Yo lo haré —repitió Montse por tercera vez, como un estribillo.

Esta vez me sentí como Jesús después de que Pedro hubiera negado conocerlo tres veces. No entendía la obstinación de Montse, me ofendía. Ni ella ni yo pertenecíamos a aquel mundo, nosotros éramos gente corriente.

—Está bien —acabó aceptando Smith—. Después de que te hayas reunido con el príncipe, dirígete a una pizzería llamada Pollarolo, en la Via di Ripetta, junto a la Piazza del Popolo. Pregunta por Marco y dale tu nombre en clave: Liberty. Él te dirá que la mejor pizza es la Margarita. Tú le respondes que te gusta con una hoja de albahaca. Comes tranquilamente, pagas y luego te presentas aquí a las cinco de la tarde, como hoy. No escribas nada de lo que el príncipe te cuente, y tampoco hables con nadie. Ni siquiera con José María.

Las instrucciones de Smith me hicieron comprender que aquel estúpido juego iba en serio, así que decidí tomar cartas en el asunto.

—Que salga con el príncipe para sacarle información puedo admitirlo, pero que luego tenga que ir de un lado a otro de Roma dando nombres e informes secretos, me parece demasiado

57

peligroso. Que ella se encargue de la cita y yo quedaré aquí con usted para trasmitirle lo que me cuente.

Tenía que reconocer que también yo iba a convertirme en espía por una razón estrictamente sentimental.

—Me parece una buena idea. Entonces serás tú quien tenga que darle a Marco un nombre en clave. ¿Cómo quieres llamarte?

—Me llamaré... Trinidad —dije.

Montse me escrutó más sorprendida por el nombre que había elegido que por mi decisión de involucrarme.

—¿Trinidad? —me interrogó con sorna.

—Mi nombre completo es José María Jaime Trinidad —reconocí.

—Entonces, Liberty, Trinidad, hasta la próxima —se despidió Smith.

Cuando la figura de Smith se diluyó en la penumbra, Montse me miró sonriente, como si esperase de mí un comentario de desaprobación. Pero la noche había empezado a cernirse en torno a nosotros, y mi única preocupación era encontrar la salida cuanto antes.

8

Junio anunció su presencia en la Academia para las cuatro y media de la tarde. Veinte minutos antes de la hora convenida, el secretario Olarra, el mayordomo Fontana y el representante de los «prófugos», el señor Fábregas, formaron el comité de bienvenida, que se fue completando con la llegada de sus respectivas esposas y con nuestra presencia, la de Montse y la mía. Después de discutir qué tratamiento se le debía dispensar a un príncipe, convinieron en que al no tratarse de un heredero de sangre azul, lo mejor era llamarle Excelencia a secas. Y en ésas estaban cuando apareció Junio escoltado por el librero Tasso y por su chófer, que resultó ser un fornido y rubicundo joven húngaro llamado Gábor. Olarra recibió al príncipe al grito de: «¡Excelencia! ¡Creer! ¡Obedecer! ¡Combatir!». A tenor de la cara que puso el príncipe, se diría que le iba a la perfección el lema que llevaba bordado en su camisa negra, sobre el fondo de una calavera con un puñal: «*Chi se ne frega*», «A quien le importa un bledo», pues no dio muestras de sentirse impresionado ni halagado por tan extravagante recibimiento. Luego Olarra reconoció una de las condecoraciones que colgaban de la pechera del príncipe.

—Esa condecoración es…, esa condecoración es… —dijo el secretario titubeante, sin poder completar la frase.

—La laureada de San Fernando, en su categoría de cruz. Formé parte de las tropas de Queipo de Llano en el frente de Málaga, donde me hirieron —reconoció Junio.

—¡Un héroe! ¡Un héroe! —exclamó Olarra, como si estuviera delante de un milagro y no de un hombre.

Tras las protocolarias presentaciones, en las que no faltaron los besamanos y los saludos romanos, comenzó la visita. Olarra, en su papel del cicerone, le contó a Junio la historia de la institución desde sus orígenes hasta nuestros días, y a mí, en mi condición de arquitecto, me correspondió mostrarle el *tempietto* de Bramante, sin duda la obra más valiosa de la Academia. He de reconocer que traté de aprovechar la situación para llamar la atención de Montse poniendo de manifiesto mis amplios conocimientos sobre el edificio, si bien mi desmedido afán por ser útil no causó precisamente la admiración general.

—El edificio está articulado en torno a una cela circular que rodea el agujero abierto sobre la roca donde la tradición cristiana sitúa la crucifixión de san Pedro. Esta cela está rodeada a su vez de una columnata períptera formada por dieciséis columnas dóricas que sostienen un entablamento con friso de triglifos y metopas, coronado por una balaustrada. La superposición de la cúpula con linterna sobre la cela circular es la innovación más destacable del conjunto —me explayé.

—José María, que esto no es una clase en la universidad —me reprendió el secretario Olarra, al tiempo que me dedicaba una mueca de desaprobación.

—¿Hay alguna razón por la que el edificio sea de planta circular? —se interesó el príncipe.

—La hay, desde luego. Tiene que ver con los *tholos* o antiguos templos romanos de planta circular, cuyo objeto no era práctico, sino conmemorativo. Durante el Renacimiento, el edificio circular simboliza la figura del mundo, a la vez que representa la ciudad ideal de Platón.

—Muy interesante.

Luego Olarra volvió a tomar la iniciativa, y se mostró pródigo en detalles cuando tuvo que explicarle al príncipe la serie de lunetos pintados al fresco por Il Pomarancio en la galería inferior del claustro renacentista, y que representaban la vida y obra de san Francisco.

—Ahora me gustaría conocer la procedencia del libro que compré. Les aseguro que se trata de una auténtica rareza —añadió el príncipe, dando por concluida la visita del edificio.

—Es imposible saber cuándo y cómo llegó ese libro a la Academia, pero lo más probable es que fuera una de las herencias del convento —volvió a tomar la palabra Olarra—. En los años inmediatamente posteriores a la creación de la Compañía de Jesús en 1541, se alojaron aquí numerosos religiosos que luego se incorporaron a la orden, como el propio san Francisco Javier. Quizá lo trajo un jesuita, o un franciscano. ¿Quién puede saberlo? Me avergüenza reconocerlo, pero hasta la llegada de la señorita Montserrat, la biblioteca ha estado siempre manga por hombro. Tanto que ni yo mismo conocía que tuviéramos un libro de esas características en la casa. De haber conocido su existencia y su importancia, no hubiera permitido su venta.

—A la Montse siempre se le han dado bien los libros —se inmiscuyó el señor Fábregas—. De pequeña prefería leer cuentos antes que jugar con las amigas. Y si le preguntabas qué quería ser de mayor, respondía: bibliotecaria, para poder leer todos los libros del mundo.

—¡Papá, por favor! —intervino Montse con un tono de voz que denotaba sentirse avergonzada.

Fue precisamente en la biblioteca donde Montse dejó su papel secundario para convertirse en protagonista. Borró de la expresión de su rostro toda huella de sentimiento, y comenzó a hablar en un tono neutro y sosegado, en una clara demostración de que aquéllos eran sus dominios. Una táctica irreprochable, que servía tanto para llamar la atención de Junio como para contentar a su padre. Cuando transcurridos cinco minutos, el señor Fábregas tomó mi brazo y me dijo que lo mejor era dejar a Montse a solas con los invitados, para que pudiera enseñarles con tranquilidad la biblioteca, comprendí que aprobaba la relación entre su hija y el príncipe. Antes de retirarme les miré a ambos, y, a pesar de que en ese momento el señor Tasso había tomado la palabra y de que Montse seguía aparentando indiferencia, me di cuenta de que algo decisivo estaba pasando entre ellos. Fue como constatar que los seres humanos éramos débiles, que a pesar de que Montse sabía que aquel príncipe de cuento escondía un alma coriácea, se dejaría llevar por sus ensoñaciones, y que sería incapaz de destilar su delirio de la realidad. Incluso temí que olvidara el compromiso que había adquirido con el señor Smith, su papel de Mata-Hari. Otro tanto ocurría con Junio, al que no parecía importarle que

Montse perteneciera a una clase social inferior a la suya, o que su aspecto físico distara mucho de los cánones estéticos de la raza aria. Aunque él tampoco los cumplía. Pero una de las reglas de la atracción entre dos personas es precisamente su capacidad para saltar por encima de cualquier convencionalismo, en una clara demostración de que a la hora de la verdad la ideología está siempre por debajo de lo contingente.

Entre tanto, centré mi atención en el chófer del príncipe, que aguardaba órdenes en el claustro. Han pasado años desde entonces y aún sigo viendo al joven Gábor como si perteneciera al Batallón Sagrado del ejército tebano, cuyos miembros combatían por parejas y siempre estaban dispuestos a dar la vida por el camarada. He oído decir que entre ellos mantenían estrechos vínculos emocionales, incluso relaciones homosexuales, y no descarto que ése fuera el caso de Junio con Gábor. Nunca he tenido pruebas que confirmen mis sospechas, ni siquiera creo que Montse estuviera de acuerdo conmigo (me diría que las mujeres tienen un instinto especial para detectar cuando un hombre es heterosexual y cuándo no), pero los lazos entre Junio y Gábor siempre fueron más allá de la pura camaradería, entre ambos existía una lealtad sin límites que, llegado el momento, esgrimían para preservar su intimidad. Siempre que uno de los dos tenía que hablar del otro, lo hacía con sumo celo, con extrema cautela, poniéndose de escudo. Y eso fue lo que me ocurrió aquella tarde con Gábor cuando quise sonsacarle información sobre las actividades del príncipe. Se replegó sobre sí mismo asumiendo el papel del humilde chófer que sólo sabe ir de un lado a otro y, cuando el coche está detenido, esperar sin hacerse notar. Pero se trataba de una humildad fingida, con su actitud me estaba dando a entender de la manera más educada que no tenía derecho a husmear en asuntos que no eran de mi incumbencia.

La visita terminó con dos acontecimientos felices. Por una parte, tanto Junio como el señor Tasso habían hecho una selección de libros por los que estaban dispuestos a pagar otras dieciséis mil liras; por otra, el príncipe había invitado a Montse a merendar, en agradecimiento por sus amables servicios. Pese a que el señor Fábregas consideró que era demasiado precipitada aquella primera cita, Olarra le recordó que el príncipe era un héroe de la guerra civil, algo de lo que no podía vanagloriarse ninguno de los españoles que vivían en la Academia, ni siquiera él. Por no mencionar los beneficios que una relación entre Montse y un príncipe camisa negra con contactos con las más altas esferas del fascismo podía proporcionarle a la Academia. He de reconocer que intenté apuntarme a aquella merienda por todos los medios, pero la presencia del señor Tasso me dejó sin asiento en el coche.

—El Italia tiene cinco plazas, pero sólo para casos de urgencia. No sería elegante obligar a una señorita a tener que sentarse entre dos caballeros —se justificó Gábor.

Tras despedir a la comitiva en la explanada de San Pietro in Montorio, y de guiñarle un ojo a Montse, gesto con el que pretendía recordarle la complicidad que existía entre nosotros, amén de la misión que tenía encomendada, busqué refugio en la terraza.

Encontré a Rubiños escuchando Radio Vaticano. Parecía ofuscado por algo que había oído.

—¿Mi pensionado, usted entiende a la Iglesia? —me preguntó.

—A la Iglesia no hay quien la entienda, Rubiños —respondí.

—Eso es lo que yo me digo siempre, pero luego me pregunto si pensar de esa manera es de buen fascista. Guillén asegura que un fascista ha de tener fe ciega en sus mandos y en la Iglesia, porque para hacer la guerra lo primero es creer y luego obedecer.

Rubiños se refería a su inmediato superior, el cabo José Guillén, un soldado con vocación religiosa e ideas estrafalarias.

—Tal vez no seas fascista, ¿lo has pensado?

Rubiños se tomó unos segundos antes de lanzar una nueva pregunta.

—Y si no soy un fascista, ¿qué soy?

—Todos somos poca cosa frente a las grandes catástrofes, Rubiños. Ahora mismo ninguno somos nada, sólo supervivientes.

—Guillén me ha dicho también que el individualismo es el mayor cáncer de nuestra sociedad.

—Guillén tiene la cabeza llena de pájaros, de consignas políticas que repite como un loro. El problema de nuestra sociedad no está en el modelo de Estado, sino en la falta de justicia y de derechos fundamentales.

—Menudo rojo está usted hecho, mi pensionado. Si Olarra le escucha decir eso, le mete un puro. Nada le gustaría más que fusilar a alguien en el jardín de la Academia. Arde en deseos de montar un aquelarre para sentir la guerra en primera persona.

—También Olarra es poca cosa —añadí.

Rubiños me dedicó una sonrisa pícara, dando a entender que estaba de acuerdo conmigo.

—Al final va a resultar que no entiendo a la Iglesia porque tampoco entiendo a los hombres —concluyó.

Rubiños tenía razón, no era fácil entender a los hombres. Al menos mientras se mostraran permanentemente insatisfechos, mientras no recuperaran la cordura.

Me asomé al pretil, y cumplí con el ritual de contar las torres y las cúpulas que se recortaban en la lejanía bajo un cielo de color cárdeno, aunque en realidad lo que buscaba era el lugar en el que Montse y Junio pudieran estar merendando juntos, como si algo así fuera posible. Pero no lo era, a pesar de que la curiosidad me llevaba a imaginarlos en tal o cual sitio, en tal o cual actitud, disfrutando de una felicidad que me abrasaba por dentro. Luego, alguien gritó destempladamente desde uno de los edificios de la Via Goffredo Mameli, y mi subconsciente se encargó de transformar aquel estertor casi gutural en un armonioso canto, cuyo estribillo repetía una y otra vez: *Ah! Com'è bello essere innamorati!*

9

*M*ontse regresó a la hora de la cena. Nunca la había visto tan feliz. Una felicidad inconsciente, casi infantil, que le hacía comportarse como si estuviera soñando todo el tiempo. Más que hablar, sonreía sin parar; más que caminar, parecía levitar. En un primer momento achaqué su comportamiento a la emoción del riesgo, que suele producir regocijo cuando ya se ha superado, pero al cabo tuve que admitir que aquel estado estaba provocado por el ímpetu de su corazón. Siempre me he preguntado por qué la felicidad causa ese extraño efecto entre las personas. Es como si cuando somos felices quisiéramos vivir más apresuradamente, más deprisa, cuando tendría que ser lo contrario. Tal vez se deba al hecho de que todos somos conscientes de que la felicidad es efímera, de que uno no puede perseguirla con éxito durante toda la vida, sino que se ha de conformar con recrearse cuando la encuentra en el camino dispuesta a acompañarnos durante un trecho. Estaba claro que Montse se había dado de bruces con ella esa tarde y ahora, como si dicha felicidad se tratara de un caballo, lo fustigaba sobre la grupa sin descanso para que corriera más aprisa. Para mí, en cambio, el terreno que Montse pisaba era nuevo, tanto que me hacía sentir extraño, me ponía nervioso, lo que a la postre hacía parecer que también yo tomaba parte en aquella frenética carrera en busca de una quimera.

—Y bien, ¿qué tal te ha ido? —le pregunté.

Sus ojos brillaban como luciérnagas, y como en el caso de las luciérnagas, era una luz que servía exclusivamente para atraer sexualmente a su pareja.

—Me ha ido de maravilla, porque Junio es un ser maravilloso. Pero he comido tanto que ahora me siento avergonzada —me respondió.

Montse aceptaba a las personas sin ningún tipo de prejuicio, cerraba los ojos y se olvidaba del pasado como si no hubiera existido, pero me parecía que exageraba al calificar a un fascista con estrechos vínculos con el nazismo de «ser maravilloso».

—Imagino que habrás hablado de algo con el príncipe, aunque tuvieras la boca llena.

—Desde luego que nos ha dado tiempo para hablar de muchas cosas. Me ha contado que las virtudes del fascismo son la tenacidad en el trabajo; la extrema parsimonia en el gesto y la palabra; el coraje físico y moral; la firmeza en las decisiones; la fidelidad sin límites al juramento prestado; y el respeto a la tradición unido al ansia del mañana. Me ha dicho también que la libertad no debe ser un fin, sino un medio, y como medio debe ser controlado y dominado, y que en una sociedad como la italiana es primordial cumplir con el deber antes de poder exigir derechos. ¿Sabías que Mussolini cree que la juventud es un mal divino del que uno se cura un poco todos los días?

—No sé mucho sobre Mussolini, la verdad —reconocí—. Pero siempre que contemplo su semblante marmóreo y su ceño adusto pienso que estoy delante de un matón de barrio.

—Claro que el príncipe no está de acuerdo con Mussolini, al menos no en todo. Junio es un fascista con ideas propias. Un hombre moderno, aunque patriota. Lee poesía, a Byron y a Leopardi, y le gusta la pintura abstracta. Y no tiene novia.

Si lo que Montse pretendía era sacarme de mis casillas, lo estaba consiguiendo.

Tras tomarse unos segundos, añadió:

—También hemos tenido ocasión de hablar de ese dichoso mapa.

Los celos me habían predispuesto a mantener una actitud de censura sobre cualquier asunto del que hubiera tratado con Junio, así que le dije sin ocultar cierto malestar:

—¿Le has hablado del Mapa del Creador?

—¿Por qué no iba hacerlo? Es lo que me pidió el señor Smith —me respondió.

—Sí, te lo pidió Smith, pero se suponía que no eras tú la que tenía que sacar el tema a relucir, sino él. Si has mostrado mucho interés, tal vez sospeche y no vuelva a confiar en ti.

—Vamos a ver, yo encontré el libro y luego lo seleccioné para su venta, de modo que lo normal era que le hubiera echado un vistazo a su contenido, ¿por qué no podía entonces comentarlo con la persona que lo ha comprado? Además, no me he referido al mapa por el nombre que le da Smith. Simplemente, he dicho que en el último capítulo del libro se mencionaba la existencia de un extraño mapa...

—¿Y cómo ha reaccionado el príncipe? —la interrumpí.

—Con absoluta normalidad. No sé si ese mapa tiene o no mucho valor, pero Junio no parece dárselo. Me ha dicho que se trata del «molde» de una leyenda, según la cual Dios habría elaborado un mapa de su puño y letra, en el que estarían reflejados las principales líneas y puntos de poder del mundo, continentes sumergidos, ciudades subterráneas, en las que habitarían razas de hombres superiores. Algo parecido a las Tablas de la Ley, pero relativo a la cartografía del mundo. También me ha dicho que le ha enviado el libro a Heinrich Himmler, el jefe de las SS, porque los nazis andan detrás de una prueba que demuestre que «durante la edad de oro los dioses vestidos de aire marchaban entre los hombres». Ahora espera instrucciones desde Alemania.

—¿Qué significa esa frase?

—Es un aforismo de Hesíodo, que habla del mito del continente perdido, de una tierra en la que los hombres convivían con los dioses. Al parecer, los nazis están convencidos de ser herederos de una de estas civilizaciones fantásticas. De modo que no sólo creen que el Mapa del Creador se encuentre en el Vaticano, sino también un manuscrito secreto que relata la historia de la Atlántida, de Thule, la tierra de los grandes antepasados. Al parecer, los pueblos arios fueron llevados fuera de esta Atlántida por el último de los Hombres-Dioses o Superhombres, tras el diluvio universal, y se instalaron en Europa y Asia, desde el desierto de Gobi hasta el Himalaya. Aquí, en las cumbres más altas de la Tierra, fundaron un Oráculo del Sol, desde el que gobernar el planeta, y desde entonces no han dejado de reencarnarse en los líderes de los diversos pueblos que sobrevivieron a la catástrofe.

No podía negar que Montse había hecho bien su trabajo, aunque no estaba dispuesto a reconocerlo.

—Entonces todas las calamidades de nuestro mundo son achacables a esos seres superiores. Sólo hay que ver la cara de Hitler o de su adlátere Himmler para comprobar que son cualquier cosa menos seres de una raza superior. Francamente, no entiendo por qué Smith pierde el tiempo preocupándose por un asunto tan peregrino, y menos que nos lo haga perder a nosotros. Pensar que un mapa tiene poder para cambiar el mundo es la cosa más estúpida que he oído jamás.

Entonces no podía imaginar cuánta razón tenía, aunque me equivocaba en algo que luego se reveló de suma importancia: si bien un mapa, una lanza o un cáliz no podían modificar la Historia, sí podía hacerlo en cambio el fanatismo de quienes se dejaban embaucar por los mensajes apocalípticos y mesiánicos que llevaban aparejados muchos de esos objetos. Hoy veo claro que lo que los nazis pretendían persiguiendo esos talismanes sagrados era justificar su manifiesta falta de conciencia, de humanitarismo, precisamente con la supuesta búsqueda de un nivel de conciencia superior. Como si para acercase a Dios hubieran tenido primero que pactar con el Diablo, como si Dios y el Diablo fueran la misma cosa.

—A mí me parece emocionante.

—A ti te gusta el príncipe, eso es todo —le espeté.

Por fin, Montse se apeó del caballo de la felicidad.

—Y a ti parece importarte —sugirió.

¿Qué podía decir, salvo que tenía razón? Pero no era el momento de hacer una confesión que podía ponerme en una situación de clara desventaja frente a ella.

—Creo que deberíamos acabar con esta locura, antes de que sea demasiado tarde. Ni tú ni yo somos espías. Mañana me reuniré con Smith y le diré que hemos cambiado de opinión —dije, volviendo al tema central de nuestra conversación.

—Creo que ya es demasiado tarde. He quedado con Junio dentro de dos días —reconoció—. Y ahora separémonos, antes de que mi padre sospeche que nos traemos algo entre manos.

¿Se refería a que no quería que su padre pensara que yo trataba de inmiscuirme en su relación con Junio? Desde luego, no me hubiera importado causarle esa impresión al señor Fábregas. Pero mi malestar era tan grande en ese momento, que lo único que deseaba era devolverle el golpe. Ahora, cuando lo recuerdo desde la distancia, pienso que aquel comentario de Montse fue el desencadenante de mi cambio de postura frente a la guerra que se libraba en España y la situación que vivía Europa. Me hizo comprender que si no me tomaba en serio, era precisamente por mi falta de compromiso y que, en consecuencia, detestaba la atmósfera insípida en la que yo vivía instalado, tratando de mantenerme al margen de lo que ocurría en el mundo. Como si bastara con cerrar los ojos para que los problemas desaparecieran. Lo peor de todo era que no había un ápice de artificio en mi forma de ser. Simplemente, yo era así. Tal vez en otras circunstancias, en tiempos de paz, mi comportamiento no habría tenido tanta importancia, pero mientras España se desangraba y Europa estaba a punto de hacerlo, se necesitaban personas como Junio, como Smith, o como el propio secretario Olarra, capaces de comprometerse con una causa. No valían las medias tintas ni las actitudes tibias, había que tomar partido y llevar el compromiso hasta sus últimas consecuencias. Ésa era la única forma de vivir con cierta dignidad en los tiempos que corrían. Lo contrario era aceptar la iniquidad como modelo de vida. Creo que fue entonces cuando decidí comprometerme en serio con Smith, aunque sólo fuera porque para tomar parte en su causa no era necesario vestir un uniforme militar, ni mostrarse bravucón, vociferante o altivo en reuniones o delante de las masas. He de reconocer que nunca me había sentido atraído por las proclamas fascistas, pero, al margen de la cuestión ideológica, mi rechazo frontal se debía a mi espíritu individualista, a mi ne-

69

gativa a formar parte de un rebaño, pues siempre había padecido intolerancia por las masas. Lo que no sabía era que la decisión que acababa de tomar me iba a llevar a comportarme de forma temeraria antes de lo que hubiera imaginado.

10

$\mathcal{M}$ontse no bajó a desayunar. Al parecer, tenía tos y le dolía la garganta. Yo, en cambio, pensé en la posibilidad de que el príncipe la hubiera envenenado en el transcurso de la merienda del día anterior. Uno de esos venenos indetectables que matan lentamente, como el amor.

—Ahora mismo le preparo una cebolla para la tos y unas rodajas de tomate para la garganta —se ofreció doña Julia.

—¿Una cebolla y unas rodajas de tomate? Por Dios, doña Julia, ¿no querrá convertirme a la niña en una ensalada? —intervino doña Montserrat, la madre de Montse, una mujer de carácter apocado y discreto que vivía eclipsada por la fuerte personalidad de su esposo.

—Le aseguro, querida, que no hay mejor remedio para la tos que abrir una cebolla por la mitad y ponerla en la mesilla de noche. Los efluvios que desprende son milagrosos. Y lo mismo ocurre con una cataplasma de rodajas de tomate en la garganta, es mano de santo —insistió doña Julia.

—¿Mano de santo? No diga más tonterías, buena señora. Sus remedios son una bofetada a la ciencia. No olvide que, aunque no lo parezca por las circunstancias especiales que nos ha tocado vivir, esta casa sigue siendo una Academia donde no tiene cabida la superstición —habló el secretario Olarra.

—¿Acaso hay algo más científico que la madre naturaleza? Les apuesto lo que quieran a que la niña se pone buena antes de la hora de comer —añadió doña Julia, tras lo cual cogió un cuchillo y se hizo un pequeño corte en la yema de uno de sus dedos.

—¿Se puede saber qué hace? —le reprochó Olarra.

—Voy a demostrarle dónde se encuentra la verdadera ciencia. Ahora le toca a usted hacerse un corte como el mío —respondió doña Julia.

—¿Hacerme un corte en un dedo? Sin duda, doña Julia, ha perdido usted el seso.

—Hágase un pequeño corte y luego aplíquele un poco de alcohol o de yodo; yo, en cambio, cubriré mi herida con azúcar blanquilla. Mañana por la mañana su herida estará por cicatrizar, mientras que la mía lo habrá hecho por completo. Páseme el azúcar, doña Montserrat.

La madre de Montse obedeció, y doña Julia vertió una dosis de azúcar sobre la herida como si se tratara de una taza de café.

—Ahora comprendo que sea usted la única que ve a ese fantasma —dijo el secretario Olarra.

—Ayer volvió a entrar en mi cuarto a la hora de la siesta. Estuvo mirándome apoyada sobre el quicio de la ventana —aseguró doña Julia.

—Entonces tiene cabeza —razonó doña Montserrat.

—Como usted y como yo. Tiene el cabello castaño, unos ojos enormes, marrones y con los párpados llenos de venas azules, y la piel pálida, casi translúcida. Es una joven muy hermosa —expuso doña Julia.

—Eso mismo decían de Beatrice Cenci, por eso su padre hizo con ella lo que hizo —apuntó doña Montserrat.

—Y por eso ella hizo con su padre lo que hizo —completó la frase doña Julia.

—Un padre que viola a su hija merece la castración —sentenció doña Montserrat.

—La muerte, merece la muerte. Le he prometido al fantasma que esta misma tarde le pongo una vela en la iglesia de San Pietro in Montorio, y también que voy a hacer todo lo posible por descubrir dónde está su cabeza. Al fin y al cabo, lo único que quiere la pobre es que se la devuelvan para poder descansar en paz.

—He oído decir que la cabeza se la llevó un soldado francés —apuntó doña Montserrat.

—Su nombre era Jean Maccuse. Pero según me ha contado

la propia Beatrice, la vida de este personaje no volvió a tener descanso después de perpetrar tan horrendo robo. ¿A qué no sabe cómo murió el tal Jean Maccuse?

—Ni idea, doña Julia.

—Murió decapitado, y su cabeza fue a parar a una urna, propiedad de un sultán africano. Ya sabe lo que se dice..., el que a hierro mata a hierro termina.

—¿Habla en serio?

—Palabra del fantasma de Beatrice Cenci —dijo doña Julia con solemnidad.

Doña Montserrat se persignó dos veces seguidas.

—¡Por favor, señoras, sólo les falta gritar: ¡Viva la muerte! —exclamó Olarra.

—Lo que le pasa a la nena es que se ha enamorado de ese príncipe. Le he tomado la temperatura y no tiene fiebre. En cambio, tiene la mirada perdida y no para de suspirar —observó el señor Fábregas, retomando el caso de la enfermedad de Montse.

—En eso la nena ha salido a mí. Cuando yo me enamoré de mi esposo tuve que guardar cama dos o tres días. Me daban palpitaciones y vahídos cada vez que pensaba en él —señaló doña Montserrat, en un tono que daba a entender que se refería a alguien que estaba ausente, como si el hombre del que hablaba y su marido no fueran la misma persona.

Trataba de digerir el comentario del señor Fábregas, cuando descubrí que me miraba fijamente. Me bastó un instante para leer en sus ojos el siguiente mensaje dirigido a mí: «Muchacho, tendrás que conformarte con las sobras».

Con la excusa de su enfermedad, fui a la habitación de Montse. La estancia, como el resto de la Academia, estaba helada, y Montse tiritaba debajo de las sábanas y de un par de mantas. Llevaba puesta una toquilla de su madre sobre los hombros, que le daba un aire de castidad, y apoyaba la espalda sobre unos almohadones de pluma de ganso. Fingía que leía, pero tal y como había afirmado su padre, parecía fatigada y tenía la mirada absorta en un punto indeterminado de la pared.

—¿Cómo te encuentras? —me interesé.

—Papá asegura que la guerra terminará en pocas semanas;

Junio, en cambio, dice que durará años. ¿Quién crees que tendrá razón?

El comentario de Montse me hizo comprender que el señor Fábregas no había errado el diagnóstico: el amor había hecho estragos en su salud. Preferí reservarme el pronóstico.

—¿Tú quién quieres que la tenga? —respondí con otra pregunta.

—Quiero que la guerra termine pronto, mañana mismo, si fuera posible, pero al mismo tiempo no quiero marcharme de Roma —reconoció.

—El otro día me dijiste que estabas deseando regresar a Barcelona —le recordé.

—El otro día era el otro día. ¿Has olvidado que ahora somos espías?

En realidad, lo que Montse había querido decir era: «¿Has olvidado que ahora estoy enamorada?».

—¿Cómo podría olvidarlo? Pero tampoco consigo olvidar que Mata-Hari murió fusilada acusada de alta traición. Tengo miedo.

—Si le gusto al príncipe, no hay nada de lo que temer. Y de gustarle ya me encargo yo. He hablado con mi padre, y está de acuerdo en desembolsar una pequeña cantidad de dinero para que renueve mi vestuario. Confía en mí, todo saldrá bien.

Las palabras de Montse me provocaron un dolor agudo. Pese a que yo no deseaba convertirme en su confidente, en un cómplice de sus pecados, parecía que ése era el papel que me había asignado.

—¿No le habrás hablado a tu padre de lo nuestro?

Poner énfasis en un pronombre posesivo era el único consuelo que me quedaba en ese momento para sentirme unido a ella.

—Tranquilo, mi padre cree que quiero echarle el lazo al príncipe, y está conforme.

—¿Y tú qué quieres? —volví a preguntarle.

—Si logramos salvar a la humanidad, tal vez también consigamos salvar al príncipe —razonó.

Montse no tenía en cuenta que el plan era salvar a la humanidad del príncipe y de los que eran como él, que era a ellos a quienes teníamos que combatir, pero preferí guardar silencio para no empeorar las cosas.

—Sí, tal vez logres salvarlo.

—Mi madre dice que una mujer lo puede todo, incluso las cosas que son imposibles. Hay fascistas buenos y malos, como en la viña del señor, y Junio pertenece a los primeros. Él mismo me dijo que un hombre no lleva la nobleza en el apellido, por muy príncipe que sea, sino en el corazón.

Pensar que Montse veía en Junio al buen samaritano me sacaba de quicio. Años más tarde, cuando ambos recordábamos estas conversaciones, coincidíamos en que en aquellos momentos de confusión, soñar era lo único que iluminaba la vida. No puedo reprocharle a Montse su comportamiento, pues yo mismo me aferré a ella como un sueño, como un hito. En cierto modo, teníamos la sensación de que la vida había acabado copiando el argumento de una novela en la que nosotros éramos los protagonistas, y que en nuestra condición de tales, nos estaba permitido comportarnos como personajes salidos de un cuento. Ahora, cuando las páginas de ese libro llevan cerradas ya un largo período de tiempo y sus tapas empiezan a almacenar el polvo del olvido, comprendo que fuimos víctimas de una época y de un mundo dominado por los verdugos.

11

*L*legué al cementerio protestante cinco minutos antes de la hora convenida, después de darle mi nombre en clave al camarero de la pizzería Pollarolo, comerme una pizza margarita con una hoja de albahaca y sentirme completamente estúpido. Como tenía prohibido escribir lo que Montse me había contado el día anterior, hice el viaje en tranvía desde la Piazza del Popolo al Testaccio memorizando como un escolar. Aunque el mensaje podía resumirse en que Junio le había enviado el libro de marras al jefe de las SS, Heinrich Himmler, quien andaba recopilando pruebas que le sirvieran para demostrar la supremacía de la raza aria. De los planes de los alemanes para sustraer el mapa en el Vaticano, Junio no le había dicho nada a Montse, ya porque no los tuvieran, ya porque el príncipe aún no se fiaba del todo de su princesa. No parecía demasiado.

Después de que la verja del cementerio se cerrara a mis espaldas, un escalofrío me sacudió la espina dorsal. Sentía que me faltaba la habilidad y la astucia necesaria para ser un espía, o cuando menos un simple mensajero. Sin olvidar que la posibilidad de correr algún peligro me daba un miedo atroz. Pero seguí adelante por Montse.

Al traspasar la entrada que separaba la parte moderna de la antigua, reconocí la figura desmañada de Smith, que había tomado asiento en un banco de madera —regalo de una asociación inglesa de amigos de la poesía, según rezaba una pequeña placa—, justo enfrente de la tumba del poeta Keats. Digo desmañada porque el cuerpo estaba inclinado sobre su costado izquierdo, como si estuviera buscando algo en el suelo. Resulta curioso cómo nuestro subconsciente nos pone sobre aviso en cuanto detecta algo anómalo, y cómo, en cambio, nuestro yo consciente tarda en darse cuenta de lo que está pasando. Es como si el subconsciente conservara el instinto animal de supervivencia, que en el yo consciente ha quedado atrofiado tras miles de años de civilización. De pronto, el instinto enterrado sale a la luz, y el peligro adquiere la categoría de sentido. Entonces, nuestros músculos entran en tensión y nuestra mente nos prepara para afrontar lo que tenga que venir. En esos momentos podríamos realizar cualquier cosa, cualquier ejercicio que en circunstancias normales nos estaría prohibido. Ya sé que puede resultar extraño, pero olí la muerte de Smith desde la distancia, antes de que el resto de mis sentidos la certificaran. La muerte se deja presentir y se anuncia en el aire con un olor acre muy característico; una clase de fragancia que prevalece por encima de cualquier percepción sensorial. Me acerqué hasta él con suma cautela, como si en realidad temiese despertarlo de un profundo sueño. Tenía un orificio en el entrecejo, del que manaba un hilo de sangre. Me llamó la atención el hecho de que la sangre corriera hacia los lagrimales, desde donde volvía a brotar con forma de lágrimas. Como mi experiencia con cadáveres era nula, le observé durante unos instantes, por si quedaba un hálito de vida en alguna parte de su cuerpo. Parecía examinarme con los ojos muy abiertos, con interés, casi con avidez, pero en realidad era la mirada vacía y ausente de la muerte. Una vez hube asimilado la situación en que me encontraba, pensé en mí, en la posibilidad de que el asesino de Smith pudiera estar esperándome. A pesar de que la idea me paralizó, logré a duras penas ordenarle a mis piernas que comenzaran a caminar en dirección a la salida. Allí me encontré la cancela cerrada, lo que aumentó mi angustia. De pronto era un animal enjaulado. Y como una bestia salvaje que se siente cercada, grité reclamando la presencia del guarda. Entonces, como si se tratara de un ejército de muertos vivientes, comenzaron a salir hombres de entre las tumbas. Juro que en un primer momento la sugestión me llevó a pensar que eran seres de ultratumba, pero conforme me fueron rodeando, comprendí que estaba a punto de ser detenido por miembros de la temible OVRA, la policía política de Mussolini encargada de reprimir a los ene-

77

migos del régimen. Me postré de hinojos, no sé si para implorar piedad o para rezar, temeroso de que hubiera llegado mi hora de morir, y en ese momento sentí cómo alguien me cubría la cabeza con una capucha y me maniataba con una cuerda. Por último, fui conducido hasta un coche e introducido en el maletero.

—Procure no gritar ni hacer ruido, de lo contrario... A lo sumo serán siete u ocho minutos —dijo la voz de un hombre desde el exterior.

Pensé que ése era el tiempo que me quedaba de vida: siete u ocho minutos. Aunque si el propósito de aquellos hombres era asesinarme, no tenía sentido que me sacaran del cementerio, salvo que antes quisieran torturarme. Desde luego, yo no pensaba oponer resistencia; al contrario, estaba dispuesto a contarlo todo con tal de salvar la vida. Luego se me ocurrió pensar que Montse podía haber corrido la misma suerte que yo, y que muy probablemente nos encontraríamos en la sala de torturas. Deseé con todas mis fuerzas que fuera así, no sólo porque pensaba que con ella a mi lado nos resultaría mucho más fácil explicarles a nuestros captores que todo había sido un malentendido, que sólo éramos dos jóvenes sin cabeza, sino porque en el caso de que no sobreviviéramos al menos la habría visto una vez más antes de morir.

Cuando el coche se detuvo y el maletero volvió a abrirse, mis esfínteres cedieron.

—*Porca miseria!* ¡Este tío se ha cagado encima! —exclamó otro de los hombres.

El mal olor me provocó náuseas.

—¡Cálmese! No le va a ocurrir nada —se dirigió a mí el hombre que me había hablado en el coche.

Jamás había pasado por una situación tan humillante, así que ahora era yo el que quería morir voluntariamente. Con un poco de suerte, quizá me fallara el corazón mientras me interrogaban.

—Me asfixio —logré balbucir.

—Buscadle unos pantalones limpios —ordenó el hombre que parecía dirigir la operación.

Luego otros dos pares de brazos me arrastraron hasta una

habitación, en la que me desataron las manos y me quitaron la capucha. Allí encontré unos pantalones nuevos y una jofaina con agua y jabón con la que puede asearme.

Cuando mis ojos se adaptaron de nuevo a la luz, reconocí la figura de un hombre achaparrado, con el rostro surcado por un sinfín de arrugas producidas por el sol, ojos negros como el carbón, facciones meridionales y piel de color oliváceo: un auténtico italiano del sur.

—Así que usted es «Trinidad». Si hubiera llegado diez minutos antes al cementerio, ahora estaría haciéndole compañía a Smith. Se ha librado por poco —dijo.

—Me llamo José María Hurtado de Mendoza —le corregí, decidido a no reconocer nada de lo que me dijera.

—Pero su alias es «Trinidad». Tranquilícese, está entre amigos —aseguró.

—Tiene usted un extraño sentido de la amistad —le reproché.

—Nuestra misión era ponerle a salvo, y eso es lo que hemos hecho.

—¿Ponerme a salvo de quién?

—De las mismas personas que han asesinado a Smith.

—¿Y quienes son esas personas? —me interesé.

—¿La OVRA? ¿Los nazis? ¿El Vaticano? ¿Quién puede saberlo? —me respondió.

—Olvida al príncipe Cima Vivarini —le hice ver.

El hombre sonrió antes de añadir:

—No, le aseguro que no me olvido del príncipe Cima Vivarini.

—¿Quién es usted? —le pregunté a continuación.

—Digamos que me llamo… John Smith.

—Smith está muerto —le recordé.

—Aquí todos nos llamamos… John Smith —aseguró el hombre, al tiempo que hacía un gesto con la mano con el que pretendía abarcar al resto de sus compañeros, a pesar de que éstos habían desaparecido sigilosamente de la habitación.

—Al menos John Smith parecía John Smith, pero usted… —dejé caer.

—El aspecto es lo de menos; lo importante es que luchamos

para que el fascismo sea erradicado de Europa —me replicó.

—Por sus uniformes, hubiera jurado que pertenecían a la policía secreta de Mussolini —añadí.

—Vuelve a fiarse de las apariencias. Si te vistes igual que tu enemigo, te libras de él. Ya se lo he dicho, somos amigos.

Fueran lo que fuesen estaba dispuesto a decirles lo que quisieran oír.

—¿Qué quieren de mí?

—Oír el mensaje que tenía para Smith.

—¿Y me dejarán libre?

—Nadie le retiene. Hable y podrá marcharse.

Cabía la posibilidad de que en cuanto hablara el nuevo Smith me descerrajara un tiro en la cabeza, pero no tenía otra opción.

—El príncipe Cima Vivarini le ha hecho llegar el libro a Heinrich Himmler. Ahora está a la espera de recibir órdenes. Por el momento no hay ningún plan para robar el Mapa del Creador.

—¿Alguna cosa más?

—Los alemanes también buscan un manuscrito relativo a la Atlántida, una obra que hablaría de una raza superior de hombres. Eso es todo.

—¿Ve qué fácil ha sido? Ya puede marcharse. ¡Ah, lo olvidaba! Para la próxima cita cambiaremos el procedimiento. Vaya a la pizzería, y Marco le dirá el lugar y la hora del encuentro. Después de lo de hoy tendremos que extremar las medidas de seguridad. Siempre que coja un tranvía, apéese y súbase varias veces, y entre en locales que estén llenos de gente y que tengan varias puertas. Nunca utilice la misma para entrar y salir.

—¿Cree que después de lo que ha ocurrido hoy pienso seguir jugando a los espías?

—No se lo tome entonces como un juego, sino como un trabajo que a la larga beneficiará a muchas personas —me sugirió.

—Eso sólo son palabras. Ustedes andan matándose por un estúpido mapa, por una… superstición. Son ustedes los que están jugando —le reproché.

—Nos es indiferente que Hitler y Himmler crean o no en

las propiedades esotéricas de un «estúpido» mapa, para emplear sus palabras; lo que nos preocupa es que su obtención sirva como argumento para comenzar la invasión de los países que tengan frontera con Alemania. Lo peligroso no es el mapa, sino la teoría del espacio vital, la idea de que Alemania está superpoblada y necesitada de nuevos territorios.

—¿Me pide que sacrifique mi vida por alguien que ya está muerto? Si al menos Smith estuviera vivo...

—Está claro que no entiende lo que está en juego —observó el nuevo Smith.

—¿La democracia? No me haga reír. ¿Qué ha hecho la democracia por los pobres además de darles la posibilidad de que voten qué clase de pobreza prefieren? Sí, ya sé que ahora me dirá que la democracia es el menos malo de los sistemas de gobierno, y yo le diré que estoy de acuerdo con usted, pero que prefiero mantenerme al margen.

El nuevo Smith encajó mi invectiva sin perder la sonrisa. Creí ver en sus ojos la misma expresión de Montse, cuando quería decirme con ellos que me faltaban ideales para que la vida no me resultara insoportable. En el fondo, se trataba de una mirada cargada de compasión, como la que se le dedica a un enfermo incurable.

—Entonces hágalo por su amiga —soltó a continuación.

—También para ella esto no es más que un juego. Cree estar enamorada de ese príncipe, y haría cualquier cosa para frecuentar su compañía.

—Usted lo ha dicho, está enamorada, y por eso mismo no dejará la misión que tiene encomendada. Seguirá hasta el final, porque ningún enamorado deja su trabajo a medias. Incluso cuando las cosas van mal, el enamorado cree que tendrá una nueva oportunidad. No, su amiga no se echará para atrás.

—Lo hará en cuanto le cuente que Smith ha sido asesinado probablemente por orden de su príncipe —dije como quien muestra la carta con la que piensa ganar la partida.

—¿Está seguro? ¿Puede demostrar que la orden de asesinar a Smith partió del príncipe Cima Vivarini? Con esa táctica sólo conseguirá que su amiga piense mal de usted, que crea que actúa impulsado por los celos.

¿Acaso mis sentimientos hacia Montse eran tan evidentes que hasta un desconocido era capaz de adivinarlos? El nuevo Smith tenía razón. Lo mejor era no decirle nada a Montse. No tenía ninguna prueba que demostrara que Junio estaba relacionado con el asesinato de Smith. Empecé a sentir la misma sensación de angustia que había experimentado cuando me vi encerrado en el cementerio.

—¿Y si el príncipe decide deshacerse de ella? —elucubré.

—No lo hará, porque en el supuesto de que esté al tanto de lo que ocurre, utilizará a su amiga para sacarle información o, en su defecto, para transmitirle información falsa. Es una práctica muy habitual entre espías.

—El espía espiado. ¿Y qué ocurrirá cuando mi amiga ya no le sea útil al príncipe?

—La retiraremos del servicio activo antes de que se queme, se lo prometo. Sabremos interpretar las señales cuando las cosas empiecen a ir mal. Somos los primeros interesados en que nadie sufra daños. No queremos llamar la atención.

El nuevo Smith hablaba con convencimiento, seguro de sí mismo; para mí, en cambio, su boca no era más que una grieta que daba paso a un abismo sin fondo.

—Imagino que tenían el mismo plan para con Smith, y, sin embargo, se les ha achicharrado delante de sus narices —añadí—. Francamente, sus argumentos no me convencen.

—El caso de Smith es distinto. Le gusten o no mis argumentos sólo tiene un camino: seguir colaborando con nosotros; de lo contrario, su amiga tendrá que añadir a su trabajo el de usted, con lo que las probabilidades de que su vida corra peligro aumentarían.

—Está bien, seguiré colaborando con ustedes, pero en el supuesto de que las cosas se pongan realmente feas, quiero que tengan preparado un plan para evacuarnos de Roma.

Por aquel entonces, yo desconocía las dos reglas básicas del espionaje: la primera, que cuando las cosas salen bien, nadie te lo agradece; la segunda, que cuando las cosas se tuercen, nadie te conoce.

—De acuerdo. Les sacaremos de Roma si la situación se complica —aceptó—. Ahora uno de mis hombres le volverá a poner la capucha y le conducirá hasta un lugar seguro. No conviene que sepa dónde ha estado. ¿Lo entiende, verdad?

No respondí. Empezaba a estar cansado de formular objeciones que no llevaban a ninguna parte. Dejé que me encapucharan y que me arrastraran de nuevo hasta el maletero. Por un momento, volví a desear que Montse estuviera allí, contemplando la escena, para poder decirle que todo era culpa suya.

Cuando por fin fui liberado, estaba en la puerta de la Villa Doria Pamphili, en el Gianicolo, a cinco minutos de la Academia. A la altura del Fontanone dell'Acqua Paola, me di de bruces con una estampa de Roma tan sombría como mi estado de ánimo. Entonces pensé en Smith, y en lo que éste pensaría de sí mismo en caso de que un difunto pudiera analizar las causas de su propia muerte. ¿Diría eso de: «A pesar de todo valió la pena»? Lo que me llevó a preguntarme: ¿Todo esto merece de verdad la pena?

12

*C*omo cada noche, Rubiños hacía guardia fumando secretamente. En esta ocasión no dormía, sino que parecía absorto en una profunda reflexión. Al cabo, se encogió de hombros, como dando a entender que no acababa de comprender aquello en lo que pensaba. Parecía lo que era: un pobre idiota perdido en una lejana terraza de un país remoto. Es curioso, pero Rubiños sigue siendo para mí el paradigma del hombre sometido, precisamente porque no tenía conciencia de ser un peón, una marioneta en manos de una fuerza superior para la cual los seres humanos eran algo insignificante. A veces, esa fuerza sobrenatural adoptaba el nombre de una guerra provocada por intereses espurios; otras de catástrofe natural. Pero las víctimas eran siempre las mismas: hombres como Rubiños. Por alguna razón que se me escapa, cuando pienso en los bombardeos de Durango, Guernica o Madrid, por ejemplo, imagino a personas como Rubiños masacradas entre los escombros. No logro ver a Olarra, al señor Fábregas, al príncipe Cima Vivarini o a Smith, pero sí a Rubiños, tal vez porque pertenecía a esa clase de personas que hacen de su servidumbre una virtud.

—¿Alguna noticia de España? —le pregunté.

Rubiños aplastó el cigarro con la suela del zapato y saltó de su asiento.

—¡Es usted, mi pensionado! ¡Qué susto me ha dado! ¡Pensé que era el secretario Olarra! Ninguna noticia que supere lo que ha ocurrido esta tarde en la Academia.

—¿Y qué es lo que ha sucedido?

—Ha habido un milagro. Doña Julia ha curado a la señorita Montse con una cebolla y tres rodajas de tomate. El secretario

Olarra ha puesto el grito en el cielo, pero los «prófugos» han interpretado el hecho como una señal de Dios. Dicen que si una pobre e indefensa mujer es capaz de cambiar el curso de una enfermedad con tan sólo una cebolla y un tomate, qué es lo que no podrá hacer Franco con los cañones y los aviones que Mussolini va a mandarle. El Duce lo ha anunciado esta tarde en una alocución radiofónica.

—Comprendo.

—El señor Fábregas ha pasado la tarde gritando consignas como: «¡Que tiemble la Historia, porque a partir de ahora tendrá que mirar cara a cara a nuestro Caudillo!», o, «¡Por España! ¡Y el que quiera defenderla, honrado muera, y el que, traidor, la abandone, ni en la tierra santa cobijo, ni una cruz en sus despojos, ni las manos de un buen hijo para cerrarle los ojos!». Luego, para agradecer la ayuda del Duce, se han ido todos a misa.

Y tras tomarse un respiro, añadió:

—¿Sabía que el azúcar cauteriza las heridas mejor que el yodo?

—Sí, Rubiños, he tenido el gusto de desayunar con doña Julia esta mañana.

—Pues si doña Julia está en lo cierto, mañana me rocío el culo con azúcar blanquilla, porque las hemorroides me están matando.

—Los remedios de doña Julia son perfectamente explicables por las leyes naturales. El problema es que pocas personan conocen de verdad esas leyes.

Rubiños volvió a repantigarse en su asiento, lió un nuevo cigarrillo, y dijo:

—Hay algo que me intriga de usted, mi pensionado. ¿Me permite hacerle una pregunta?

—Pregunte, Rubiños, pregunte.

—Me gustaría saber por qué sube todas las noches a la terraza y se queda contemplando las vistas como un bobo, y perdone la expresión, mi pensionado.

—Rubiños, subo a la terraza porque éstas son las mejores vistas de la ciudad. Y también porque se ve de maravilla la Vía Láctea. Por no hablar de la calidad del aire —le respondí, al tiempo que inspiraba una bocanada de aire fresco.

—Ahí está el problema, mi pensionado, ¿de verdad ve la ciudad cuando se asoma al pretil?

Las volutas circulares de humo blanco ascendían lentamente sobre la cabeza de Rubiños, y en los segundos que tardaban en desvanecerse asemejaban halos de santidad.

—Pues claro que veo la ciudad, Rubiños, ¿qué otra cosa podría ver?

—Yo no veo Roma, mi pensionado —reconoció el radiotelegrafista.

—¿Y qué ve usted, si puede saberse?

—Galicia, mi pensionado, veo mi Galicia natal. Veo las torres de la catedral de Santiago, las murallas de Lugo, la plaza de María Pita, la ría de Ribadeo y la isla de la Toja. Cuando me asomo, es como si me asomara al balcón de mi casa, pero de Roma, nada de nada.

—Rubiños, ve eso porque mira con los ojos de la morriña. Le aseguro que la ciudad que está a nuestros pies es Roma.

Volví la cabeza hacia la ciudad, sumida en una oscuridad tenebrosa, y comprendí que para alguien que no se la supiera de memoria como yo, su contorno podía resultar extraño. El problema de Rubiños era que apenas había tenido tiempo para conocer la ciudad de día, por lo que no estaba familiarizado con ella.

—Si hasta me llega el olor a marisco —añadió con nostalgia.

—¿Cuánto tiempo lleva en Roma? —le pregunté.

—La semana pasada se cumplieron diez meses.

—¿Y cuántas guardias nocturnas le ha correspondido hacer?

—Tantas que hasta me ha cambiado el sueño.

—Pues ahí tiene el motivo de sus visiones.

—¿Usted cree?

—Cuando uno vive de noche pierde el sentido de la realidad, porque deja de tener perspectiva. El mundo se convierte en un muro de oscuridad, con lo que no nos queda más remedio que imaginarlo. Pero como usted apenas tiene recuerdos de esta ciudad porque rara vez sale de la Academia, ha ido rescatando imágenes y olores familiares. Lo que hace es proyectar una película sobre las sombras.

—Sí, sí, eso es, veo una película —admitió Rubiños con la boca abierta.

Para completar la zozobra de aquella noche llena de fantasmas, soñé con Smith. Lo tenía delante de mí, de espaldas, frente a la tumba de Keats. Repetía como una letanía el epitafio de la lápida: «Aquí yace uno cuyo nombre fue escrito en el agua». Luego yo tocaba su hombro para advertirle de mi presencia. Entonces, al volverse y mostrarme su rostro, descubría que no tenía boca, a pesar de lo cual oía su voz con claridad. «Mi alma es demasiado débil; sobre ella pesa / como un sueño inconcluso, la espera de la muerte / y cada circunstancia u objeto es una suerte / de decreto divino que anuncia que soy presa / de mi fin, como un águila herida mira al cielo…», recitó un fragmento de un poema de Keats. «Me mintió, me dijo que no había peligro, y ahora usted está muerto», le reproché. «Todos deseamos ser diferentes de lo que somos, todos albergamos en nuestro interior un alma convulsa, por eso vivir puede resultar tan peligroso», me replicó. «¿Qué quiere decir?», le pregunté. Smith me sonrió encogiendo los ojos y los mofletes, antes de añadir: «La respuesta a su pregunta es sí, ha merecido la pena. Ahora, no pierda más tiempo conmigo y vuelva a sus asuntos».

Me desperté sobresaltado y sudoroso, como si hubiera estado corriendo durante un buen rato tratando de huir de aquellas imágenes, y con el temor de que aquella pesadilla pudiera durar más que la misma muerte.

13

Pero si hubo algo que me causó desazón, fue la relación de Montse con el príncipe Cima Vivarini, cuyos encuentros se hicieron más frecuentes en aquellos días. Durante dos semanas, Montse cambió el espionaje por el cine sonoro, los trajes de chaqueta de viyela, las cenas a la luz de las velas y los paseos nocturnos por la ciudad más romántica del mundo (lo angosto de las calles romanas pone de manifiesto el deseo de la urbe de defender la intimidad de moradores y transeúntes). De modo que no me quedó más remedio que leer en su rostro lo que estaba ocurriendo. Resulta sorprendente cuánto puede decirnos el movimiento de los ojos o la torsión de la boca sobre el estado de ánimo de una persona. Incluso si ésta lo que pretende precisamente es ocultar sus sentimientos. Ése era el caso de Montse, que evitaba por todos los medios a su alcance toda señal de inquietud, de nerviosismo o de azoramiento. A veces, simplemente, le temblaba la barbilla, las ventanas de su nariz se abrían más de la cuenta, o sus ojos brillaban como piedras preciosas, pero yo sabía cómo interpretar aquellos pequeños gestos. Eran la expresión viva de su amor.

Sólo tenía la ocasión de encontrarme con ella a la hora del desayuno (gracias a la intervención de Junio había empezado a asistir a un curso de catalogación en la biblioteca del Palazzo Corsini que le ocupaba la mayor parte del día), momento que aprovechaba para dar parte a su madre y a doña Julia de los avances de su relación. Aunque lo hacía de manera inconsciente, o cuando menos velada, mientras desgranaba el argumento del film que había visto el día anterior en compañía del príncipe. Recuerdo todavía el título de algunas de esas películas por el significado melodramático (de hecho solía tratarse de melodramas) que tuvieron para mí. Una era *Sotto la croce del Sud*, del director Guido Brignone, cuya historia hacía hincapié en lo importante que era en la vida experimentar emociones desconocidas y, en consecuencia, crecer interiormente. Era obvio que Montse estaba inmersa en un proceso de esa naturaleza, cuando uno descubre las ventajas de un mundo nuevo, sin tener presente los inconvenientes. Aquellas citas eran para ella una prueba de iniciación a la vida adulta. Luego la conversación derivaba hacia la ropa que Montse debía ponerse esa noche. El señor Fábregas había cumplido su promesa, y el guardarropa de Montse había aumentado con cuatro o cinco nuevas prendas, a las que había que sumar los trajes y vestidos que las otras mujeres de la Academia ponían a su disposición. El comedor se llenaba de pronto de palabras incomprensibles para mí: abertura, abolsado, acanalado, bateu, bies, blonda, camisé, cardigan, cinta, colección, corchetes, costura, dobladillo, doble manga, duvetin, así hasta la z. Yo aprovechaba esos momentos para leer su rostro, porque era entonces cuando empezaba a relajarse, cuando bajaba la guardia porque creía haber encontrado una respuesta satisfactoria a las preguntas que momentos antes le había formulado en silencio a su corazón.

En ese estado de cosas, yo buscaba refugio en la terraza. Subía media hora antes del crepúsculo, cuando la luz del *tramonto* se reducía a la mínima expresión y teñía la ciudad con su pátina dorada, que un instante más tarde daba paso a un arco iris de tonos sepias primero y más tarde violáceos, como si la llegada de la noche obedeciera a un proceso de estrangulamiento. El día moribundo sitiando a la ciudad agonizante. Me gustaba contemplar cómo Roma se diluía delante de mis ojos tal que un hermoso sueño y, cómo, una vez reducida a vagos y fantasmales contornos, mis pupilas transformaban el paisaje en amenazantes figuras oníricas. Era como si las sombras dotaran de movimiento a los edificios. Las iglesias parecían saltar las barbacanas; la distancia entre las torres y cúpulas se llenaba de oscuridad, formando un único y gigantesco ajimez de negrura; la imponente masa marmórea del monumento a Vittorio Emanuele se convertía en la sábana de un aterrador fantasma; y las eminencias del Aventino, el Palatino y el Capitolio, hermosas atalayas diurnas, fundían su acervo de templos y ruinas con un horizonte que parecía esculpido en piedra. En esos momentos, me daba por pensar que el verdadero drama de Roma no era ser la Ciudad Eterna, sino estar precisamente condenada a vivir eternamente. Escritores como Quevedo, Stendhal, Zola o Rubén Darío habían cantado su decadencia o vaticinado su disolución, sin tener en cuenta que la condena de Roma era permanecer para siempre, con mejor o peor cara, en el vasto mundo de los recuerdos.

Hasta que un día ocurrió una cosa que puso de relieve que el suelo sobre el que Montse pisaba no era tan firme como ella creía. De hecho, llegué a la conclusión de que no sabía qué clase de suelo pisaba.

Una tarde la encontré ocupando mi puesto habitual de observación en la terraza, en compañía de Rubiños, que con instrucciones ciertamente abstractas, trataba de enseñarle cómo manejar unos prismáticos.

—¿Qué hacéis? —les pregunté.

—La señorita busca no sé qué barco anclado en aquella montaña, mi pensionado —se adelantó Rubiños.

—Trato de localizar el Aventino, pero este trasto es una lata —dijo Montse, al tiempo que le devolvía los prismáticos al radiotelegrafista.

—Cuéntele lo del barco, señorita, porque si hay alguien que sepa todo lo que puede verse de Roma desde aquí, ése es mi pensionado —añadió Rubiños.

—Supongo que se trata de una tontería. Es una historia que me ha contado Junio.

—¿De qué historia se trata?

—Esta tarde, después de llevarme a tomar café, me ha preguntado si no tenía inconveniente en acompañarle hasta el Priorato de la Orden de Malta, en la Piazza dei Cavalieri di Malta. Al parecer, tenía que entregar no sé qué documentos porque los caballeros de la orden están preparando un viaje…

Hasta ahora todo parecía normal.

—¿Y bien?

—Una vez frente al portón de entrada, me ha dicho que mirara a través de la cerradura...

—... Y has visto una perspectiva de la cúpula de San Pedro enmarcada en una avenida de cipreses, tal que una postal —me adelanté.

—¿Cómo lo sabes?

—Porque todo el mundo en Roma ha mirado alguna vez a través de ese *buco*. Todo el conjunto es obra de Piranesi. De hecho, es la única obra del Piranesi arquitecto, y si no estoy equivocado, sus restos descansan en un mausoleo de la iglesia de Santa María del Priorato, que forma parte del complejo.

—Me he quedado de una pieza cuando lo he visto —reconoció Montse.

—Eso era lo que pretendía Piranesi. Su propósito era superar la distancia (quizá sea más exacto decir el espacio) que separa el Aventino de la basílica de San Pedro mediante un efecto óptico, de modo que al mirar a través de la cerradura, el observador tenga la impresión de que la cúpula está situada justo al finalizar el jardín, y no a varios kilómetros de distancia —expuse.

Montse digirió mis explicaciones durante unos cuantos segundos. Luego me preguntó:

—¿Y qué me dices del barco?

—¿De qué barco hablas?

—Veo que todo el mundo en Roma ha mirado a través de esa cerradura, pero nadie parece haber oído hablar de la historia del barco. Al terminar la visita, Junio me ha asegurado que la colina sobre la que se asienta el Priorato de la Orden de Malta es en realidad un gigantesco barco listo para zarpar en cualquier momento a Tierra Santa. Y como le he dicho que eso no era posible, me ha hecho prometerle que en cuanto regresara a la Academia me asomaría a la terraza para comprobar cómo la cara sur de la colina había sido cortada como una gran «V», para que sirviera de proa.

—Un barco necesita algo más que proa para poder navegar —le hice ver.

—Lo sé. La puerta de ingreso a la villa de los caballeros de la orden sería la entrada al casco; los laberínticos jardines se-

rían el dédalo de jarcias; los parapetos del parque representarían
el alcázar de la embarcación, y los obeliscos que decoran la plaza los mástiles.

—¿Y te has creído ese cuento?

—Está claro que eres demasiado cartesiano —me echó en
cara.

—Y Junio es un vendedor de sueños —contraataqué.

—Ya he conseguido enfocar el Aventino —intervino Rubiños.

Montse le arrebató los prismáticos sin ninguna consideración.

—Es increíble, pero el recinto se asemeja en efecto a un
barco —observó.

—Déjame ver —intervine.

Cuanto vi a través de aquellas lentes de aumento no fue
más que un par de edificios colgando sobre la ladera de la colina aventina, y un paisaje de árboles, setos y parterres domes-
ticados.

—Sí, parece una nao, pero no da la impresión de que vaya a
zarpar esta noche. Puedes estar tranquila, no creo que el príncipe vaya a huir en ese barco antes de que no suba la marea
dentro de diez mil años —me mofé.

—Eres muy gracioso.

Por último, le tocó el turno a Rubiños.

—A mí me recuerda una parroquia gallega. Una con un
buen cepillo, eso sí. Lo digo por la abundancia de mármol.

Me llevó un buen rato convencer a Montse de que en Roma
convivían muchas ciudades distintas (la imperial, la medieval,
la renacentista, la barroca, la neoclásica, la de Mussolini, a las
que había que añadir una Roma en superficie y otra construida
debajo de las casas, una Roma pecadora y otra redimida, una
Roma rica y otra pobre, una Roma viva y otra que había sido
exhumada como un cadáver), y que una de ellas gustaba del
amor barroco por la mentira y el truco. Era la Roma de la «Perspectiva» del Palazzo Spada, de la falsa cúpula de la iglesia de
San Ignacio de Loyola, del monte Testaccio (levantado con los
detritus de las ánforas de vino y aceite que arribaban al antiguo puerto de la ciudad), de la pirámide de Cayo Cestio, de los

obeliscos egipcios, monumentos extemporáneos en la capital de la cristiandad, la Roma, en definitiva, de los guiños de Piranesi. Creía ya haber convencido con mis argumentos a Montse, cuando Rubiños se desmarcó.

—¿Ve cómo no soy el único que ve cosas extrañas desde esta terraza? —planteó—. Y es que hay cosas que están aunque no puedan verse, mi pensionado. Le pondré un ejemplo. Un día iba yo caminado descalzo por una playa de mi Galicia natal, cuando de pronto sentí un fuerte pinchazo en la planta del pie derecho. Me paré para ver si se trataba de un trozo de cristal, pero no encontré nada, así que, intrigado pues el dolor se hacía cada vez más intenso, decidí excavar en la arena. Entonces encontré un pez enterrado, una faneca brava o araña, llámelo usted como prefiera, especie que permanece soterrada en los fondos someros cuando baja la marea, y con un potente veneno en las aletas dorsal y pectoral. De modo que en aquella playa había enterrado un pez que no se veía. Tal vez ocurra lo mismo con el barco de la señorita.

Recordé la metáfora del barco bogando a contracorriente que solía emplear el secretario Olarra para referirse a la situación general de la Academia, y llegué a la conclusión de que, en efecto, tal vez éramos nosotros quienes navegábamos a la deriva. Sí, quizá fuera ésa la imagen que tuviera alguien que observara la Academia con unos prismáticos desde el Aventino: la de una nao surcando el cielo de Roma.

14

$\mathcal{T}$res semanas más tarde, Junio invitó a Montse a visitar la Biblioteca Vaticana. Yo, temiendo que pudiera aprovechar la ocasión para robar el Mapa del Creador, pedí unirme a ellos. Para mi sorpresa, Junio no puso ninguna objeción; todo lo contrario, envió el coche a la Academia para recogernos.

Gábor nos recibió con una sonrisa tan pagada de sí misma, que me llevó a pensar que estaba al tanto de lo que había ocurrido en el cementerio protestante, y que era yo y no otro el motivo de su regocijo. Incluso llegué a pensar que era a él a quien había que atribuirle la autoría del crimen de Smith. Sí, ahora lo veía claro. Era tan diligente a la hora de conducir como de matar, y probablemente también lo sería en el caso de que tuviera que propinarle una paliza o de torturar a una persona. Él era el encargado de realizar el trabajo sucio, mientras el príncipe evadía su responsabilidad leyendo la poesía de Byron, que luego, haciendo gala de una exquisita sensibilidad, susurraría al oído de una dama en el velador de cualquier café de moda: «Ésta es la edad patente de nuevas invenciones para matar los cuerpos, y para salvar almas, y todas propagadas con la mejor intención».

—El príncipe les espera en la puerta de la Biblioteca Vaticana —nos informó Gábor.

Luego atravesamos el Gianicolo de parte a parte, cruzamos la plaza de San Pedro y bordeamos las murallas leoninas hasta detenernos frente al Ingresso di Santa Anna.

—Entren por ese callejón y diríjanse hasta la Via di Belvedere. El príncipe les espera allí —nos indicó el chófer.

En efecto, Junio aguardaba en la entrada del Cortile di Belvedere, en compañía de un hombre de cuyo cuello colgaba un crucifijo. Charlaban de manera distendida, como si entre ambos existiera una gran confianza. Estaba seguro de que en cuanto me enfrentara a la mirada del príncipe sabría cuál había sido su grado de implicación en el asesinato de Smith, como si cometer un crimen dejara una huella o mancha visible a los demás, pero cuando eso ocurrió no percibí nada especial. Junio parecía el de siempre. Comprendí entonces que la muerte de Smith me había afectado sobremanera, y que mis elucubraciones tenían su epicentro en los celos que sentía hacia la persona del príncipe.

—Montserrat, José María, éste es el padre Giordano Sansovino. Giordano éstos son mis amigos españoles —nos presentó Junio.

Tras estrecharnos protocolariamente las manos, el sacerdote dijo:

—Lamento lo que está sucediendo en su país, es como una llaga abierta en el corazón del catolicismo.

Y se persignó.

Se trataba de un hombre de rostro grave y consumido, ojos hundidos y gruesas cejas. No vestía sotana ni llevaba alzacuello, pero su traje era igualmente severo. Cuando pienso en el padre Sansovino, no puedo olvidar que, tras finalizar nuestra visita, Junio aseguró que su amigo pertenecía a la unidad de contraespionaje del Vaticano, que había mandado crear el cardenal Merry del Val por orden de Pío X a principios de siglo, y que en su día había formado parte del llamado Russicum, un departamento encargado de formar sacerdotes que eran introducidos clandestinamente en la Unión Soviética para llevar a cabo labores de espionaje. Lo hizo además con naturalidad, como si revelar un secreto de esa naturaleza no tuviera ninguna importancia.

—Giordano y yo fuimos compañeros de estudios en la Escuela de Paleografía y Diplomática que fundara el papa León XIII. En la actualidad es uno de los *scriptores* de la Biblioteca Vaticana, de modo que hoy será nuestro cicerone —nos explicó Junio a continuación.

—Pero sólo eso. No quiero pasar la tarde discutiendo sobre fantasías —se desmarcó el sacerdote.

—Llevo una hora tratando de sonsacarle a mi amigo dónde tienen guardado el Mapa del Creador, el mapa del que habla el libro que os compré, pero se niega a soltar prenda —aclaró Junio.

Todavía hoy me pregunto qué pretendía el príncipe hablando sin tapujos, poniendo en evidencia a su interlocutor y a sí mismo. A veces pienso que su comportamiento era el reflejo de la situación de euforia que, por aquel entonces, vivían las triunfantes huestes fascistas italianas. No en vano, el Estado Vaticano debía su existencia al movimiento fascista. De modo que en San Pedro habían dejado de tener un solo Dios, y ahora también tenían que adorar a Mussolini. Tal vez por esa razón, Junio y los suyos se pavoneaban como si fueran los auténticos propietarios, se sentían como dioses en sus propios templos, con derecho a reclamar tributo a la Santa Sede. Aunque las malas lenguas aseguraban que lo que Mussolini había pretendido al firmar el Tratado de Letrán de 1929, que reconocía al Vaticano como Estado independiente, era tener encerradas y vigiladas a «las cucarachas negras», sobrenombre con el que los fascistas llamaban despectivamente a los miembros de la curia papal.

—Ya te he dicho mil veces que ese mapa no existe, y en el caso de que existiera y de que estuviera aquí, ni siquiera habría sido catalogado —le rebatió el padre Sansovino.

—¿Tal vez por su carácter secreto? —sugirió Junio, sin atender a los deseos del sacerdote de cambiar de tema.

—Nada de eso. Simplemente, porque la biblioteca cuenta con más de un millón y medio de volúmenes, ciento cincuenta mil manuscritos, otros tantos mapas, y sesenta mil códices repartidos en una treintena de fondos. De éstos sólo conocemos el contenido de unos cinco mil, a pesar de que llevamos catalogándolos desde 1902. Una persona no puede catalogar más de diez al año. Lleva mucho tiempo leerlos, verificarlos y sistematizar su contenido, así que aún pasará otro siglo hasta que se pueda saber qué esconde en realidad la Biblioteca Vaticana. De hecho, cada año suele producirse un descubrimiento, el VI libro de la *República* de Cicerón, por ejemplo; pero dudo mucho que algún día aparezca un mapa creado… por Dios. Eso sería…

El padre Sansovino volvió a santiguarse.

—Si Dios le entregó a Moisés las Tablas con los Diez Mandamientos, no sé por qué no podría haber confeccionado un mapa del mundo —observó Junio.

—Porque no hay constancia en ningún texto de la existencia de ese mapa.

—Sí la hay, la edición *princeps* del Pierus Valerianus lo menciona, y también lo hicieron el pintor Joseph Severn y el poeta John Keats en sus cartas.

—Te aseguro que he leído las cartas de John Keats, y en ninguna menciona la existencia de un mapa.

—Keats no sabía lo que se traía entre manos, ni Severn tampoco, por eso a la muerte del poeta, y con la excusa de que se trataba de un enfermo contagioso, la Iglesia requisó el mapa y quemó las cartas en las que se hacía referencia al papiro comprado por Severn en el cementerio protestante. Probablemente se encuentre en el Archivo Secreto.

Por un momento, tuve la impresión de estar oyendo hablar a Smith y no a Junio.

—¡Fantasías! El Archivo Secreto se creó para guardar documentos oficiales, no para ocultar nada.

—Todo el mundo sabe que dentro del Archivo Secreto hay un archivo secreto. Me pregunto por qué jamás habéis desclasificado uno solo de los documentos que guardáis ahí abajo.

—Tal vez la respuesta esté en el hecho de que el Vaticano exista como Estado desde hace tan sólo ocho años y medio. ¿Acaso un niño de ocho años tiene secretos inconfesables que guardar? No. A lo sumo, pequeños e inocentes pecadillos veniales.

Junio rio de forma estentórea antes de soltar una nueva invectiva:

—Es cierto que el Estado Vaticano es reciente, pero también lo es que la Iglesia existe desde hace más de mil novecientos años, y que su supervivencia ha dependido en gran medida de su capacidad para controlar la información que sus actividades y las de sus enemigos generaban. En eso el Vaticano no se diferencia de otros países, de ahí que vuestro pequeño Estado esté levantado sobre un gigantesco sótano lóbrego y oscuro que os permite esconder todo aquello que, por decoro o conveniencia, no es recomendable que vea la luz de la conciencia. Si os parecéis a alguien, no es desde luego a una inocente criatura de ocho años, sino al mismísimo diablo.

A estas alturas, la camaradería había dado paso a un manifiesto malestar.

—A veces tengo la impresión de que eres cualquier cosa menos un estudioso. Aunque está claro que la política tiene mucho que ver con el cambio que has experimentado. Sabes perfectamente que la mayoría de los fondos que se guardan en el Archivo Secreto no pueden ser expuestos a la luz del sol. Algunos libros o pergaminos ni siquiera pueden ser abiertos sin que se corra el riesgo de que se pierdan para siempre. Una cosa es devolver un texto a la luz y otra muy distinta exponerlo a la luz del sol. La conciencia nada tiene que ver.

—Por eso es el lugar idóneo para ocultar un documento «singular» como el Mapa del Creador. Si tú no me ayudas, tendré que buscar la colaboración de otro *scriptor*.

El hecho de que Junio insinuara que estaba dispuesto a sobornar a un bibliotecario no hizo que el sacerdote perdiera la paciencia; todo lo contrario, dijo con aparente cortesía:

—Lo mejor será que entremos, o tus invitados se morirán de aburrimiento.

—A mí me parece un tema muy interesante —intervino Montse.

—Nada si lo comparamos con los tesoros que se esconden detrás de estos muros. Seguidme —añadió el sacerdote.

Tal vez Junio, Montse o el propio padre Sansovino no eran capaces de apreciarlo, pero el primer tesoro de aquella biblioteca era el edificio, obra de Domenico Fontana, el arquitecto que sentó las bases de la Roma moderna. Ascendimos por la escalera que dividía el patio de Belvedere del de Pigna y, tras atravesar varios corredores y estancias que nos condujeron hasta el patio de los Papagayos, accedimos al antiguo palacio del papa Nicolás V, sede de la primera biblioteca Vaticana. Distribuida en cuatro amplias salas de tamaño desigual, impresionaba la profusa decoración de frescos, obra de Melozzo da Forli, Antoniazzo Romano, y de Domenico y Davide Ghirlandaio.

De allí proseguimos el periplo hasta el vestíbulo del salón de Sixto V, donde, adosados a las paredes, nos recreamos con los hermosísimos pupitres taraceados, obra de Giovannino de Dolci, el arquitecto de la capilla Sixtina. Las taraceas representaban armarios de una antigua biblioteca con los postigos semiabiertos y, en su interior, los libros colocados horizontalmente, según era costumbre en las bibliotecas en esa época. Pensar que en aquellos pupitres se habían sentado artistas de la talla de Rafael o Bramante era de lo más emocionante. Nuestro siguiente destino fue la galería y el salón Sixtino propiamente dicho, que ocupaba un gigantesco espacio de más de sesenta metros de longitud por quince de ancho. Llamaba la atención por el equilibrio entre arquitectura y decoración, a pesar de su carácter eminentemente manierista.

—En los armarios de madera que veis alineados a las paredes era donde se guardaban originalmente los manuscritos, pero en tiempos de Paolo V, a principios del siglo XVII, se pensó que era mejor conservar los documentos en una sede contigua. Fue entonces cuando se fundó el que todo el mundo conoce como Archivo Secreto —expuso el padre Sansovino—. Pero desde luego no se hizo con la intención de esconder nada; simplemente, durante el siglo XVII se incorporaron grandes fondos, como la Biblioteca Palatina de Heidelberg, los manuscritos de los duques de Urbino y los de la reina Cristina de Suecia, y eso provocó la necesidad de disponer de un mayor espacio.

A continuación recorrimos nuevas estancias con bóvedas llenas de frescos que, entre otros temas, representaban el traslado del obelisco egipcio a la plaza de San Pedro, del que se había hecho cargo el propio Fontana. Un trabajo que le había reportado al arquitecto el título de «Señor del Obelisco». Por último, la visita nos condujo hasta las salas de lectura. La primera y de mayor tamaño, la llamada sala Leonina en honor del papa León XIII, que fue quien modernizó la biblioteca, estaba presidida por una escultura del pontífice y contaba con dos naves de dos plantas cada una, desde una de las cuales se veía la imponente cúpula de San Pedro. Desde allí pasamos a la Biblioteca Cicognara, dedicada a los libros de arte y antiguos, atravesamos el gabinete numismático, y concluimos el recorrido en la Sala Manoscritti, una estancia de tamaño medio repleta de mesas corridas con atriles y paredes de un blanco impoluto que le conferían el aspecto de un pulcro taller artesano. Una docena de estudiosos de ojos ávidos equipados con lupas y guantes se afanaban en descifrar otros tantos documentos, bajo la atenta mirada de los *scriptores*. Sólo se oía el crujido de las hojas que, cual gigantescas alas de mariposa, desprendían una fina capa de polvo al ser batidas. Pero si la sala de los manuscritos destilaba una serena hermosura, no era menos interesante lo que escondía la Biblioteca en sus entrañas. No en vano, aquélla era la «Biblioteca de las Bibliotecas», tal y como la solían llamar los expertos, el centro de documentación histórica más importante del mundo. Entre aquellas paredes se encontraba el famoso «Codex B», la Biblia que Constantino regaló a las principales basílicas después de su conversión al catolicismo, tras el Concilio de Nicea, en el año 325; había manuscritos de Miguel Ángel y de Petrarca, de Dante y de Bocaccio; textos de Cicerón; cartas de Lucrecia Borgia a su padre, el papa Alejando VI; epístolas de Enrique VIII a Ana Bolena; misivas del emperador Justiniano, de Martín Lutero; códices árabes, griegos, hebreos, latinos, persas, y un largo etcétera.

—Las llaves que guardan estos tesoros son la prudencia, la templanza y la sabiduría. Ahora quiero mostraros los doce nuevos kilómetros de estanterías de acero que el Santo Padre ha ordenado instalar recientemente —observó el padre Sansovino.

—¡Doce kilómetros! —exclamó Montse.

—A los que hay que añadir los trece ya existentes, lo que suman un total de veinticinco kilómetros. Por no mencionar las estanterías del Archivo Secreto. En total, entre la Biblioteca Vaticana y el Archivo Secreto, estaríamos hablando de unos cincuenta kilómetros de estanterías. Y os aseguro que aún nos falta espacio.

—Pío XI fue bibliotecario antes que fraile —intervino Junio—, así que un buen día envió a diez sacerdotes expertos en biblioteconomía a Washington para que aprendieran las técnicas de clasificación de la Biblioteca del Congreso de Estados Unidos.

Recordé que el secretario Olarra andaba traduciendo precisamente no sé qué libro de reglas de catalogación de la Biblioteca Vaticana de la lengua de Shakespeare al castellano.

—Sólo está prohibido tocar —nos advirtió el padre Sansovino.

En cuanto realizamos varios requiebros por aquel laberinto de estanterías repletas de libros, tuve la impresión de estar adentrándonos en un mundo misterioso y a la vez siniestro. Tal vez fuera por la oscuridad o por la falta de aire fresco, pero pronto comencé a experimentar la misma sensación que me asaltó cuando visité las catacumbas de San Calisto, en la Via Appia: todos los corredores parecían iguales, todas las estanterías, enhebradas entre sí en hileras de infinitos nichos, eran idénticas. Incluso olía a humedad. Pensé en lo extraño que resultaba estar allí, caminando tras el padre Sansovino y el príncipe Cima Vivarini, que ya preparaba un nuevo asalto después de haber dado por concluida la maniobra de reconocimiento.

—¡Este pasillo carece de interés! ¡Aquí sólo hay libros! —se quejó Junio.

—¿Y qué quieres que haya en una biblioteca, sino libros? —le replicó el padre Sansovino.

—¡Secretos, Giordano, queremos secretos! —volvió a exclamar el príncipe.

—Ahora os enseñaré la «clínica», uno de los lugares más importantes de la biblioteca —se desmarcó el bibliotecario—. Aunque no lo parezca, además de la suciedad, los desgarros, los microbios y los insectos y los parches de restauraciones anteriores, la gran amenaza de un libro es la humedad. Si la humedad supera el 55 por ciento, mala cosa, y si la temperatura es inferior a 18 °C y superior a 21 °C, otro tanto. Con lo que podemos llegar a la conclusión de que el peor enemigo de una biblioteca es la propia biblioteca.

Contemplábamos los diversos tipos de tinta, las diferentes colas, el pan de oro, y el variado instrumental que los especialistas empleaban para restaurar, cuando el príncipe dijo:

—Estoy dispuesto a ofrecerte hasta doscientas cincuenta mil liras por ese mapa.

En un primer momento, interpreté las palabras de Junio como una nueva demostración de audacia, pero al instante descubrí en su rostro que hablaba en serio, que su propósito era poner a prueba al *scriptor*.

—Creo que el aire enrarecido de este lugar te ha trastornado —respondió el padre Sansovino.

—Tienes razón, tal vez esté perdiendo la cabeza. Subo la oferta a medio millón.

Desde luego, el ofrecimiento del príncipe rozaba el absurdo.

—Está bien, Junio, te has salido con la tuya: has logrado colmar mi paciencia. Volvamos a la superficie —replicó resignadamente el sacerdote.

—Montse y José María son testigos de que he tratado de persuadirte por las buenas. Lo que ocurra a partir de ahora será responsabilidad tuya —advirtió Junio.

—¿Acaso mi responsabilidad disminuiría si me dejara «persuadir», como tú dices, por tus liras? Pero eso no ocurrirá jamás.

—Aunque no lo creas, me gustaría que trabajáramos juntos, codo con codo.

—Trabajar contigo sería lo mismo que hacerlo para Mussolini, o lo que es aún peor, para su amo: Hitler. Yo sólo obedezco al Santo Padre, que es el pastor de la Iglesia de Nuestro Señor Jesucristo.

—No te estoy pidiendo que des la espalda a Cristo; pero de la misma manera que existe un poder celestial, hay otro terrenal, más cercano y prosaico, que requiere ser gobernado con pulso firme por la mano del hombre. Piensa en lo que están haciendo los comunistas en Rusia y comprenderás que Dios corre tanto peligro de ser exterminado como nuestra civilización. ¿Acaso Pío XI no ha dicho que el comunismo es intrínsecamente perverso porque socava los fundamentos de la concepción humana, divina, racional y natural de la vida misma, y porque para prevalecer necesita afirmarse en el despotismo, la brutalidad, el látigo y la cárcel?

—En efecto, eso es lo que ha dicho el Sumo Pontífice; pero te aseguro que la idea que tiene sobre el nazismo no es muy diferente. No, amigo mío, la fe, y en consecuencia la Iglesia, no está en peligro; todo lo contrario que las ideologías, pues en el fondo la política es lo mismo que correr un albur. ¿Acaso alguien puede creer que el Tercer Reich durará mil años, tal y como pronostican sus dirigentes? Ten por seguro que no existe ningún poder eterno en la Historia, fuera del poder de Dios, que es el creador de todos los poderes. Lo eterno no es propiedad humana, ni siquiera del alma humana. Y no creas que estas palabras son sólo mías. Ya llevan un tiempo escritas, y la misma Historia ha demostrado que son ciertas. Así que me temo que te guías por la exaltación política que azota el mundo como una moda. Pero de la misma manera que ahora sientes la euforia de la embriaguez, cuando superes sus efectos te verás de nuevo cegado por la luz de la realidad.

—Es posible que tengas razón, pero tampoco la Iglesia sobrevivirá otros mil años si el régimen comunista extiende sus tentáculos por Europa. Mi oferta sigue en pie —insistió Junio.

Así terminó nuestra visita a la Biblioteca Vaticana, de forma abrupta, con Junio y el padre Sansovino enfrentados. Pero no había que ser un lince para comprender que, a pesar de que las diferencias que existían entre ambos eran notables, se complementaban. Algo parecido ocurría con Junio y con Montse; y también con Montse y conmigo. Todos nos necesitábamos, todos éramos eslabones de una misma cadena, pese a que nuestras necesidades e intereses fuesen distintos. Como dijo el poeta Hölderlin: «Donde está el peligro, allí se encuentra también la salvación»; de ahí que a la postre los contrarios puedan encontrarse, incluso devenir en idénticos.

15

El 24 de diciembre, por mandato del secretario Olarra, nos reunimos todos en la iglesia de Santa María de Montserrat, sita en la Via di Monserrato, para asistir a la misa del gallo. Construida sobre un hospicio para peregrinos catalanes por orden del papa Alejandro VI, la iglesia se había convertido en el punto de reunión de la colonia española en Roma desde el siglo XVII. No había festividad relacionada con España que no tuviera su extensión religiosa en esta iglesia. La escalinata de la entrada servía de mentidero, en el que los recién llegados de España contaban los últimos acontecimientos acaecidos en la Península, y los que se marchaban recogían cartas, mensajes y recuerdos que habían de entregar a familiares y amigos. También era el centro de las intrigas y los chismorreos.

—¡Qué alegría me da verle, príncipe! Pero ¿qué hace esperando en la puerta con este frío? Entre con nosotros, se lo ruego —saludó el señor Fábregas a Junio.

El príncipe, cuya asistencia a aquel acto religioso no estaba anunciada, se desmarcó con una respuesta que dejó sorprendidos a todos:

—Se lo agradezco, señor Fábregas, pero estoy esperando al rey.

—¿De Italia? —se interesó el señor Fábregas, entre perplejo y admirado de que el mismísimo Vittorio Emanuele III pudiera asistir al oficio religioso.

—No, espero a su rey, el Rey de España.

El señor Fábregas no había tenido en cuenta que para un noble, los reyes no pierden su condición de tales, aunque hayan tenido que huir con una mano delante y otra detrás, como era el caso de Alfonso XIII.

—Nos vemos entonces a la salida. Me encantaría estrecharle la mano al monarca —añadió el señor Fábregas con cierto tono de complicidad.

Según le contó Junio a Montse esa misma noche, su presencia allí obedecía a una orden directa del Duce, a quien don Alfonso XIII había pedido ayuda para recuperar el trono; pese a que Mussolini se había decantado por sufragar las actividades políticas de los falangistas, quería seguir manteniendo buenas relaciones con la casa real española, por lo que pudiera pasar en el futuro, y nadie mejor que un príncipe camisa negra para cumplir con ese cometido.

Cinco minutos después de que el aforo de la iglesia se llenara, llegó el Rey en compañía de la Reina, de sus hijos y del periodista César González-Ruano, que seguía los pasos del monarca en el exilio para elaborar un reportaje.

Durante el oficio, el responsorio por los caídos tuvo mayor peso que la propia homilía, tanto que pasamos rezando casi toda la misa. Oramos por los dieciséis obispos ejecutados sumariamente, por los siete que andaban desaparecidos, por los cinco mil ochocientos religiosos asesinados y por los seis mil quinientos sacerdotes masacrados, amén de las decenas de miles de víctimas civiles. Nadie se acordó, en cambio, de los sacerdotes que Franco había mandado ejecutar en Guipúzcoa y Vizcaya por su ideología nacionalista, ni tampoco de las víctimas civiles del otro bando. Sólo nos faltó rezar para que aquel ex rey de rostro ceroso y triste como un cirio que ocupaba la primera fila, recuperara el trono que el sufragio universal le había arrebatado. Al parecer, don Alfonso XIII tenía el ánimo decaído, pues sus únicas ocupaciones eran el bridge y las mujeres. Con las cartas era poco diestro y causaba lástima entre quienes se veían en la obligación de desplumarlo; con las mujeres, en cambio, todo el mundo coincidía en señalar que su majestad era todo un garañón, pues su lista de amantes en España había sido interminable. Sin embargo, la situación había cambiado radicalmente desde su llegada a Roma. Ahora tenía que acostarse con las damas en un cuarto de hotel, que era donde vivía, por no mencionar que la halitosis crónica que padecía se había acentuado con el trauma del exilio, con lo que las féminas habían empezado a perder interés por su persona. Así las cosas, y teniendo en cuenta que un Borbón sin mujeres es medio Borbón, tal y como había dicho alguien, el Rey se había convertido en un fantasma primero, y más tarde en un gafe, hasta el extremo de que si un italiano pronunciaba su nombre, lo hacía al mismo tiempo que tocaba madera. En eso Junio también era distinto a sus *connazionali*, puesto que no tuvo reparos en sentarse a la izquierda del Rey, hombro con hombro, y hasta de tenderle una mano cuando don Alfonso se arrodilló después de la comunión.

Terminado el oficio religioso, me quedé en la puerta de la iglesia con el grupo de españoles (entre los que se encontraban la familia Fábregas al completo y el secretario Olarra) que querían felicitar la Navidad al monarca. Todavía hoy recuerdo lo que don Alfonso le dijo a César González-Ruano una vez estuvieron en la calle:

—No entiendo cómo nadie puede quejarse de los hoteles. Son mucho mejores que los palacios reales.

Ésa fue la primera y la última vez que oí hablar a don Alfonso, pero por el tono errático de su voz, me pareció muy acertado lo que El Caballero Audaz había escrito en un diario en referencia a la vida nómada que el monarca llevaba: «Su alma parecía obstinada en alejarse deprisa de un pasado que siempre iba con él…». Visto de cerca, en el rostro de don Alfonso habían hecho mella cada uno de los adjetivos que los cronistas e historiadores le habían dedicado: rey polémico, rey paradójico, rey perjuro, rey felón, rey rechazado, rey calumniado, rey carlista, y rey patriota. Yo no sé cuál de esos adjetivos era el que iba mejor con su persona o con sus actos, pero lo que sí tenía claro era que don Alfonso había abandonado España argumentando que de esa manera evitaba un baño de sangre, cuando la verdad era que había salido del país porque no contaba con el apoyo del Ejército para provocar precisamente un baño de sangre que le hubiera permitido conservar el trono.

Años más tarde, cuando el propio César González-Ruano escribió que «la muerte puede consistir en ir perdiendo la costumbre de vivir», estuve seguro de que había escrito aquellas palabras pensando en Alfonso XIII, pues ya entonces, en la Navidad de 1937, había perdido las ganas de vivir, consciente tal vez de que moriría en una habitación de hotel, por muy cómoda que le resultara, y que sus restos terminarían reposando en la iglesia que acababa de abandonar, tal y como sucedió.

Pero aquella Nochebuena me tenía reservada otra sorpresa. Cuando ascendía por la Via Garibaldi en dirección a la Academia en compañía de Rubiños, me dijo:

—Mi pensionado, regreso a España.

—¿Has conseguido que te manden a casa? ¡Ésa sí que es una gran noticia! ¡Enhorabuena! —exclamé.

—No voy a mi casa, mi pensionado, sino al frente. Marcho voluntario.

—¿Voluntario, Rubiños? Tengo un amigo en España que dice que voluntario sólo se ha de ir a las casas de putas —añadí.

—Usted tenía razón. No puedo seguir viviendo en esta oscuridad.

—Yo jamás he tenido razón en nada, Rubiños. Además, ¿quién me va a llamar bobo cuando suba a la terraza y me quede mirando el paisaje como un pasmarote?

—Tengo un primo sacerdote en Barcelona. Han encontrado su cadáver con una cruz incrustada en el maxilar.

—Lo siento.

—Lo que yo siento es tener que estar en esta ciudad de beatas y tíos perfumados. Olarra ha censurado la información para no crear un incidente diplomático, pero a muchos de los italianos que han mandado a España hay que llevarlos al frente a punta de bayoneta, porque en cuanto oyen silbar una bala se cagan en los pantalones. ¿Sabe que pasó en Guadalajara? Yo se lo diré, ya que Olarra no lo hace. Después de salir derrotadas, las tropas italianas huyeron en desbandada, y la policía militar tuvo que tomar cartas en el asunto. Al final, consiguieron reunir a diez mil italianos en el campo de concentración del Puerto de Santamaría, tres mil de los cuales eran desertores, y otros dos mil fueron declarados ineptos y devueltos a Italia. Y mientras, a los que de verdad estamos dispuestos a derramar nuestra sangre por España, nos tienen tomando el sol en una terraza de Roma.

Rubiños acompañó su discurso con un imaginario esputo sobre el suelo.

—También usted se cagaría en los pantalones si tuviera que ir a luchar por un país que no es el suyo. Está bien, Rubiños, si se quiere ir a pegar tiros, váyase, pero no me diga que he sido yo quien le ha metido la idea en la cabeza, porque si algo le pasara me sentiría…

—No se preocupe, mi pensionado, usted no me ha metido ninguna idea en la cabeza. Soy un hombre de acción, no de ideas. Si le sirve de consuelo, le diré que también usted me parece un italiano perfumado.

El menosprecio de Rubiños devolvió la tranquilidad a mi espíritu.

—Para que vea que no me quejo por capricho, mi pensionado, mire el corte que me ha hecho el barbero esta tarde —continuó—. Le dije al hombre que me pelara al cero y que me diera un buen afeitado, algo sencillo, y a cambio se ha puesto a frotarme el cuero cabelludo, a untarme ungüentos por la cara y a perfumarme y empolvarme hasta la náusea. Total, me he puesto tan nervioso que al final, ¡zas!, me he llevado un tajo en la mejilla.

—A eso se le llama en Roma *fare bella figura*, es decir, mejorar de aspecto. El barbero romano se cree un artista, y su obligación es embellecer a sus clientes tanto como le sea posible.

—Si los barberos españoles se dedicaran a *fare bella figura* como usted dice, irían todos de cabeza a la cárcel por conducta desviada.

—¿Y si una vez en España resulta que echa de menos Roma?

—Ni ella me echará de menos a mí, ni yo a ella. La relación que siempre he mantenido con esta ciudad ha sido la misma que mantuve con Marisiña, mi primera novia: ver, pero nada de tocar. No, no me voy enamorado de Roma, así que no se preocupe por mí, mi pensionado —me replicó Rubiños.

—¿Y cuándo se marcha? —me interesé.

—Embarco en Ostia mañana por la tarde. El barco va a Málaga, donde voy a unirme al ejército de Queipo.

—Comprendo.

Realizamos el resto de la ascensión en silencio, cada uno absorto en sus pensamientos y esquivando tolvaneras que parecían pequeños huracanes. Al coronar el monte Áureo, una fría ráfaga de ponentino me recordó el viento de locura que soplaba sobre el mundo. Cuando recuperamos el resuello, nos fundimos en un abrazo y nos deseamos suerte mutuamente.

16

*E*l 26 de diciembre, Cesare Fontana, el mayordomo de la Academia, me contó una enrevesada historia. Al parecer, Rubiños le había dejado un libro para que me lo hiciera llegar con discreción (es decir, sin que se enterara el secretario Olarra), y yo se lo debía entregar a Montse, después de leer la nota que guardaba en su interior, puesto que en realidad el ejemplar pertenecía a la biblioteca de la Academia.

Hombre de mirada fría e inexpresiva, aunque dotado de cierta agilidad física, el mayordomo de la Academia solía emplear un lenguaje ampuloso, que había aprendido del propio Olarra. En realidad, era los ojos y los oídos del secretario en el farragoso y prosaico mundo de los asuntos domésticos, aunque había empezado a utilizar su cargo en beneficio propio arrogándose una autoridad digna de un reyezuelo. Sobre él recaía la intendencia de la casa, de modo que quien necesitaba una bombilla de más o que le cambiaran la silla del estudio, tenía que avenirse a negociar. Quien no transigía recibía el castigo de la demora. De modo que tratar con el mayordomo se había convertido en un negocio en que cada una de las partes procuraba sacar las mayores ventajas.

—¿Qué quiere a cambio de guardar silencio? —le pregunté sin ambages.

—Por tratarse de un libro prohibido, le cobraré diez liras —me dijo.

—Es usted un ladrón, don Cesare. En la Academia no hay libros prohibidos, al menos que yo sepa —le repliqué.

—Se equivoca. Muchos de los libros que hay en esta casa son de la época republicana, y en la España de Franco están prohibidos los libros republicanos —razonó.

—Franco aún no ha ganado la guerra, con lo que ningún libro ha sido prohibido —le hice ver.

—Es cierto, pero como esta institución está del lado de los cruzados, todo lo que huela a República apesta. Le he oído decir al secretario que piensa hacer una hoguera con los libros de los rojos el día menos pensado.

No quería seguir discutiendo con el mayordomo, por lo que cedí al chantaje sin más objeciones.

El supuesto libro prohibido no era otro que *La rebelión de las masas*, de don José Ortega y Gasset. No pude menos que sonreír.

La pregunta era qué diablos hacía un tipo acomodaticio y sin aparente conciencia filosófica como Rubiños con aquel libro. Supuse que sería cosa de Montse. Luego busqué la nota a la que había hecho referencia el mayordomo. Se trataba de una cuartilla escrita con una caligrafía primorosa que semejaba filas de hormigas en procesión. Decía:

Mi pensionado, le ruego que me disculpe por los comentarios vertidos la otra noche en su presencia. Usted no tiene la culpa de nada (me refiero a mis decisiones), y ni siquiera huele demasiado a colonia (aunque insinuara lo contrario). Llevo varios meses tratando de poner mi cabeza en orden, porque a veces no entiendo por qué hago las cosas que hago. He intentado solucionar el problema escuchando Radio Vaticano y conversando con usted, pero el runrún seguía dentro de mí como una de esas tenias que se alimentan de lo que otros comen. No sé si me explico, aunque en este caso lo importante son los hechos. La señorita Montse siempre me ha parecido un ángel, y desde luego no he conocido en toda mi vida una persona tan buena ni que sepa tanto de libros, así que pensé que tal vez ella podría ayudarme. Después de exponerle mi caso, me dijo que el mío era un problema existencial (para no parecer idiota le oculté que ni siquiera sabía qué era eso de ser existencial y, para serle sincero, sigo sin saberlo), y me encasquetó un libro. Sí, es el que tiene usted entre las manos. Según aseguró la señorita Montse, el autor era un filósofo muy importante que había llegado a decir que «yo soy yo y mis circunstancias y si no las salvo a ellas me salvo yo», lo que al parecer significa que todos estamos condicionados por el mundo que nos rodea. No me río de la filosofía porque no me alcanzan las entendederas, pero me parece que tiene delito que un señor filósofo tenga que escribir un libro para decir semejante sandez. No porque no esté de acuerdo con el razonamiento, sino porque se trata de algo que sabe cualquier recién nacido en cuanto ve por primera vez la luz del mundo. Es cierto que no he conseguido leer más allá del capítulo tercero, pero me ha bastado para llegar a varias conclusiones. Primera: al señor Ortega y Gasset no hay quien le entienda, como suele ocurrir con las personas que son demasiado inteligentes. Escribe tan bien el castellano que parece otro idioma. Segunda: si no me gusta mi vida actual, es precisamente por las circunstancias que me rodean. Tercera: para volver a ser verdaderamente yo, las circunstancias tienen que ser otras. Cuarto: sólo en ese caso yo volveré a ser yo y las circunstancias volverán a ser ellas. Y con el propósito de lograr alcanzar lo expuesto en esta última premisa, he creído necesario alistarme para el frente.

¡Viva España!

Soldado Rubiños

Posdata: Cuide de la señorita Montse, porque me da en la nariz que sus circunstancias tampoco son las idóneas. Ese barco que ve anclado en la colina del Aventino algún día zarpará.

Después busqué a Montse para cumplir con el segundo requisito de Rubiños, y de paso mostrarle la nota y pedirle una explicación.

—Le recomendé ese libro porque Ortega es un humanista en un mundo deshumanizado, y creí que lo que Rubiños necesitaba era precisamente calor humano, comprensión —argumentó.

—Es posible que Ortega sea lo que dices, pero Rubiños es una bala en la recámara de un fusil apuntando a ese mundo deshumanizado. Tal vez deberías haberle recomendado que leyera la Biblia —le hice ver.

—Me dijo que después de hablar contigo, cada vez que se asomaba a la terraza, Roma le parecía un vientre abierto con los intestinos al aire. Comparó el dédalo de calles del *centro storico* con los conductos membranosos de ese intestino plegado en muchas vueltas, cuyos jugos gástricos estaban digiriendo poco a poco edificios, iglesias y monumentos. Según él, la ciudad no tardaría en ser regurgitada y convertida en ruinas, porque todo lo que está putrefacto y marchito se acaba desplomando. Francamente, en realidad tenía que haberle recomendado que se pusiera en manos de un frenópata.

—Cualquiera que se asome al pretil de la terraza para contemplar la ciudad de noche puede ver cualquier cosa, aunque no exista —reconocí.

—Roma era para él peor que una cárcel —observó Montse.

—Espero que para ti no llegue a serlo nunca —dije.

—¿Por qué habría de serlo para mí?

—Porque crees que la colina del Aventino es un barco listo para zarpar. Tú también empiezas a ver cosas que no existen.

—Todos vemos cosas que sólo existen para nosotros. Y en esas visiones está la raíz de eso que llamamos esperanza —observó.

—Conservemos entonces la esperanza de que Rubiños haya hecho lo correcto.

113

Yo sabía que el príncipe Cima Vivarini había partido con rumbo a Venecia esa misma mañana para pasar unos días en compañía de su familia, y era mucho el terreno que había perdido en las últimas semanas, así que aproveché para invitar a Montse a comer.

—Por los viejos tiempos —puse énfasis viendo que no se decidía.

—Acepto con la condición de que luego me acompañes a hacer una cosa. Pero no me preguntes qué. Es un secreto.

—Conforme.

Elegí el restaurante Alfredo, uno de los más famosos de la ciudad. Tal vez porque Montse ya se había acostumbrado a frecuentar esta clase de locales en compañía de Junio, no me reprochó el alarde. Pedimos *zuppa all'ortolana* para entrar en calor, y luego *fettucine all'Alfredo*, un plato cuya fama había cruzado el Atlántico gracias a la pareja de actores Douglas Fairbanks y Mary Pickford.

Esperé a que la mantequilla de los *fettucine* se fundiera con las lonchas de queso parmesano dentro de su boca para decirle:

—Echo de menos verte más a menudo. Deberíamos quedar para comer de vez en cuando.

—Junio podría ponerse celoso —me respondió.

—Lo que estimularía su interés hacia ti, y mientras mayor sea su devoción también lo será su confianza. Y si te ganas su confianza...

—Tu visión de los celos es propia de alguien que jamás los ha padecido —me interrumpió—. Los celos provocan suspicacia.

—¿Y si te dijera que los celos me consumen? Ahora, en este instante, siento celos...

—Te diría entonces que lo que sientes por la persona que crees amar no es amor, puesto que de serlo sabrías que los celos incitan a la desconfianza, y no lo contrario.

Tuve que hacer un esfuerzo para que no me llevaran los diablos.

Rematamos el almuerzo con unos profiteroles, que comimos en silencio.

Más tarde, Montse me pidió que la excusara unos instantes, tras lo cual se levantó y desapareció por una puerta que yo creí la del servicio. Cuando regresó venía sonriente y portaba consigo una voluminosa bolsa.

—¿Qué es eso? —le pregunté sorprendido.

—Sobras para los gatos —me respondió ufana.

—¿Para qué gatos?

—Los de Roma. Me gusta llevarles comida de vez en cuando.

Me quedé desconcertado, pensando que tal vez había aceptado mi invitación con el único propósito de conseguir sobras para los gatos callejeros de Roma.

—¿Cuando sales a comer con Junio te llevas las sobras? —le pregunté a continuación.

—No, porque con él no tengo la suficiente confianza. Anda, vamos a darle de comer a los gatos. Me lo has prometido.

A veces tenía la impresión de que Montse y yo éramos como esos dos viajeros bien educados que deciden viajar juntos por el mundo de los que habla Stendhal; cada uno de ellos se toma la molestia y considera un placer sacrificar por el otro los proyectos cotidianos, y al final del viaje resulta que se han molestado constantemente.

En Roma no existía una ruina sin gatos, hasta el punto de que se habían convertido en una plaga muy grata para los romanos. Montse eligió el Área Sacra di Largo Torre Argentina, una vasta plaza de reciente construcción bajo la cual se había descubierto uno de los complejos arqueológicos más importantes de la ciudad, y en cuyo solar vivían un centenar largo de gatos barcinos, blancos, negros, pardos, atigrados y pelirrojos, que exhibían su arisca indolencia entre columnas truncadas y piedras rotas.

Cuando llegamos después de atravesar de punta a punta la Via del Corso ya casi había anochecido, y el Área Sacra se había convertido en una hondonada que rebosaba oscuridad. No era descabellado pensar que los gatos que allí habitaban fueran en realidad los espectros de los antiguos romanos que moraron en la zona, pretores, cuestores, tribunos o gente de la plebe, como aseguraban los más supersticiosos, pues había algo evanescente en aquellas figuras arrogantes de ojos encendidos que a cada paso parecían querer desvanecerse.

—¿Sabes por qué me gustan los gatos? —me preguntó Montse, al tiempo que vertía el contenido de las sobras en el lugar en el que Julio César había caído herido de muerte.

—No.

—Porque no se dejan someter por el ser humano, a pesar de que su subsistencia depende del hombre. Han aprendido que para recibir las atenciones y cuidado de los seres humanos, lo mejor es vivir precisamente de espaldas a ellos.

—Desde luego es una rara virtud —admití.

—Se llama libertad —me corrigió.

Ni ella ni yo podíamos siquiera imaginar que llegaría un día en el que los gatos de Roma serían sacrificados en beneficio de la propia subsistencia de los habitantes de la ciudad. Siempre que Montse y yo hablamos sobre este asunto, aflora su lado más idealista, y afirma que el espíritu de los gatos que los romanos no tuvieron más remedio que comerse para no morir de hambre, insufló a la población ansias de libertad y fortaleza de espíritu frente al enemigo.

17

*E*l año 1938 comenzó con varios acontecimientos relevantes. Montse cumplió veintiún años el 11 de enero; el 31 de ese mismo mes la aviación de Franco bombardeó Barcelona, causando ciento cincuenta y tres víctimas mortales y ciento ocho heridos, hecho que fue muy celebrado entre los «prófugos»; el ejército nacional recuperó Teruel, que había sido tomada por las tropas republicanas; y por último, el 14 de marzo, día de mi cumpleaños, Hitler anunció la anexión de Austria al Tercer Reich, confirmando los peores temores de Smith. Con ser eso grave, más preocupante fue lo que ocurrió un mes y pocos días más tarde, cuando se anunció la visita del Führer a Roma para la primera semana de mayo.

Creo que fue el día 2 de ese mes cuando Cesare Fontana, el mayordomo de la Academia, me dijo que tenía una visita. Se trataba del padre Sansovino. En un principio, achaqué su estado de agitación a las escalinatas de la Via Garibaldi, pero inmediatamente comprendí que el motivo era otro. Sin siquiera dedicarme un saludo, me preguntó con un tono que reflejaba preocupación:

—¿Sabes dónde está nuestro amigo, el príncipe?

Según mis noticias, Junio le había dicho a Montse que no podrían verse en dos o tres semanas, puesto que había sido nombrado miembro del comité de bienvenida del Führer. En realidad, Junio se quedó corto a la hora de valorar su papel en aquel «comité», tal y como supimos más adelante. Sobre sus hombros recayó la negociación con el Santo Padre para que se reuniera con Hitler, y de camino le permitiera visitar los Museos Vaticanos. La respuesta de Pío XI fue contundente: «Si

Hitler quiere entrar en el Estado Vaticano, tendrá que pedir perdón públicamente por la persecución que sufre la Iglesia católica en Alemania». Hitler no transigió, así que el día de la llegada del Führer, el Santo Padre dijo que se sentía triste de ver enarbolada en Roma una cruz que no fuera la de Cristo, en referencia a la cruz gamada, y se trasladó a su residencia de Castel Gandolfo, previa orden de que los Museos Vaticanos permanecieran cerrados y de que *L'Osservatore Romano* no publicara una sola línea sobre la visita del canciller alemán. La enemistad entre Pío XI y el Führer duraba ya un año, cuando el primero publicó la encíclica «Mit brennender sorge» («Con ardiente preocupación»), en la que ponía de relieve el carácter pagano del nazismo y condenaba el racismo, y Hitler respondió deteniendo a un millar de destacados católicos alemanes, trescientos de los cuales acabaron en el campo de concentración (por aquel entonces todavía se creía que se trataba de una campo de trabajo) de Dachau.

Claro que Junio no iba a permitir que Hitler regresara a Berlín con las manos vacías, así que le preparó una agradable sorpresa que compensara la afrenta del Sumo Pontífice. De hecho, la pregunta que el padre Sansovino acababa de formularme estaba relacionada directamente con aquella sorpresa.

—Creo que anda fabricando estandartes nazis y comprando canapés con los que agasajar a Hitler —dije con sarcasmo.

—¡Maldición! —exclamó.

—¿Puede saberse qué ocurre?

—Me temo que Junio ha cumplido su amenaza, y lo que es aún más grave, le ha costado la vida a un hombre.

Instintivamente pensé en el segundo Smith, pero el padre Sansovino me sacó de mi error:

—Hace cuatro horas nos han comunicado la muerte de uno de nuestros *scriptores* después de abandonar la *antica libreria* que el señor Tasso posee en la Via dell'Anima. Alguien le ha disparado varias veces.

En esta ocasión me acordé del primer Smith.

—¿Y qué tiene que ver el príncipe con la muerte de su *scriptor*? —intervine.

En mi fuero interno, deseaba que el padre Sansovino me dijera que Junio había sido visto apretando el gatillo, pero su respuesta superó con creces mis expectativas:

—El *scriptor* había robado el Mapa del Creador —reconoció.

Me quedé perplejo, sin habla. Fruncí el ceño, a la espera de que el sacerdote corroborara o desmintiera lo que acababa de decir, pero al final tuve que ser yo quien dijera:

—Usted aseguró que ese mapa no existía.

En esta ocasión, fue el padre Sansovino quien frunció el ceño. Por un momento, temí que sus gruesas cejas pudieran caer al suelo.

—Y en cierta manera, así es. El mapa existe sólo a medias —trató de justificarse.

—¿Qué quiere decir?

—Es verdad que la Iglesia requisó un papiro egipcio en la casa del poeta John Keats tras su muerte, y que los expertos que lo analizaron aseguraron que contenía un extraño mapa que, entre otras cosas, demostraba la esfericidad del mundo. Creo incluso que aparecía dibujado con precisión el continente antártico, que no fue descubierto hasta el siglo XIX. Estaba escrito en caracteres cuneiformes, y dada su antigüedad y en consideración a que se trataba de un mapa muy avanzado para su época, los expertos comenzaron a denominarlo como «El Mapa del Creador». Claro que podían haberlo llamado «Mapa Anónimo», sin más. La cuestión es que aunque el mapa haya sido bautizado con ese nombre, no significa que su autor sea Dios. Desgraciadamente, el mapa comenzó a deteriorarse seriamente después de pasar por diversas manos, hasta el extremo de que si alguien lo despliega en la actualidad lo único que conseguirá será destruirlo. El mapa no puede abrirse sin que se pierda la información que contiene, por eso te he dicho que sólo existe a medias.

—¿Y qué les hace estar tan seguros de que el mapa no es obra de Dios, tal y como defiende el príncipe? —le pregunté.

—Las razones son diversas. Para empezar, su existencia no se menciona en texto sagrado alguno. Pero hay otra razón que nos parece de sentido común: si Dios hubiera querido elaborar un mapa de la Creación, pongamos por ejemplo, nunca habría utilizado un soporte tan vulnerable como el papiro. ¿Acaso los Diez Mandamientos no fueron labrados sobre piedra? Los antiguos hititas y babilonios utilizaban tablillas de arcilla, mucho más resistentes que el papiro, de manera que sería completamente absurdo pensar que Dios, dada su infalibilidad, cometiera semejante error de principiante.

No me costó encontrar una grieta en el argumento del religioso:

—Hay algo que no encaja en su historia. Usted asegura que el mapa fue bautizado con ese nombre en el siglo xix, después de que le fuera arrebatado al difunto John Keats; sin embargo, el libro de Pierus Valerianus ya habla del Mapa del Creador dos siglos y medio antes —objeté.

—Así es, pero no hay ninguna contradicción. Si los expertos lo bautizaron con ese nombre, fue precisamente porque conocían la existencia del libro de Valerianus. Pero lo que hace Pierus Valerianus en su obra es recoger una antigua leyenda egipcia. Tampoco él llegó a ver el mapa con sus propios ojos.

Y, tras tomarse unos segundos, añadió:

—El asunto de las reliquias es extremadamente complejo, sobre todo a la hora de establecer la autenticidad de cada objeto. Para que te hagas una idea. En la actualidad, la Santa Sede ha contabilizado la existencia de más de sesenta dedos de san Juan Bautista. Se veneran tres prepucios de Nuestro Señor Jesucristo en las catedrales de Amberes, Hildesheim y Santiago de Compostela. Existen otros tantos cordones umbilicales del niño Jesús en Santa Maria del Popolo, en San Martino y en Chalons. Por el mundo hay repartidas doscientas supuestas monedas de las que cobró Judas por su traición, hay quien asegura poseer la calavera de Lázaro, e incluso en el Sanctasanctórum del Vaticano se conservan lentejas y pan sobrante de la Última Cena, además de una botella con un suspiro de san José, que un ángel depositó en una iglesia cercana a la ciudad francesa de Blois. Teniendo en cuenta que Nuestro Señor Jesucristo sólo pudo tener un cordón umbilical y un prepucio, en consideración a que san Juan Bautista contaba con dos manos que sumaban diez dedos, y que fueron treinta y no doscientas las monedas que cobró Judas por su traición, llegamos a la con-

119

clusión de que nos sobran muchas reliquias, demasiadas diría yo. De modo que hablar de un mapa creado por Dios es casi una... *boutade*...

—Comprendo. Supongo que ahora detendrán al príncipe por el asesinato del *scriptor*.

—Antes detendrían al Santo Padre que al príncipe Cima Vivarini. Me apuesto lo que quieras a que la prensa de mañana tratará el asesinato de nuestro hermano como un atentado perpetrado por fuerzas antifascistas y ateas, cuyo propósito es desestabilizar el régimen de Mussolini.

—Pero la policía no puede quedarse cruzada de brazos...

—Por encima de la policía está la policía política, y son los hombres como el príncipe quienes la controlan —me interrumpió—. Junio ha querido devolverme el golpe que le asesté a su orgullo hace unos meses.

—¿Devolverle el golpe?

—¿Acaso no os contó el otro día que yo era un espía al servicio del Vaticano?

Me sorprendió que el padre Sansovino diera por sentado ese extremo.

—Lo hizo en cuanto salimos de la biblioteca —reconocí.

—Pues estaba en lo cierto. Lo fui hasta hace muy poco. Trabajé en el Sodalitium Pianum, el servicio de contraespionaje del Vaticano dependiente de la Santa Alianza. Mi misión consistía en descubrir «topos», y la Providencia me llevó a atrapar al más importante de todos. Hace cosa de un año detectamos que se estaba produciendo una fuga de información desde el interior de la Santa Sede, así que llevamos a cabo una discreta investigación, hasta que dimos con el traidor. Se trataba de Monseñor Enrico Pucci, quien había sido reclutado por Arturo Bocchini, el jefe de la policía fascista, allá por 1927. El nombre en clave de Pucci era, según supimos más tarde, «Agente 96». Entonces se me ocurrió urdir un plan para dejar en evidencia a Pucci. Hicimos circular un documento falso con la firma del cardenal secretario de Estado, Pietro Gasparini, según el cual habíamos descubierto que un tal Roberto Gianille era agente británico y había estado pasando información sensible del Reino de Italia y del Estado Vaticano. En cuanto el documento estuvo en manos de monseñor Pucci, informó al jefe de la policía Bocchini, que no dudó en emitir una orden de busca y captura contra el señor Gianille. El problema era que Gianille no existía, era una invención mía. De esa forma todos los miembros de la Red Pucci pudieron ser desenmascarados. Claro que mi posición también quedó comprometida, de ahí que ahora me dedique a otros menesteres. De modo que dejé a los fascistas sin informadores en el Vaticano, y ahora me devuelven el golpe robando el Mapa del Creador delante de mis narices. Sobornando a un *scriptor* me están diciendo que no necesitan establecer una red de espionaje para obtener lo que quieran, y asesinándolo que el poder terrenal está en sus manos.

—Suena descorazonador —dije.

—Es descorazonador. Sobre todo, porque detrás de la *vendetta* de Junio, está el mensaje que Mussolini le envía al Santo Padre para que someta su voluntad al Estado laico que él representa. El Duce ha confesado en sus círculos más íntimos que está dispuesto a «rascarle la costra» a los italianos y convertirlos en anticlericales si el Papa no cambia de actitud con respecto a Hitler y a él mismo. Asegura que el Vaticano está lleno de hombres insensibles y momificados, y que la fe religiosa cotiza a la baja, pues nadie puede creer en un Dios que se ocupa de nuestras miserias. Sí, los tiempos han cambiado, y ahora cometer un delito contra la Iglesia merece el aplauso del Estado.

—De modo que el crimen del *scriptor* quedará impune.

—A lo sumo, cuando el aparato diplomático del Vaticano reclame una investigación a fondo, detendrán a un inocente al que le cargarán el muerto, nunca mejor dicho. ¿Me mantendrá informado si tiene noticias del príncipe? Me gustaría tener vigilado a Junio, por lo que pudiera pasar.

El hecho de que el padre Sansovino me pidiera que me convirtiera en su informador, me hizo desconfiar de sus intenciones. Recelo que aumentó al día siguiente, cuando ningún medio de comunicación oral u escrito, incluidos Radio Vaticano y *L'Osservatore Romano*, mencionó el asesinato del *scriptor* de la Biblioteca Vaticana en la Via dell'Anima. He de reconocer que este hecho me intrigó durante mucho tiempo, y que hasta el mes de octubre de ese año no llegué a vislumbrar qué pretendía el padre Sansovino trasladándome aquella noticia que nunca tuvo confirmación oficial.

18

*L*a visita *in pompa magna* de Hitler a Roma puede resumirse con el comentario de una niña italiana que, al verse rodeada de esvásticas por todas partes, exclamó: «¡Roma está llena de arañas negras!». En realidad, ésa fue la sensación que tuvimos todos, pequeños y mayores: nos sentimos acechados por una plaga de artrópodos de uniforme que atenazaban el normal transcurso de la vida cotidiana con sus continuos controles y registros. Durante una semana, la ciudad se convirtió en un gigantesco escenario, decorado con pendones, trípodes, fasces, antorchas, águilas e insignias de la antigua Roma, y se multiplicaron los *arengarii,* los edificios públicos equipados con tribunas (en muchos casos desmontables) que Mussolini utilizaba para dirigirse a la nación. Se organizaron manifestaciones, paradas y maniobras militares, recepciones y visitas turísticas en honor del canciller alemán. Incluso se lavó la cara a los viejos palacios, de manera que el Führer y su corte tuvieran la impresión de encontrarse en la capital de una superpotencia. Como escribió el poeta romano Trilussa en un epigrama: «*Roma de Travertino / rifatta de cartone / saluta l'imbianchino / suo prossimo padrone*». («Roma de [mármol] Travertino / rehecha de cartón / saluda al pintor de brocha gorda / su próximo patrón.»)

Aproveché ese estado de cosas para contarle a Montse mi conversación con el padre Sansovino. No he podido olvidar la cara de incredulidad que puso cuando le narré que Junio había cumplido su amenaza de sobornar a un *scriptor,* al que había mandado ejecutar una vez tuvo en su poder el Mapa del Creador. Pensé que la noticia iba a provocar un cataclismo en su conciencia, hasta el punto de hacerla renunciar a seguir adelante con la misión de sonsacar al príncipe. Y así fue. Sin embargo, cuando vi que flaqueaba, fui yo quien la espoleó para que continuara con su cometido, como si nuestro comportamiento estuviera ahora sujeto a un destino mayor que nos obligaba a dejar los deseos personales en un segundo plano.

Montse y Junio se reunieron dos semanas más tarde en la cervecería Dreher, un local muy frecuentado por la comunidad alemana en Roma. El príncipe acababa de regresar del castillo de Wewelsburg, en Westfalia, adonde había ido acompañando al Reichsführer, Heinrich Himmler, después de viajar hasta Alemania en el tren de Hitler. Durante el trayecto, Junio fue conducido hasta la *carrozza* del Führer para que le hiciera entrega personalmente del Mapa del Creador. Según le contó a Montse, la alegría inicial de los altos mandatarios nazis se tornó en decepción cuando comprobaron que el mapa no podía ser desplegado sin sufrir daños irreparables. No obstante, a la espera de que los científicos alemanes encontraran una solución a este contratiempo, Himmler recordó a los presentes que, al margen de otras consideraciones, lo valioso era el objeto en sí mismo. «Lo importante de un objeto de poder es su posesión. Es como disponer de una llave que abre las puertas del mundo», dijo. Hitler estuvo de acuerdo con el Reichsführer, y le ordenó llevar el mapa hasta el castillo de Wewelsburg, centro de revelación de miembros de las SS.

Arrendado por el propio Himmler en julio de 1934 al ayuntamiento de Büren, y reconstruido con fondos del Ministerio de Hacienda, la idea del Reichsführer era convertir Wewelsburg en lo que fue Marienburg para los Caballeros Teutónicos o Camelot para el rey Arturo. La transformación del castillo corrió a cargo del mago Karl Maria Wiligut, un tipo que afirmaba poseer una «memoria clarividente ancestral» que le permitía recordar acontecimientos acaecidos hace miles de años, y al que en 1924 le había sido diagnosticada una esquizofrenia complicada con alucinaciones megalómanas y paranoicas, enfermedad por la que tuvo que ser recluido en un psiquiátrico. Los invitados eran escogidos personalmente por Himmler, y su número nunca superaba los doce, puesto que doce habían sido los miembros de la mesa redonda, doce los apóstoles y doce los pares de Carlomagno, el fundador del I Reich. La mesa de roble macizo que presidía el gigantesco comedor (de 35 x 15 metros) disponía de doce butacones tapizados con piel de cerdo, cada uno con una placa de plata con el nombre del caballero de las SS al que pertenecía y su escudo de armas. Había una habitación dedicada a Barbarroja, que siempre se mantenía cerrada y que estaba reservada a Hitler. Otras estancias estaban dedicadas a Otón *el Grande*, a Felipe *el León*, a Federico Hohenstauffen, a Felipe de Schwaben, y a otros ilustres príncipes teutones. Debajo del gran salón había una cripta con doce nichos conocida con el nombre de «La esfera del muerto», en cuyo centro se abría una cavidad que contenía una copa de piedra que servía de pira funeraria. Los doce jerarcas contaban además con su propia habitación en el castillo. La segunda planta albergaba el Tribunal Supremo de las SS. En el ala sur se encontraban las dependencias de Himmler, que incluían una sala con la colección de armas del Reichsführer y una biblioteca con doce mil volúmenes. Pero si algo llamó poderosamente la atención de Junio fue un Sol negro esculpido en el suelo de la sala de columnas, un símbolo que hacía referencia a la supuesta existencia de un pequeño astro en el interior de la Tierra —cuyo núcleo estaría hueco, según algunas teorías esotéricas—, que iluminaría a las civilizaciones superiores que tenían allí su morada. Himmler estaba convencido de que en cuanto pudieran desplegar el Mapa del Creador, descubrirían los caminos que conducían a esos remotos lugares. Una vez allí, su dominio del mundo sería absoluto.

Que Himmler pudiera creer en semejantes patrañas, y que Junio se prestara a alentarlas, me causó tanta perplejidad como temor, pues no me costó imaginar hasta dónde podía llegar una persona que creía ciegamente que la Tierra estaba hueca por dentro. Desgraciadamente, mis temores se cumplieron cuando Himmler se convirtió en el máximo valedor de lo que se llamó «La solución final», el método de exterminio que acabó con la vida de millones de judíos en Europa. Un plan vesánico que sólo estaba al alcance de un demente como él, convencido de ser la reencarnación de Enrique I el Cazador, fundador en el siglo x de la estirpe real sajona, que renegó del catolicismo para adorar al dios pagano Wotan.

Por último, hablaron de Gábor, después de que Montse preguntara el motivo de su ausencia. Junio le respondió henchido de orgullo que su chófer, dadas sus aptitudes físicas y genealógicas, había sido reclamado por Himmler para cumplir la misión de procrear una raza superior. Y como Montse le conminó a que se explicara, el príncipe le contó que Gábor se encontraba en un hogar de la Lebensborn, una sociedad creada por Himmler para «fabricar» la *Herrenrasse*, la raza de los señores, mediante técnicas de reproducción selectiva. Su trabajo consistía en copular con distintas jóvenes arias previamente seleccionadas, de manera que de estas uniones naciera una nueva raza de seres genéticamente perfectos.

Sólo interrumpí el relato de Montse para preguntarle si le había mencionado a Junio el asesinato del *scriptor*.

—Las cosas ya no volverán a ser como antes —me respondió.

Obviamente, hablaba de la relación entre ambos.

—Aseguró no tener nada que ver con ese desgraciado asunto —continuó—. Dijo que Roma está llena de grupos antifascistas dispuestos a desestabilizar a la más mínima oportunidad, que un cura con los bolsillos llenos de dinero era una presa fácil, y que él era únicamente responsable del soborno. Entonces le repliqué que eso mismo era lo que el padre Sansovino había dicho que diría.

—¿Y qué te respondió? —me interesé.

—Me dijo que el padre Sansovino no era de fiar. Naturalmente, le pedí que fuera más explícito.

—¿Y bien?

Montse se tomó unos segundos antes de recitar de memoria la respuesta de Junio:

—«Nadie que se haya visto alguna vez involucrado en una red de espionaje vuelve a decir la verdad, toda la verdad y nada más que la verdad. ¿Y sabes por qué? Porque la verdad y la mentira son la cara y la cruz de una moneda, y cualquiera que se dedique al espionaje sabe que valen lo mismo», me dijo.

—Tampoco él es de fiar —observé.

—Incluso se ha despojado del sello familiar para ponerse un horrible anillo de plata con una calavera grabada. Ése ha sido el regalo que le ha hecho Himmler: un anillo —prosiguió Montse, sin ocultar la decepción que este hecho le había causado.

Años más tarde, cuando el Tercer Reich se desmoronó, supimos que el anillo en cuestión era el talismán que portaban los iniciados de las SS, en cuyo seno había sido admitido por los servicios prestados.

—El hecho de que Junio haya cambiado de anillo no significa que su comportamiento sea distinto —le hice ver.

—¿Acaso estás tratando de justificarle? —me inquirió.

—En absoluto, precisamente intento decirte que Junio sigue siendo el mismo, aunque haya cambiado de anillo. No es un hombre diferente al de hace unas semanas.

—Sí lo es. Ninguna persona que cambie el sello familiar por un anillo con una calavera puede ser la misma.

Montse no se daba cuenta, pero en realidad era ella la que había cambiado. Un simple anillo había sido suficiente para que dejara de reconocer a la persona de la que creía estar enamorada. Bastaba con contemplar la expresión de su rostro para comprender que sus grandes ojos verdes habían vuelto a ver la luz, y que, libre del letargo del amor y recuperadas las certidumbres de los sentidos, su corazón se había cerrado como un puño. Era como si súbitamente hubiera descubierto los secretos de la vida adulta, esos que nos enseñan que después de habernos fiado de alguien y de comprobar que ese alguien nos ha defraudado o traicionado, hay que empezar a tomar precauciones.

—No pienso enamorarme jamás —añadió, como si de verdad hubiera perdido su capacidad para sentir.

Estaba claro que Montse tenía herido el orgullo y que estaba seriamente enojada consigo misma, pero precisamente por eso no se daba cuenta de que la víctima de su cerrazón no era Junio, sino yo. Mi único delito había sido enamorarme de ella. Aunque, en los códigos que rigen las leyes de amor, los delitos como el mío solían estar castigados con la indiferencia.

Así que todavía tuvieron que pasar varios meses antes de que Montse mostrara interés por mí. Y para cuando lo hizo, tuvimos que esforzarnos por encontrar un terreno común, puesto que la pasión que yo demandaba de su parte le resultaba tan incómoda como para mí lo era su falta de compromiso. De hecho, su comportamiento en la mayoría de las ocasiones era más parecido al de una sonámbula (que con los ojos cerrados repite mecánicamente los mismos movimientos, el mismo recorrido) que al de una mujer enamorada. He intentado buscar una explicación a este hecho, y creo haberla encontrado en los largos y enfebrecidos años de la guerra, que, cual enfermedad crónica, acabaron minando la salud sentimental de Montse y dejando en su espíritu la secuela de un existencialismo que desconfiaba del sentido que tenía la vida.

—Pues es ahora cuando debes aparentar estar más enamorada —le dije.

—Los novios rompen cuando una de las partes deja de sentirse atraída por la otra —me replicó.

En su obstinación había desencanto y tristeza al mismo tiempo.

—¿Y qué le cuento a Smith, que ha dejado de gustarte el príncipe?

—Dile la verdad. Cuéntale que se trata de un asesino despiadado.

—Eso ya lo sabe Smith.

Lo que no sabía Montse era que el Smith del que hablaba era otra de las víctimas de Junio (o al menos eso creía yo). Tal vez precisamente porque tras los últimos acontecimientos mi animadversión hacia el príncipe había trascendido el ámbito puramente personal, ahora era yo el que veía necesario que nos mantuviéramos firmes en nuestras posturas.

—Sé que siempre te ha disgustado mi falta de compromiso, pero si decides no volver a ver al príncipe, serás tú la que traiciones tus ideales. Si antepones los sentimientos a la razón, mucha gente puede resultar perjudicada —traté de convencerla.

Ni siquiera yo sabía a qué gente me estaba refiriendo, supongo que se trataba de una forma de hablar, pero para entonces ya había empezado a sentir en mi espíritu los síntomas del virus del idealismo, una clase de enfermedad que me hacía ver la realidad como algo insólito y hasta extravagante, y ante la que había que rebelarse. No podíamos dejar que Junio se saliera con la suya. Ya no se trataba de una cuestión de celos, sino de principios.

—Es que he perdido la fe en el amor —volvió a excusarse.

—Entonces actúa sin fe. ¿Acaso crees que Junio tiene fe en el amor? No, está muy ocupado ordenando asesinatos, perpetrando robos y complaciendo a los nazis.

—Está bien, haré de tripas corazón —aceptó por fin.

Si algo tenía Montse, era un temperamento optimista y alegre, así que supuse que no tardaría en sobreponerse, y que pronto volvería a hacerse dueña de la situación.

129

19

*M*e cité con Smith en el E42, la nueva ciudad que Mussolini estaba construyendo al sur de Roma para albergar la Exposición Universal que tenía que celebrarse entre 1941 y 1942, y que tras la finalización de la guerra vino a llamarse el EUR. Un proyecto de dimensiones colosales en el que estaban implicados los mejores arquitectos del momento. Giovanni Guerrini, La Padula y Romano habían proyectado el Palazzo della Civiltà del Lavoro, que a la postre se convertiría en el icono de aquel intento fallido por recuperar la gloria de la vieja Roma en pleno siglo xx; Adalberto Libera se había hecho cargo del Palazzo dei Ricevimenti e dei Congressi; mientras que Minnucci llevaba a cabo las obras del Palazzo degli Uffici, edificio destinado a ser el centro neurálgico del E42. Había otros muchos arquitectos implicados en las distintas obras, y todos eran conscientes de que no bastaba con levantar una colección de llamativos edificios que asombraran al mundo, lo que el Duce les pedía era que construyeran una metáfora de las excelencias de la ideología fascista. Sé que juego con ventaja, pues la Exposición Universal de Roma de 1942 no se celebró, pero lo cierto fue que los edificios del EUR jamás llegaron a ser ocupados o a tener alguna utilidad durante la dictadura fascista. De modo que las construcciones que se levantaron reflejaron fielmente el paradigma del fascismo italiano: monumentalidad exterior y vacío interior, sin otra finalidad que la de servir de eficaz vehículo propagandístico del poder político. Hoy, cuando las autoridades vuelven a hablar de dar un nuevo y definitivo impulso al proyecto, el EUR es un claro ejemplo de lo que se conoce como «arquitectura de la autoridad» o «arquitectura efímera».

Pero aquella mañana de finales de mayo de 1938, el E42 era aún una pequeña criatura que, de la mano del Estado, daba sus primeros pasos y crecía a base de ingerir biberones de cemento, de remover toneladas de tierra con las máquinas excavadoras y de apilar otras tantas de mármol travertino. Cientos de obreros se afanaban en simular el vitalismo y el orden que el régimen exigía de ellos, mientras que otros tantos curiosos se acercaban hasta allí todas las mañanas para aplaudir la evolución de las obras o simplemente para preguntar si en aquella «tercera Roma» (la que iba a construir Mussolini para el pueblo), tan alejada en el tiempo de la primera (la de los Césares) y tan distante de la segunda (la de los Papas), se iban a construir pisos a buen precio. Los charlatanes encargados de difundir la propaganda del régimen no dudaban en responder: «Se harán pisos con vistas al mar». Y si quien había preguntado, volvía a preguntar, esta vez incrédulo, toda vez que el mar quedaba a más de diez kilómetros de distancia del E42, el charlatán le respondía: «Eso es cosa del Duce, que todo lo puede. Pero ya le adelanto que hay planes serios para que Roma se extienda hasta el Tirreno. Convendrá usted conmigo que en la capital de un imperio como el que estamos construyendo, tiene que haber pisos con vistas al mar»; tras lo cual señalaba con el dedo las gaviotas que planeaban por el cielo. El asunto llegó a ser tan serio que Mussolini ordenó labrar la siguiente frase en el frente del Palazzo degli Uffici: «LA TERZA ROMA SI DILATERA' SOPRA ALTRI COLLI LUNGO LE RIVE DEL FIUME SACRO SINO ALLE SPIAGE DEL TIRRENO». («La tercera Roma se extenderá por encima de las colinas a lo largo de las orillas del río sagrado hasta las playas del Tirreno.»)

La bullanga de trabajadores, proveedores y curiosos era tal, que consideré que el E42 era el lugar idóneo para reunirme con el segundo Smith. Se suponía que, tras la muerte del primer Smith, yo debía acudir a la pizzería y esperar allí instrucciones de Marco, pero bastó que sugiriera una reunión en el E42 para que mi propuesta fuera aceptada.

Visto en medio de aquel descampado rodeado de obreros y de fisgones, y recortada su figura sobre el fondo de un cielo cerúleo, el segundo Smith tenía el aspecto de un contratista de obras. Llevaba puesto un abrigo de pelo de camello, y miraba a su alrededor como si de verdad le interesara lo que veía. Al llegar a mi altura, me hizo una señal con los ojos, como si esperase de mí que le entregara un sobre con dinero fruto de una extorsión o algo parecido.

—¿Qué está pasando? —le pregunté.

—Están pasando muchas cosas, ¿a cuál de ellas se refiere? —me respondió, al tiempo que alzaba las solapas de su abrigo para guarecerse de un inexistente frío.

Una mala pasada de mi subconsciente, me llevó a relacionar el estrépito de las taladradoras y las hormigoneras con la guerra que se libraba en España, como si aquel ruido pudiera compararse con el silbido de las balas o el estruendo de los cañones.

—El príncipe Cima Vivarini le ha entregado el Mapa del Creador a los alemanes —dije, yendo directamente al grano—. Sobornó a un *scriptor* de la Biblioteca Vaticana, y luego ordenó su asesinato. Eso ocurrió el 2 de mayo y, sin embargo, ningún medio de comunicación se hizo eco de la noticia al día siguiente.

—¿Qué esperaba que dijeran si Hitler tenía previsto comenzar su visita a Italia ese mismo día?

—¿Y qué me dice de *L'Osservatore Romano* y de Radio Vaticano?

—Mussolini no le hubiera permitido al Papa un nuevo escándalo durante la visita de Hitler. Puede decirse que el hecho de que Pío XI abandonara Roma para no tener que entrevistarse con Hitler, ha sido la gota que ha colmado el vaso. De modo que si Pío XI tiene una reclamación que hacerle al Duce, la formulará *sottovoce*, a través de la nunciatura.

La explicación del segundo Smith, aunque no llegaba a convencerme del todo, no carecía de sentido, por lo que decidí proseguir con mi informe:

—Al parecer, los alemanes no han podido abrir el mapa porque está muy deteriorado. Hitler le ha ordenado a Himmler que lo lleve al castillo de Wewelsburg para que sea estudiado. El Reichsführer, por su parte, cree que en cuanto consigan desplegar el mapa, encontrarán las claves para llegar al centro de la Tierra y desde allí dominar el mundo.

La cara que puso el segundo Smith fue de verdadero asombro.

—¿Al centro de la Tierra? ¿Qué diablos piensan hacer los alemanes en el centro de la Tierra?

—¿De qué se sorprende? Fueron ustedes quienes me pusieron al tanto de las estrafalarias creencias del Reichsführer. Himmler está convencido de que nuestro planeta está hueco, y de que en su interior mora una civilización de hombres superiores. El Mapa del Creador sería el vehículo para llegar hasta ellos.

—Comprendo.

—Pero me temo que no cree sólo en eso —proseguí—. También ha montado una red de «granjas de reproducción», en las que jóvenes arios y arias de buen ver copulan sin freno con el propósito de procrear una raza superior. Himmler ha reclutado para tal fin al chófer del príncipe, un húngaro llamado Gábor.

—La Lebensborn forma parte de la doctrina *Lebensraum* del profesor Haushoffer —me aclaró el segundo Smith—. Es decir, para ocupar el espacio vital se necesita una raza que esté en consonancia con la magnitud del proyecto, de ahí que resulte de suma importancia contar con un pueblo fecundo capaz de engendrar un elevado número de hijos sanos. Educando a los niños en centros especiales de adoctrinamiento, los nazis no sólo buscan la creación de una raza superior, sino que esa raza sea fiel a sí misma. Para Hitler, los pueblos que renuncian a mantener la pureza de su raza, renuncian al mismo tiempo a la unidad de su alma. Ya lo anticipó en su libro *Mein Kampf*, cuando escribió que un Estado que, en una época de envenenamiento de las razas, se dedicara a sus mejores elementos raciales, un día se convertirá en amo del mundo.

—De modo que en Alemania el amor está también sujeto al totalitarismo —observé.

—Incluso están estudiando la forma de reducir los embarazos a la mitad del tiempo que marca la naturaleza, con lo que aumentaría el número de hijos por mujer.

—Eso se parece bastante a una granja de gallinas ponedoras.

—También alientan a los miembros de las SS a que procreen reencarnaciones de los antiguos héroes alemanes mante-

133

niendo relaciones sexuales en los cementerios viejos. La revista de las SS *Das Swartze Korps* ha llegado ha publicar una lista con los nombres de los camposantos más idóneos —completó su exposición el segundo Smith.

Por aquel entonces, ninguno de los dos podíamos imaginar que, una vez comenzada la invasión de Europa por parte de los alemanes, el proyecto Lebensborn iba a incluir entre sus actividades principales el secuestro de niños de aspecto ario —debían ser hermosos, saludables, bien constituidos físicamente, de cabello rubio o castaño claro, ojos azules, y sin ascendencia judía— en las naciones ocupadas, que, tras ser sometidos a exhaustivos reconocimientos médicos y psiquiátricos, eran educados en centros especiales o entregados en adopción a familias de raza aria. Sólo en Polonia fueron secuestrados o arrancados de sus familias doscientos mil niños, de los que únicamente cuarenta mil pudieron ser devueltos a sus hogares al finalizar la guerra. En Ucrania la cifra de niños ascendió a varios miles, la misma cantidad que en los países bálticos. Pero también hubo niños Lebensborn en países como Checoslovaquia, Noruega o Francia. Todo un ambicioso plan por incorporar al Tercer Reich a aquellos que debían formar parte de él por razón de su raza.

—Hay otra cosa que quiero comentarle. ¿Ha oído hablar del padre Sansovino?

Smith negó con la cabeza antes de preguntar:

—¿Quién es?

—Se trata de un *scriptor* de la Biblioteca Vaticana. Es amigo del príncipe Cima Vivarini. Al parecer, formó parte del servicio de contraespionaje del Vaticano. Me ha insinuado que le gustaría que le informara sobre las actividades del príncipe.

—¿De veras? ¿Y qué piensa hacer?

—No pienso decirle nada, por supuesto.

—Tal vez no sea mala idea mantener abierto un canal con el Vaticano —sugirió Smith.

—¿Qué quiere decir?

—Es muy sencillo. Usted le cuenta las actividades del príncipe, tal y como hace con nosotros, y luego nos cuenta a nosotros lo que el sacerdote tenga que decirle. *Quid pro Quo.*

—¿Y si el padre Sansovino resulta ser un agente de los rusos? Fue miembro del Russicum, el departamento de la Santa Alianza especializado en introducir espías en Rusia. Tal vez sea un agente doble.

—Creo que sólo hay una forma de averiguarlo. Póngase en contacto con él, y nosotros nos encargaremos de seguirle los pasos. Si hay alguna novedad, le avisaremos.

Fue así como hice bueno el dicho que asegura que un espía se vende siempre dos veces, y hasta tres si es agente doble. Un camino que me causó no pocos problemas de conciencia, habida cuenta la dificultad que tenía para descubrir la verdad, no sólo la de los demás, sino también la mía propia.

20

*L*a batalla del Ebro nos mantuvo a todos en vilo desde finales de julio hasta mediados del mes de noviembre de 1938. La terraza se convirtió en el centro de reunión de la Academia, pese a la oposición del secretario Olarra, que no tuvo más remedio que transigir y permitir que los «prófugos» mantuvieran un retén permanente frente al radiotelégrafo en consideración a que del resultado de aquella batalla dependía el futuro de España. El día 25 de julio, cuando el ejército republicano desencadenó la ofensiva cruzando el Ebro y poniendo en jaque las posiciones defensivas del ejército de Franco, doña Julia sufrió un vahído, como si los aguerridos milicianos del Frente Popular acabaran de cruzar el vecino río Tíber y estuvieran a punto de asaltar la Academia. En total, ochenta mil soldados tomaron parte en la operación, apoyados por ochenta baterías de artillería y aviones de combate rusos Polikarpov, los llamados «moscas» y «chatos». El avance fue tan rápido e inesperado que en La Fatarella un general del bando nacional fue capturado en calzoncillos, cuando dormía plácidamente con su mujer; en Gandesa un soldado marroquí se ahogó en un tonel de vino en el que se había escondido para no ser capturado por las tropas republicanas; y en otra localidad de la Terra Alta, el párroco tuvo que interrumpir la celebración de la misa y huir por piernas ante la inminente llegada del ejército rojo. Al día siguiente, la que se indispuso fue doña Montserrat, después de escuchar por la radio el retrato que un locutor del bando nacional hizo del general republicano Líster, al que describió como un ser demoníaco, de piel roja por el efecto del alcohol, afilados incisivos, puesto que desayunaba carne humana todas las mañanas, y rabo satánico, dada su afición por la vida disoluta y promiscua. Pero tras el éxito del ataque inicial, el ejército nacional logró detener la ofensiva republicana abriendo las compuertas de unos embalses cercanos que estaban bajo su control. La moral de los «prófugos» subió tanto y tan rápidamente como las aguas del Ebro, sobre todo cuando entró en acción el Tercio de Requetés de Nuestra Señora de Montserrat, al que atribuían el vigor de los invencibles y cuyas acciones bélicas jaleaban y vitoreaban. Lo cierto fue que, a partir del 14 de agosto, cuando Líster perdió el control de la Sierra Magdalena, la contienda se fue decantando a favor del ejército de Franco, y doña Julia, doña Montserrat, y el resto de las mujeres, volvieron poco a poco a hablar de las cuitas del fantasma de Beatrice Cenci (según anunció doña Julia, el fantasma de la desdichada dama pensaba aparecerse el 11 de septiembre en el Ponte Sant'Angelo, fecha en la que fue decapitada en ese mismo lugar en el año del Señor de 1599), del calor infernal del verano romano y de otros temas livianos, compatibles con el ardor guerrero que transmitían los locutores radiofónicos.

El 16 de agosto, el príncipe se unió a la «tertulia» vespertina, cuando la radio hacía recapitulación de los partes recibidos del frente. Al parecer, su interés era debido a que tenía un primo luchando en la Terra Alta, en la División Littorio. Repitió la visita durante siete u ocho tardes seguidas, y como el calor y la humedad resultaban insoportables incluso cuando ya había caído la noche, traía helado para las damas y *limoncello* y una barra de hielo para los caballeros. Gábor se encargaba de trocearlo con un punzón, con rapidez y violencia inusitadas, mientras el frío reflejo del hielo se clavaba en sus ya de por sí gélidos y desafiantes ojos azules. Cometido el «crimen» del hielo, se retiraba discretamente a la espera de recibir órdenes de su señor.

La rutilante belleza de Montse contrastaba con el objeto de aquellas veladas. Pero para entonces ya había tomado la decisión de hacer sufrir al príncipe tanto como él le había hecho padecer a ella. Para lograrlo, puso en práctica un plan que consistía en llamar la atención de Junio resaltando sus cualidades y atributos de mujer a base de soltarse el cabello, un correcto

137

maquillaje, manicura de salón de belleza, vaporosos vestidos con topos o estampados que dejaban sus hombros al descubierto, zapatos de tacón de aguja, y un perfume capaz de competir con la fragancia de las noches de verano, al tiempo que mostraba interés por cualquiera menos por él. Si Junio se dirigía a ella, bostezaba al cabo de uno o dos minutos, como si la conversación le aburriera solemnemente y su belleza corriera el riesgo de marchitarse. Si el príncipe se ofrecía a traerle un helado o una limonada, declinaba el ofrecimiento, para un instante más tarde levantarse y servirse ella misma. En resumidas cuentas, de nuevo comenzó a comportarse como la chica formal a la que el señor Fábregas había adiestrado para pasar desapercibida, con la salvedad de que ahora imponía su físico con indisimulada coquetería. Exactamente lo contrario de lo que había venido sucediendo hasta ese momento, cuando Montse escuchaba a Junio con arrobamiento de enamorada incurable sometida a la voluntad de su amado. Lo cierto era que conforme la indiferencia de Montse fue en aumento, más solícito se mostraba el príncipe. Era como si se sintiera culpable, pero sin saber cuál era su pecado y no se atreviera a preguntar, puesto que la formulación de la pregunta llevaba implícita la aceptación del delito. De modo que Junio no tuvo más remedio que encajar aquella situación y tratar de mejorar su comportamiento mostrándose más cariñoso y comprensivo.

Nunca he vuelto a ver a Junio tan indefenso, tan alejado de su capacidad para pergeñar un crimen o incluso para cometerlo. Se le veía desconcertado e inseguro, consciente tal vez de que el comportamiento en apariencia caprichoso de Montse estaba cargado de razón. Por contra, aquella experiencia le sirvió a Montse para subir un peldaño en la escalera que conduce desde la adolescencia hasta la edad adulta. Se volvió más sofisticada y desconfiada, siguiendo el ejemplo de un mundo que era siempre el espejismo de otro.

Una de esas noches, el señor Fábregas me preguntó en un aparte:

—¿Sabes tú a qué está jugando mi hija? Lo va a echar todo a perder. Y la vida no está como para tirar un príncipe a la basura.

—Está poniendo a prueba su resistencia y la calidad de su amor. Para que nos entendamos, señor Fábregas, Montse piensa que su relación se ha estancado, y cree que ya es hora de que el príncipe dé un paso adelante.

Pocas cosas me complacían tanto como tomarle el pelo al señor Fábregas, sobre todo sabiendo que no me tenía en buena estima precisamente por la estrecha amistad que mantenía con su hija.

—La mujeres no se arriesgan si no ven porvenir en sus relaciones sentimentales, en eso son como los hombres de negocios, pero con faldas —reflexionó el señor Fábregas, poniendo de manifiesto su espíritu comercial.

El 7 de noviembre las tropas nacionales ocuparon Mora de Ebro; el 13 tomaron La Fatarella; y el 16 se produjo el repliegue del ejército republicano, con lo que se puso fin a la batalla del Ebro. En total, ciento dieciséis días de luchas que causaron más de sesenta mil muertos. Según las estadísticas, que en muchos casos sirven para resumir el fragor de una batalla, el ejército nacional llegó a efectuar trece mil seiscientos ocho disparos de cañón en un solo día. De ahí que el general Rojo, máximo responsable del ejército republicano, declarase: «En la batalla del Ebro no hubo arte, sino pura ciencia de aplastamiento».

—Este año no habrá invierno, amigo José María. En tres o cuatro semanas habrá llegado la primavera —volvió a vaticinar el secretario Olarra, tal y como había hecho el año anterior.

Al día siguiente, recibimos la noticia de la muerte de Rubiños, caído en Ribarroja una semana antes. Al parecer, una batería antiaérea había alcanzado un avión de la República, con tan mala fortuna que había ido a estrellarse detrás de las líneas nacionales matando a cuatro soldados. De pronto, descubrí que ni siquiera conocía su nombre de pila.

Esa noche, cuando me asomé al antepecho del balcón para contemplar la ciudad, sólo vi una densa mancha de oscuridad. Entonces comprendí que, tal y como le había ocurrido a Rubiños, la visión de Roma que yo tenía desde aquella terraza no era más que la proyección de un sueño.

21

*M*ientras el futuro de la guerra de España se dirimía en el frente de Cataluña, Hitler seguía adelante con sus planes. En septiembre de 1938, se celebró una conferencia internacional en Múnich. En el transcurso de la misma, tanto Francia como Inglaterra aceptaron que Alemania se anexionara los Sudetes, en la confianza de que sería la última reivindicación territorial del Tercer Reich.

A primeros de octubre, Junio tuvo que desplazarse de nuevo a Wewelsburg con urgencia. Según supimos a su regreso, los dos científicos encargados de encontrar la forma de desplegar el Mapa del Creador sin que sufriera daños habían muerto al abrir el cartapacio y manipular el papiro en una cámara oscura. Realizadas las autopsias, se descubrió que habían fallecido a consecuencia de la inhalación de una elevada cantidad de ántrax. En un primer momento, Himmler y sus hombres pensaron que como los antiguos egipcios utilizaban toxinas de origen natural para matar a sus enemigos o suicidarse, podían haber impregnado el documento para preservarlo de caer en manos indebidas, pero como ni el poeta Keats ni el pintor Severn habían sufrido los efectos del bacilo del ántrax cuando entraron en contacto con el mapa en el primer tercio del siglo XIX, descartaron esa hipótesis. Las sospechas recayeron entonces en el propio príncipe Cima Vivarini, que fue retenido en Wewelsburg y acusado de haber protagonizado un intento de atentado contra la vida del Führer y la de media docena de altos mandatarios del Tercer Reich en el tren que traía de vuelta a Alemania a la cúpula nazi. A Junio le bastaron un par de frases para desmontar la acusación: «Fui yo quien advirtió de la imposibilidad de desplegar el mapa delante del Führer. Si mi propósito hubiera sido cometer un atentado, sólo hubiera tenido que dejar que alguien abriera el mapa para que todos los presentes inhalaran el polvo de ántrax», argumentó. A pesar de lo cual tuvo que someterse a una cuarentena (así lo llamó) de dos semanas, tiempo en el que su vida fue meticulosamente revisada. Durante ese período permaneció confinado en una estancia de Wewelsburg, con la prohibición expresa de comunicarse con el exterior hasta que la investigación hubiera finalizado. Libre el príncipe de toda sospecha, Himmler llegó a la conclusión de que el atentado había sido obra de la Santa Alianza, los servicios secretos del Vaticano. Impregnando el Mapa del Creador con una sustancia tóxica lograban dos objetivos: por una parte, inutilizaban, aunque sólo fuera temporalmente, el uso del mapa; por otra, podían acabar con Hitler, con Himmler, o incluso con ambos a la vez. Así que el *scriptor* que había vendido el mapa a Junio no se había dejado sobornar por dinero, sino que actuaba probablemente siguiendo órdenes de la Santa Alianza.

El contratiempo no hizo cambiar de planes a los nazis, y pocos días más tarde un tren blindado escoltado por una guardia de las SS partió de Viena con rumbo a Nuremberg, hogar espiritual del nazismo, cargado con el tesoro de los Habsburgo, que incluía uno de los objetos de poder que tanto Hitler como Himmler anhelaban poseer: la Sagrada Lanza de Longinos.

Se trataba de un trozo de hierro herrumbroso de treinta centímetros de longitud, partido por la mitad, cuyo filo había sido ahuecado para que pudiera admitir un clavo —supuestamente uno de los clavos de la crucifixión de Jesucristo—, que a su vez se sujetaba gracias a un hilo de oro. Además, dos cruces del mismo metal precioso habían sido incrustadas en su base, cerca del puño. Aunque ni siquiera parecía una lanza. Según la tradición de los caballeros teutónicos, ésta era la lanza que el soldado romano Cayo Casio Longinos había clavado en el costado de Jesucristo. Tradicionalmente, los romanos tenían la costumbre de romperle al reo los huesos de piernas y brazos para acelerar el óbito, como medida de gracia; sin embargo, en esta ocasión, Longinos optó por clavar una lanza en el costa-

141

do izquierdo del crucificado, de cuya herida manaron sangre y agua en abundancia. Lo que no podía imaginar el soldado romano era que al obrar de esa forma estaba cumpliendo una de las profecías del Antiguo Testamento, según la cual «los huesos de Cristo no serían rotos». Naturalmente, un instrumento usado para un fin tan importante se había convertido en un objeto sumamente preciado, ya que se le atribuían ciertos poderes. Se decía que la Lanza de Longinos había sido encontrada en Antioquia fruto de un milagro, en el año 1098, mientras los cruzados trataban a duras penas de defender la plaza, que estaba siendo sitiada por los sarracenos. Siglos más tarde había servido de talismán a Carlomagno, que la llevó consigo en las cuarenta y siete campañas victoriosas que obtuvo. Según la tradición, Carlomagno murió cuando dejó caer la lanza al suelo accidentalmente. Otro rey que poseyó la reliquia fue Enrique el Cazador, el mismo personaje del que Himmler creía ser su reencarnación. También Federico I, Barbarroja, usó la Lanza de Longinos en su beneficio, llegando a conquistar Italia y obligando al Papa a poner rumbo al exilio. Como Carlomagno, Barbarroja cometió la imprudencia de dejar caer la lanza mientras vadeaba un arroyo en Sicilia, y perdió la vida poco después. Con esos antecedentes, era lógico que Hitler deseara poseer la lanza de los Habsburgo, eso sí, siempre bien sujeta. La fe ciega que el Führer tenía por este objeto era tal que ni siquiera reparó en un detalle capital: la lanza de los Habsburgo no era un objeto único. Existían otras tres Lanzas de Longinos en el Vaticano, París y Cracovia, cada una de una procedencia distinta.

La profusión de detalles, unida a una actitud extrañamente solícita mientras narraba su historia, llevó a Montse a pensar que Junio lo había tenido que pasar realmente mal en Wewelsburg, de ahí que necesitara explayarse. Era como si la mala experiencia vivida en Alemania le hubiera hecho comprender que la vida resultaba más llevadera cuando uno era capaz de sentir afecto por otras personas, y ahora tuviera prisas por cumplir con esa premisa. Según Montse, en su discurso, además de palabras, había algo que se debatía por expresarse, por salir a la superficie, que pugnaba con la verdadera esencia de Junio (hombre frío y poco dado a los sentimentalismos) hasta hacerlo parecer una persona contradictoria. Siempre he defendido delante de Montse que el repentino cambio de comportamiento de Junio nada tenía que ver con sus viajes a Alemania o con el hecho de que su vida hubiera estado en peligro (algo que ella ni yo podíamos valorar), sino con un cambio de estrategia, cuya finalidad era recuperar de nuevo su confianza. No, no creo que se hubiera producido un cambio en la psicología de Junio, a lo sumo se trataba de una escenificación. Junio era una persona locuaz (la mayoría de las veces demasiado), pero eso no significa que se abriera a los demás; todo lo contrario, si uno analizaba su palabras con detenimiento, descubría que no le gustaba establecer vínculos demasiado estrechos con nadie, porque en realidad sólo se fiaba de su propio dogmatismo. Se refugiaba en la dialéctica como otros lo hacían en el silencio. Pero era sólo ruido, una manera de mostrar lo mucho que confiaba en sí mismo y en las ideas que defendía. Detrás de aquel repentino brote de afecto, se escondía el interés de Junio por seguir contando con Montse como interlocutora, tal vez porque conocía la naturaleza de nuestras actividades y estaba interesado en utilizarnos para sus fines. Afortunadamente para Montse, el peligro de que el amor pudiera jugarle una mala pasada ya había quedado atrás, y ahora se mostraba más cautelosa.

En cualquier caso, los temores de Junio a su regreso de Alemania estaban plenamente justificados, tal y como vinieron a demostrar los acontecimientos inmediatamente posteriores. En la madrugada del 9 al 10 de noviembre de 1938 tuvo lugar la *Kristallnacht*, la Noche de los Cristales Rotos: un pogromo que provocó el saqueo de los comercios y hogares de miles de judíos, la quema de libros y sinagogas, el asesinato de doscientas personas y el internamiento en campos de trabajo de otras mil. Pero la Noche de los Cristales Rotos fue tan sólo la punta del iceberg. En los días siguientes, el ministro Göring promulgó tres decretos que dejaban a las claras cuáles eran las intenciones de los nacionalsocialistas con respecto a la «cuestión judía». El primero obligaba a la comunidad judía a pagar mil millones de marcos en concepto de indemnización, convirtiendo a las víctimas de la agresión en provocadores de la misma. El segundo marginaba a los judíos de la vida económica Alemana. El tercero obligaba a las compañías aseguradoras a pagar al Estado la suma de los desperfectos producidos durante los incidentes, excluyendo a los judíos de toda posible compensación.

Era la hora del almuerzo del 10 de noviembre, cuando el secretario Olarra nos contó lo ocurrido en Alemania la noche anterior. Todavía recuerdo la pregunta que formuló doña Julia y la respuesta que recibió del secretario:

—¿Y qué es lo que han hecho los judíos para que los alemanes les tengan tanta tirria?

——Son culpables de la derrota de Alemania en la guerra del catorce; son los creadores del capitalismo sin freno de Wall Street, y de su posterior desplome; y también son los instigadores del comunismo bolchevique.

—Se le olvida que también fueron los judíos quienes entregaron a Nuestro Señor Jesucristo a los romanos —intervino el señor Fábregas.

—Ya lo ve, hasta son responsables de la crucifixión de Nuestro Señor.

Doña Julia se persignó antes de añadir:

—Tal y como los pintan, sí que parecen malos.

—Todo eso son estupideces. Estáis tratando de buscar una justificación moral a esos crímenes, lo que os convierte en cómplices de los criminales —intervino Montse.

El reproche de su hija dejó estupefacto al señor Fábregas, que a su vez recibió la mirada de desaprobación del secretario Olarra.

—¡Pero qué dices, niña! ¡Qué sabrás tú de los judíos! ¡Son malos, y punto! Ahora vete a tu cuarto —reaccionó el señor Fábregas.

—Soy mayor de edad y no pienso moverme de aquí —replicó Montse.

La reacción de Montse provocó la ira de su padre, que se abalanzó sobre ella con el propósito de abofetearla. Instintivamente, salté sobre él y conseguí agarrarle el brazo antes de que la palma de su mano derecha alcanzara el rostro de Montse.

—¡Suéltame, mamarracho! —me espetó el señor Fábregas.

—Antes tenga en cuenta que si le pega, luego se las tendrá que ver conmigo —le repliqué.

Mucho tiempo después, cuando ya vivíamos juntos, Montse me confesó que el hecho de que saliera en su defensa fue el punto de inflexión para que dejara de verme como un ser blando y atemorizado.

—¿Han oído? ¿Ha oído usted, señor Olarra? Ha amenazado con pegarme —buscó el señor Fábregas la complicidad del secretario.

—¡Vamos, cálmense! Tú, José María, suelta al señor Fábregas; y usted, buen hombre, no le levante la mano a la niña. Tengamos la fiesta en paz.

Cuando el señor Fábregas logró zafarse de mí, me reprochó con el gesto desencajado:

—La culpa es tuya, muchacho, que le has metido a la niña todas esas ideas bolcheviques. Y todo porque no puedes soportar que salga con un príncipe. ¿Crees que no me he dado cuenta de que se te cae la baba cuando la miras? Voy a denunciarte en la embajada por comunista. Haré que te deporten a España y te fusilen.

—La culpa es sólo tuya, papá —salió Montse en mi defensa.

—¿Mía? ¿Acaso crees que estamos aquí por mi culpa? Los culpables de nuestra situación son los bolcheviques como tu amigo.

—El culpable de que hayamos tenido que huir de Barcelona es Franco. Él fue quien se levantó en armas contra la República. Y si ahora, después de veintiún años, quieres abofetearme, es también por culpa de Franco. Así que si vas a denunciar a José María por rojo, también tendrás que denunciarme a mí.

La nueva invectiva de Montse dejó a todos momentáneamente boquiabiertos. Pero yo estaba seguro de que el señor Fábregas no tardaría en rehacerse y pasar al contraataque, con más violencia si cabe que antes, por lo que le dije a Montse:

—Será mejor que salgamos de aquí.

—Sí, marchaos y reflexionad seriamente sobre lo que ha pasado aquí. A tu vuelta, José María, quiero verte en mi despacho —intervino el secretario Olarra.

Gracias a un conato de vahído fingido por doña Montserrat, pudimos huir sin ser perseguidos por el señor Fábregas.

Ya en la explanada de San Pietro in Montorio, Montse me dijo:

—Te has portado como un caballero con armadura.

A pesar del halago, Montse hablaba desde la autosuficiencia, uno de esos galones que se ganan con la madurez. Comprendí además que jamás volvería a permitir que alguien la avasallara, consciente de que el primer deber de toda persona es consigo misma, del que a su vez deriva la obligación de defender los principios en los que se cree, aunque sea por medio del instinto y la precipitación.

—Creo que mis días en la Academia han tocado a su fin —reconocí.

—Lamento haberte metido en este lío.

—Era una cuestión de tiempo que ocurriera.

—¿Qué piensas hacer?

—Todavía me queda algo de dinero del piso que heredé de mis padres, así que alquilaré una habitación en cualquier lado y buscaré trabajo.

—Tengo la solución: le pediremos ayuda a Junio.

Pese a que en un primer momento recibí la propuesta de Montse como un anuncio apocalíptico, el tono neutro y sin entusiasmo de su voz me hizo comprender que lo único que pretendía era encontrar una salida a mi situación.

—¿Incluso sabiendo que tiene las manos manchadas de sangre?

—Empiezo a pensar que, hoy por hoy, todos tenemos las manos manchadas de sangre. Ya has oído lo que piensan mi padre y el secretario Olarra de los judíos, y me temo que no son los únicos. Además, si la guerra termina pronto, tal y como parece, yo volveré a Barcelona, y conviene que alguien siga tratando a Junio para contarle a Smith lo que haya dicho.

Montse tenía razón. Aunque yo evitaba pensar en su marcha, un día volvería a Barcelona.

De pronto deseé que la guerra no se acabara nunca. Incluso cuando comenzamos el descenso hacia el Trastévere y el edificio de la Academia desapareció tras un recodo del camino, soñé un instante con la posibilidad de que no volviera a aparecer jamás, de que nunca hubiera existido y, en consecuencia, de que ninguno de los dos tuviéramos la obligación de regresar. Entonces, como si Montse hubiera leído mi pensamiento, me cogió de la mano y dijo:

—A menudo me siento en la Academia como en una cárcel; pero entonces pienso que si no hubiera pasado por la Academia, no te habría conocido.

22

$\mathcal{M}$i última conversación con el secretario Olarra resultó la más sincera de todas. Le encontré sentado en el sillón de su despacho, a contraluz, junto al gramófono, que escupía una marcha militar a todo volumen. Creo que las vibraciones de aquella música infernal le insuflaban vitalidad, le servían de alimento para el alma. Pero incluso afinando mucho el oído, los sonidos que reproducía aquel aparato no eran más que un clamor de voces altisonantes e incomprensibles debajo de un fondo de trompetas y tambores. Aguardó a que terminara la última nota para preguntarme:

—¿Más tranquilo, José María?

—Supongo.

—Por favor, siéntate.

Obedecí, expectante.

—Lo que ha ocurrido hoy es un asunto feo, sobre todo porque el señor Fábregas sigue empeñado en cursar una denuncia contra tu persona —se arrancó a hablar Olarra—. Claro que yo le he dicho que había otra solución...

Empezaba a sentirme como el reo al que se le brinda la posibilidad de quitarse la vida por sus propios medios para que no tenga que pasar por el trance de una ejecución deshonrosa, así que me adelanté a las conclusiones del secretario Olarra.

—Me iré esta misma tarde, no se preocupe.

—Creo que será lo mejor —admitió—. Pero antes de que te marches, me gustaría mantener contigo una conversación que tenemos pendiente desde hace algún tiempo. Quiero ser franco, José María: nunca me has gustado. ¿Sabes por qué? Porque tu comportamiento siempre ha sido el de una persona tibia. Y en los tiempos que corren, nada hay más indecente que la tibieza, que la indecisión, que la indiferencia, que las medias tintas. Me ha preocupado tanto que incluso en su día me tomé la molestia de preguntar a tus compañeros, sí, a Hervada, a Muñoz Molleda, a Pérez Comendador, y a otros cuantos, qué era lo que pensaban sobre ti. ¿Sabes cuál fue la respuesta que me dieron? Que eras una persona fría y distante, sin manías, sin aficiones, sin ardor y, lo que es peor, sin preocupaciones aparentes. ¿Y cabe en este mundo un hombre sin preocupaciones cuando su país se desangra en una guerra intestina? No. Por lo que mi interés por ti fue aún más lejos. Les pedí entonces que sondearan tus ideas políticas y que trataran de sonsacarte el signo de tu voto en las últimas elecciones generales. También en eso coincidieron todos. «Es un abstencionista», dijeron; tras lo cual se encendieron todas las alarmas. Durante semanas, o incluso meses, escuché con atención tus palabras, medí tus gestos, vigilé tus pasos, hasta que llegué a la misma conclusión que tus compañeros: eres un abstencionista. Lo que me intrigó entonces, y todavía me sigue intrigando, es saber si eres un abstencionista activo, es decir, un rebelde, o, por el contrario, si el tuyo es un abstencionismo incompetente, motivado por tu pasividad. Has de saber que, pertenezcas a uno u otro grupo, el abstencionista es un ser vacío, negado para la lealtad y, en consecuencia, también para la virtud.

—Tal vez fuera así, pero he cambiado —dije.

—¿Te refieres al incidente de esta mañana?

—Me refiero a que son las personas como usted las que convierten en héroes a cobardes como yo.

Olarra sacudió la cabeza para poner de manifiesto su disconformidad.

—¿Tú un modelo de héroe? No me hagas reír —se mofó—. ¿De verdad crees que levantarle la mano y la voz a un hombre como el señor Fábregas te ha convertido en un héroe? Tal vez lo seas para la señorita Montserrat, pero no para mí.

—Siempre me he preguntado por qué le cuesta tanto admitir que existan personas que no están dispuestas a aceptar las reglas que la sociedad impone.

Un instante después de pronunciar aquellas palabras, me di cuenta de que acababa de cometer un grave error, y de que hubiera sido preferible mantener un paciente silencio antes que darle a Olarra la oportunidad de ensañarse de nuevo conmigo.

—Precisamente porque vivimos en sociedad, y porque nos hemos dotado de normas que regulan la convivencia, así que quien no las cumple queda excluido de ella —me replicó—. El instinto de sociabilidad es inherente a la misma naturaleza del hombre, de manera que no se puede concebir un individuo que pueda vivir separado de la infinita cadena de seres que conforman la humanidad en su conjunto. Lo dijo Nietzsche y el Duce no para de repetirlo. El mundo de «Haz lo que quieras» no existe; el único mundo posible es el de «Haz lo que debas». No, no se puede aspirar a explicar la sociedad poniéndose fuera de ella. Pero ni siquiera ése es tu caso. Me consta que provienes de una familia acomodada, que no has pasado privaciones; además, has finalizado con brillantez tus estudios de arquitectura. No creo que seas precisamente el prototipo de persona de la que se pueda decir que vive al margen de la sociedad. Ni siquiera eres una persona singular. No, tu problema es de conciencia. Tu vida adolece de falta de acción, carece de vigor y entusiasmo. Tu mal es el fatalismo, contra el que únicamente cabe reaccionar con la voluntad. Porque, has de saber José María, que es la unión de todas las voluntades la que debe preparar el terreno sobre el cual se ha de desarrollar el futuro.

Curiosamente, más que sentirme molesto por las palabras de Olarra, me sorprendió su facilidad para encontrarle una explicación razonable a todo. Como si estuviera plenamente seguro —una clase de seguridad que hundía sus raíces en el ideario político fascista—, de su capacidad para capturar lo inaprensible con la mera filosofía de la contraposición.

—¿Ha terminado ya?

—Una última cosa antes de que te marches: deja en paz a la niña de los Fábregas. Los padres creen que el príncipe empingorotado amigo vuestro bebe los vientos por ella. Yo, que no me chupo el dedo, sé que un príncipe italiano con ínfulas no se fija en una niña burguesa de Barcelona, por mucha fábrica que tenga su señor padre en Sabadell, salvo que sea para cobrarse el virgo de la señorita y luego, a la hora de la verdad, si te he visto no me acuerdo. El trato que te propongo es el siguiente: tú te olvidas de la niña de los Fábregas, y yo me encargo de que la denuncia no prospere.

—Supongo que no le molestará si no le estrecho la mano para sellar el acuerdo.

Olarra levantó el brazo derecho para mostrarme su aquiescencia y su resignación a partes iguales, pero pronto encontró la forma de estirarlo un poco más y transformar la escena en un saludo romano.

—Te deseo suerte, José María. La vas a necesitar —concluyó cuando ya me había levantado.

Montse aguardaba sentada en la balaustrada del claustro, junto a la pequeña fuente, cuyo rumor hacía más audible el silencio. Parecía una de las muchas figuras pintadas por Il Pomarancio en los lunetos que adornaban las paredes, personajes sencillos e ingenuos, casi *naïfs*.

—¿Qué ha pasado? —me preguntó.

—Tengo que marcharme.

—He hablado con Junio. Me ha dicho que lo del trabajo está hecho.

—Voy a hacer las maletas.

—Permíteme que te ayude. Es lo mínimo que puedo hacer.

—Será mejor que no te vean conmigo. Olarra me ha hecho prometerle que no voy a molestarte más. Si no cumplo con mi palabra, interpondrá una denuncia en la embajada.

—En cuanto te instales en tu nueva casa, iré a visitarte. Nos veremos todas las tardes, a escondidas. Seguiremos con lo nuestro.

No tenía más plan para el futuro que dejar la Academia cuanto antes, y tampoco quería aprovecharme de la situación, así que hice caso omiso a las palabras de Montse. Si teníamos que seguir viéndonos, el tiempo lo diría.

Cuando salí por última vez de la Academia, no sentí ninguna clase de nostalgia; todo lo contrario, me juré a mí mismo que jamás volvería a pisarla. En cambio, me llamó la atención el hecho de que todas mis pertenencias hubieran cabido en sendas maletas de cartón, cuando tres años antes había viajado desde Madrid a Roma con tres maletas y un pequeño baúl. ¿En qué momento, pues, me había desprendido de aquellas maletas o de su contenido? Y lo peor de todo: lo que había dentro de esas maletas de cartón era lo único que poseía en el mundo.

23

*A*cababa de comenzar el descenso por Via Garibaldi, cuando sentí a mis espaldas el rugido del motor de un coche, que fue disminuyendo hasta convertirse en un suave ronroneo al llegar a mi altura.

—¿Tan grave ha sido? —me preguntó una voz de hombre que me resultó familiar.

Se trataba de Junio. Viajaba en el asiento trasero del Italia, con la ventanilla bajada a pesar del frío invernal.

—Eso parece —respondí lacónico.

—El Duce siempre dice: «*Molti nemici, molto onore*».

—Mis únicos enemigos son el secretario Olarra y el señor Fábregas.

—¿Quieres que hable con Olarra? —se ofreció.

—No, gracias. Digamos que nuestras posturas son irreconciliables. Hace ya tiempo que tenía que haberme marchado.

—Deberías oponer más resistencia al enemigo —me recomendó.

Empezaba a estar harto de que todo el mundo entrara a valorar mi conducta, así que le repliqué con un mohín de fastidio:

—Déjame en paz. No estoy de humor para más sermones.

—Sube. Te llevaré.

—¿Adónde quieres llevarme?

—Supongo que viéndote cargado con esas maletas, lo primero será buscarte un lugar donde dormir. Conozco el sitio apropiado. Una habitación al otro lado del río, en Via Giulia. Anda, sube.

No sé si me sentía débil y asustado, o simplemente cansado, pero terminé aceptando.

—De acuerdo.

Gábor aceleró hasta situarse unos metros por delante de mí, luego frenó, descendió del coche y abrió la portezuela del maletero. Después de saber a lo que se había estado dedicando últimamente, creí ver en su rostro la expresión satisfecha del fornicador impenitente.

El fuerte olor a perfume que se respiraba en el interior del vehículo me hizo recordar la expresión de Rubiños: «Italianos perfumados».

—Si te molesta el olor a colonia, baja la ventanilla —se adelantó el príncipe—. Suelo echarme más de la cuenta. A veces tanta que estoy a punto de asfixiarme en mi propio olor. Tengo un amigo que dice que lo hago porque mi conciencia está sucia. Y tiene razón. Hasta una persona como yo tiene cosas que ocultar.

Me entraron ganas de confesar que estaba al tanto de sus actividades ilícitas, y que iba a necesitar muchos litros de colonia para lavar su conciencia, pero me contuve.

—De modo que competimos por la misma mujer y, paradojas de la vida, para conservar su aprecio he de ayudarte. No parece justo, ¿verdad? —añadió.

—¡Di a tu chófer que se detenga! —exclamé.

—¡Vamos, no te lo tomes así! ¡Era sólo una broma! —se excusó.

Y tras entrelazar su brazo con el mío, me susurró al oído:

—*Montse prova grande affetto per te.* Siempre está hablando de ti.

Durante unos instantes, las palabras de Junio me sirvieron de lenitivo, pero inmediatamente mi ánimo volvió a resquebrajarse.

—Tonterías —repliqué.

—Créeme. Lo que ocurre es que siempre te ha tenido demasiado cerca. Tanto tiempo viviendo juntos…, casi como hermanos.

Temí que fuera a decirme que renunciaba a Montse, que no quería interponerse entre nosotros. Como no podía consentirlo, procuré no parecer demasiado interesado:

—Ni siquiera estoy seguro de que me guste. Además, cuando está conmigo sólo habla de ti —dije.

Mi respuesta pareció congratular al príncipe, como si mi comentario hubiera resuelto alguna duda que tuviera.

—Entonces habla de los dos —añadió.

—Eso parece.

—Habla de los dos, pero ¿es igual con los dos? —preguntó en voz alta, con la vista clavada en el suelo del vehículo.

—¿Qué quieres decir?

—Ninguna mujer trata a dos hombres por igual, salvo que no le interese ninguno.

—Desde luego, cabe esa posibilidad —admití.

—Las mujeres son un gran misterio, ¿no crees? No razonan de la misma manera que nosotros. Y aunque parezca que vivimos en el mismo mundo, no es cierto. Desprecian lo que nosotros apreciamos, y aman aquello que nosotros somos incapaces de querer. Para nosotros, lo primordial es el instinto; ellas, en cambio, piensan en las consecuencias antes de dar un paso.

Junio hablaba con solemnidad, como si de verdad le importase aquella disquisición.

—Supongo que tienes razón —dije.

—¿Sabes qué es lo que más me gusta de Montse?

—No.

—Que a pesar de haber vivido la guerra y el exilio en primera persona, todo lo que sabe de la vida es a través de los libros. Sigue fiándose de sus lecturas más que de su propia experiencia, y eso la convierte en un ser vulnerable. Cree que sólo aquellas cosas que están reflejadas en los libros son de utilidad para la sociedad. Por ejemplo, piensa que la justicia ha de ser exactamente tal y como aparece escrita en los códigos de leyes. Como si algo así fuera posible. Montse es de esa clase de personas que no comprende que haya crímenes y robos cuando la ley los prohíbe. Y todo porque desconoce la naturaleza humana. En el fondo es tan encantadora que merecería convertirse en la princesa de un cuento de hadas, aunque en los tiempos que corren no creo que eso sea posible.

Las palabras de Junio sobre Montse me sumieron en un reflexivo silencio. Estaba claro que apreciaba a Montse más de lo que aparentaba a simple vista. Al menos así lo ponían de manifiesto sus ojos risueños y el rictus lleno de añoranza de su boca. Incluso me pregunté si aquellas muecas no eran un indicio revelador de sus sentimientos. ¿Por qué entonces había intentado arrojarla a mis brazos unos minutos antes?

—Ahora dime, hasta que te encontremos un trabajo en un estudio de arquitectura, ¿estarías dispuesto a trabajar haciendo cualquier cosa?

—Siempre que sea decente, sí.

—Por supuesto que se trata de un trabajo decente. Y fácil. Luego te daré los detalles.

Nada más tomar el desvío que conducía desde el Lungotevere di Tebaldi a Via Giulia, el coche comenzó a acusar los baches del empedrado. Giré la cabeza hacia la izquierda y me enfrenté a la silueta de la Academia, cuyos torreones parecían levitar por encima del Trastévere.

Acabábamos de cruzar por debajo del puente que unía el Palazzo Farnese con la orilla del Tíber, cuando Gábor preguntó:

—¿A qué número vamos de Via Giulia, príncipe?

—Al ochenta y cinco —respondió Junio.

Y tras girar la cabeza hacia mí, añadió:

—Se trata de la casa en la que vivó Rafael de Sanzio, al menos eso dice la tradición. Su dueña es una aristócrata romana venida a menos. Es amiga de mi familia. Alquila habitaciones a personas de confianza.

He de reconocer que estaba sorprendido. De haber tenido que elegir por mí mismo una calle y un inmueble donde vivir, habría optado por aquel modesto edificio renacentista de Via Giulia. Cada vez que salía a pasear, indefectiblemente recorría aquella hermosa calle de principio a fin: empezaba por la Fontana del Mascherone, una de las más bellas de Roma, y hundía las manos en la bañera de granito, hasta que el agua helada me cortaba la circulación; de allí saltaba hasta la verja de hierro de la parte trasera del Palazzo Farnese, a través de la cual podía contemplar el jardín y la imponente logia; luego cruzaba por debajo del puente —del que colgaban las raíces adventicias de una hiedra— que unía el edificio con la orilla del Tíber; tomaba asiento un instante en los llamados sofás de Via Giulia, una sucesión de basamentos de piedra pertenecientes al palacio de

Justicia que proyectó Bramante para el papa Julio II, obra que quedó inconclusa a la muerte del pontífice; seguía caminando en línea recta hasta el monumental Palazzo Sacchetti; y terminaba el recorrido en la iglesia di San Giovanni ai Fiorentini.

Mi nueva casera resultó ser una singular dama, alta y espigada, de ojos negros profundos e inescrutables, carácter desabrido y una voz aguda que silbaba como una válvula mal cerrada. Más tarde supe que estaba aquejada de una afección pulmonar, una enfermedad relacionada con la pleura. La mujer se presentó como doña Giovanna, y me dijo que la única norma de la casa era que los huéspedes hicieran el menor ruido posible, no sólo para preservar la intimidad del prójimo, también porque padecía fuertes jaquecas y, a veces, «el simple ruido de un alfiler cayendo al suelo puede matarme».

—José María es silencioso como un muerto, ¿verdad? —intervino Junio.

Asentí. Por un instante deseé estar muerto de verdad, lejos de aquella casa, de Roma, del mundo.

—Me gusta vivir sola, pero no me lo puedo permitir por falta de medios materiales. Supongo que ya se lo habrá contado el príncipe. Tampoco me gusta convivir con hombres: suelen ser desaseados y desordenados, así que espero de usted que, mientras resida bajo este techo, trate de alcanzar la pulcritud corporal con tanto denuedo como un santo busca el deliquio místico.

La metáfora me dejó sin habla. Miré a Junio y le pregunté con los ojos qué diablos hacía yo allí.

—Doña Giovanna es una mujer seria, de orden, pero a cambio no le gusta entrometerse en la vida de sus huéspedes. Te dará una llave y podrás entrar y salir a tu antojo —añadió Junio en un intento por ponderar el carácter de la dueña.

Por último, la mujer rellenó concienzudamente un extenso formulario después de saetearme a preguntas.

—Lo exige la policía —se excusó.

En cuanto a la habitación, era tan singular como la dueña: la puerta era de cristal esmerilado; el suelo estaba cubierto por una fina capa de serrín, que una criada barría y reponía cada mañana; a mediodía la misma criada llevaba a cabo un sahumerio de espliego, que perfumaba la alcoba para el resto del día; las sábanas y toallas olían a alcanfor; y las paredes estaban tapizadas con una vieja tela irisada del color del azufre. El armazón de la cama era de hierro y chirriaba como los frenos de un ferrocarril. Sobre la colcha descansaba un brasero, y debajo de la cama había un orinal y una bolsa de picón. Cada huésped se encargaba de vaciar el orinal y de cambiar el carbón al brasero. Además, había un aguamanil y una palangana de porcelana. Desde la única ventana de la habitación, que daba a un patio de luces, podía verse también un trozo de cielo atravesado por las últimas luces del día.

—¿Qué te parece? —me preguntó Junio.

—Decadente. Pero me las arreglaré.

—Ahora hablemos del trabajo. Mañana vas a la farmacia que hay en el Corso del Rinascimento, preguntas por el farmacéutico, don Oreste, le dices que vas a recoger el pedido del príncipe Cima Vivarini, y llevas lo que te dé al segundo piso del número 23 de la Via dei Coronari. No está permitido que hables con la persona que te abra la puerta. Sólo has de entregarle el paquete en mano. Eso es todo, por ahora.

—¡Eso no es un trabajo! —me quejé.

—Lo es, puesto que vas a cobrar por hacerlo.

—¿Vas a pagarme por hacer de recadero?

—No. Voy a pagarte porque necesito una persona de confianza para llevar ese paquete.

Después de saber lo que había pasado con las personas que habían manipulado el Mapa del Creador, no quería correr riesgos, así que pregunté:

—¿Qué contiene el paquete?

—Eso no importa.

—¿Y si se trata de una sustancia peligrosa y el paquete se me cae al suelo? —objeté.

—No tienes nada de lo que temer. Si el paquete se te cayera, no correrías ningún peligro. Y ahora basta de preguntas.

Pensé que trabajar para Smith, para el padre Sansovino y para el príncipe al mismo tiempo era demasiado arriesgado. Sobre todo, porque colaborar con Junio era lo mismo que hacerlo con los nazis, con el peligro que eso podía conllevar. Pero

¿acaso no era al mismo tiempo una oportunidad para conocer sus planes de primera mano?

Por último, deshice las maletas y fui colocando la ropa en el armario. Encontré una vieja Biblia en el cajón de la mesilla de noche. La abrí al azar. En el Éxodo, leí: «No esparcirás rumores falsos, no prestarás ayuda al culpable para dar testimonio a favor de una injusticia. No te dejarás arrastrar al mal por la mayoría y no declararás en un juicio siguiendo a la mayoría para falsear la justicia». Sentí un pellizco en el estómago. Entonces recordé que no había comido desde el desayuno.

159

$\mathcal{M}$e desperté a la mañana siguiente igual que me había acostado: lleno de aprensiones. No tenía la impresión de encontrarme en Roma, sino en una ciudad extraña, algo que me hacía sentir incómodo. Durante la noche había orinado en el orinal para no tener que ir al cuarto de baño, que era común para todos los huéspedes, y ahora me veía en la obligación de vaciarlo. La idea de exhibirme en pijama delante de desconocidos tampoco me complacía, así que aguardé hasta una hora tardía para salir del cuarto, asearme y vestirme.

Siguiendo la recomendación del segundo Smith fui a visitar al padre Sansovino a la Biblioteca Vaticana. Me intrigaba el asunto del veneno, y me preocupaba que Junio pudiera vengarse. No me recibió. Se limitó a hacerme llegar una nota a través de un *scriptor*, que decía: «Nos vemos a las cuatro de esta tarde en la cripta de la basílica de Santa Cecilia. En el caso de que no puedas acudir a la cita, comunícaselo al portador de esta nota».

Como tenía el resto de la mañana libre, decidí cumplir cuanto antes con el encargo del príncipe. Puse rumbo al Borgo, crucé el Tíber por Castel Sant'Angelo, torcí a la izquierda para coger la Via dei Coronari, y anduve hasta el número 23, que era el inmueble al que había de llevar el paquete que me dieran en la farmacia. Se trataba de un edificio corriente, una de tantas casas de vecinos. Luego continué el periplo hasta el Corso del Rinascimento.

La botica estaba situada frente a una librería, así que me detuve a mirar el escaparate antes de atreverme a entrar. En realidad, lo que hice fue esperar a que no hubiera clientes en la farmacia.

—*Che cosa desidera?* —me preguntó solícito el mancebo, aprovechando que el farmacéutico le había dejado momentáneamente al frente del negocio.

—Estoy buscando a don Oreste.

—*Un attimo* —dijo sin ocultar su decepción.

El mancebo entró en la rebotica. Un minuto más tarde salió un hombre de mediana edad y complexión robusta, que más que un farmacéutico parecía un atleta, a pesar de que llevaba puesta una impoluta bata blanca.

—¿Preguntaba por mí?

—Vengo a recoger el pedido del príncipe Cima Vivarini —dije.

—Le estaba esperando —añadió, al tiempo que sacaba de uno de los bolsillos de la bata un pequeño paquete envuelto en papel de estraza que no medía más de cinco centímetros de largo por dos y medio de ancho—. Aquí tiene.

—¿Es todo?

—Guárdelo en el bolsillo de la chaqueta —me respondió.

De nuevo en la calle tuve la tentación de abrir el paquete, pero me contuve por temor a ser descubierto. A continuación me dirigí de nuevo a la Via dei Coronari. Una vez frente a la casa, me quedé un rato inspeccionándola. Quería cerciorarme de que mi presencia allí no obedecía a una trampa. Cuando me cansé de esperar a que ocurriera algo, entré en el edificio y subí con suma cautela hasta el segundo piso. Como no había timbre, golpeé la puerta con los nudillos. Nadie acudió a mi llamada, así que volví a golpear con más fuerza. Un minuto más tarde giró la mirilla, tras la cual pude ver un ojo vidrioso de mujer cuyas pestañas habían sido embadurnadas con rímel. Se cerró la mirilla y se abrió la puerta lo suficiente para que la mujer pudiera sacar un brazo y extender una mano, sobre la que deposité el paquete. Luego el brazo retrocedió a su madriguera cual serpiente y la puerta volvió a cerrarse. Entonces oí la voz de un hombre en el interior de la vivienda, que repitió la misma frase varias veces en una lengua extranjera, tal vez en alemán. Creí reconocer la expresión *Mein Gott*. Eso fue todo.

Durante un rato deambulé sin rumbo por la Piazza Navona

y la Via del Governo Vecchio, hasta que decidí buscar refugio en un café. Ahora mi brío inicial había dado paso a una especie de aturdimiento, que me obligó a quedarme largo rato sentado frente a un *cappuccino* al que no hice ningún caso. No entendía lo que podía estar pasando, menos aún qué podía contener el paquete de la farmacia. ¿Vivía en aquella casa un alemán que, por alguna razón desconocida, se veía obligado a ocultarse? ¿Acaso se trataba de un enfermo? ¿Y qué tenía que ver el príncipe con todo aquello? Desde luego, en cuanto tuviera la ocasión pensaba compartir mi experiencia y mis dudas tanto con Montse como con el segundo Smith.

Por último, comí un bocado y puse rumbo al Trastévere siguiendo la ribera del río, que parecía una soga parda tratando de estrangular a la ciudad.

Antes de bajar a la cripta de la iglesia de Santa Cecilia, me quedé contemplando la escultura de la santa, obra de Stefano Maderno. Un *capolavoro* de inigualable belleza que, según la tradición, representaba a la santa en idéntica postura a como había sido encontrada en su tumba por el cardenal Sfrondati, durante el pontificado de Clemente VIII. Con la cabeza vuelta del revés envuelta en un pañuelo, debido a que en última instancia la mártir había sido decapitada, y el cuerpo de lado, mirando al frente, lo que más llamaba la atención eran las manos, con tres dedos estirados, que aludían al misterio de la Santa Trinidad individua. Pensé que gracias a la guerra de España y a Hitler había vuelto el tiempo de los mártires a Europa.

Cuando por fin descendí las escaleras que conducían a la cripta, me sorprendió encontrarme con las ruinas de una *domus* republicana del siglo III a.C., sobre la que se había superpuesto una *insula* del siglo II de nuestra era. Por un momento, tuve la impresión de estar adentrándome en uno de los grabados de Piranesi que había visto en el despacho del señor Tasso. Avancé por un largo pasillo iluminado por pequeñas claraboyas que daban a la iglesia, a cuyos lados se abrían media docena de oscuras estancias embebidas de un olor rancio y desagradable. En una de ellas observé siete pilas de tosco ladrillo destinadas a teñir telas, y un nicho con un bajorrelieve de Minerva, la diosa protectora de la casa; en otra conté cinco sarcófagos romanos de bellísima factura; en una tercera se almacenaban columnas y restos del pavimento original. Más a la derecha, sumido en la penumbra, se encontraba el caldario donde la santa había sufrido suplicio durante tres días antes de ser decapitada. Al fondo del corredor, coincidiendo con el altar de la basílica, había una estancia de mayor tamaño que las demás, de estilo neogótico, con suelos cosmatescos de imitación y una docena de pomposas columnas, donde reposaban las urnas de santa Cecilia y de su esposo, san Valeriano. Fue lo mismo que saltar de un grabado de Piranesi al decorado de una ópera de Richard Wagner. En la cancela que protegía la cela, una inscripción rezaba: OBRA DE G. B. GIOVENALE POR ENCARGO DEL CARDENAL MARIANO RAMPOLLA DEL TINDARO. AÑO DE 1902.

El padre Sansovino llegó con retraso y, como el día que ascendió hasta la Academia para interesarse por el paradero de Junio, venía sin resuello.

—Disculpa la demora, José María, pero creo que me siguen desde hace varios días, así que me he visto obligado a coger el *Circolare Rossa*.

El sacerdote se refería al tranvía que recorría los suburbios de Roma. Supuse que quienes vigilaban al padre Sansovino eran los hombres de Smith, tal y como habíamos acordado, y no le di mayor importancia al asunto.

—¿Y bien, has tenido noticias de nuestro amigo? —me preguntó una vez hubo recuperado el aliento.

—Ha ocurrido algo terrible —me arranqué a hablar—. Los dos técnicos alemanes encargados de desplegar el Mapa del Creador han muerto. Al parecer, el papiro estaba infectado con el bacilo del ántrax.

El rostro del padre Sansovino sufrió una repentina transformación.

—¿Cuándo aprenderemos los hombres que las respuestas a nuestros problemas no se encuentran en la oscuridad? ¿Cuándo entenderemos que provocar la muerte no sirve para conjurar nuestras angustias, sino todo lo contrario? ¿Cuándo seremos capaces de descubrir que el enemigo lo llevamos dentro, y que es con uno mismo con quien se ha de luchar encarnizadamente? ¡Dios tenga piedad de todos nosotros! —tronó el alma turbada del sacerdote.

—Junio cree que es usted el responsable del envenenamiento —completé la información.

—El príncipe se equivoca, aunque ahora eso carece de importancia —añadió—. ¿Recuerdas al *scriptor* que le vendió el Mapa del Creador a Junio? En uno de sus bolsillos encontramos un papel en el que había dibujado un octógono con el nombre de Jesús en cada lado, y la siguiente inscripción: «Dispuesto al dolor por el tormento, en nombre de Dios». Es el lema de un antiguo grupo católico llamado Círculo Octogonus. Siempre en número de ocho, sus miembros eran fanáticos dispuestos a defender la religión católica a toda costa, incluso haciendo uso de la violencia. El origen de esta secta hay que buscarlo en tiempos de las guerras de religión que tuvieron lugar en Francia a finales del siglo XVI y principios del XVII. ¿Has oído hablar de un monje llamado Ravaillac?

—No —dije.

—Asesinó a Enrique IV de Francia asestándole varias puñaladas, el 14 de mayo de 1610. Siempre se ha creído que Ravaillac era miembro de esa siniestra organización, que ha aparecido y desaparecido a lo largo de la historia a su conveniencia, sin que nadie haya podido siquiera demostrar su existencia fehacientemente ni determinar quiénes eran sus miembros. La última vez que los «8» dieron señales de vida fue durante la época napoleónica. Por supuesto, los enemigos de la Iglesia siempre han defendido que el Círculo Octogonus estaba íntimamente ligado a la Santa Alianza. Pero te aseguro que el *scriptor* asesinado no tenía vínculos con los servicios de espionaje del Vaticano.

—¿Insinúa que el hombre se inmoló voluntariamente, que sabía que después de entregar el mapa iba a ser asesinado?

—En efecto, el *scriptor* que robó el mapa sabía que corría el riesgo de morir.

—De modo que ése es el motivo por el cual *L'Osservatore romano* y Radio Vaticano no se hicieron eco de su muerte. Darle publicidad hubiera sido lo mismo que reconocer la existencia de una secta de asesinos en el seno de la Iglesia —reflexioné en voz alta.

—Queríamos cortar el mal de raíz. Nada contraría más a la Iglesia que saber que su nombre sirve de excusa a un grupo de asesinos, por muy católicos que digan ser. La postura de Su Santidad con respecto a Hitler es bien conocida por todo el mundo, pero eso no significa que el Santo Padre desee, y mucho menos que instigue o aliente, que se cometan acciones violentas que puedan poner en peligro la vida del canciller alemán.

No se lo dije al padre Sansovino, pero después de escuchar su historia llegué a la conclusión de que comprender a quienes hablaban en nombre de Dios resultaba tan difícil como entender a los nazis.

—¿Y qué va a pasar ahora?

—Ahora que sabemos que detrás de la venta del Mapa del Creador se escondía un plan para cometer un crimen, trataremos de desenmascarar con más ahínco si cabe a los miembros del Círculo Octogonus.

—El problema es que Junio desconoce la existencia de ese círculo de fanáticos y, como le he dicho, cree que el instigador de los crímenes es usted. Tal vez intente vengarse.

—Estoy dispuesto al dolor por el tormento, en nombre de Dios —me respondió con los brazos abiertos.

—¿No es ése el lema de la organización criminal de la que acaba de hablarme? —pregunté perplejo.

—Llegados a un determinado punto también puede aplicarse a cualquier persona dispuesta a convertirse en mártir. Un sacerdote ha de estar siempre preparado para el sacrificio, siguiendo el ejemplo de Nuestro Señor Jesucristo —me respondió.

Fue entonces cuando comprendí que la elección de la cripta de la basílica de Santa Cecilia no era casual, puesto que entre aquellas paredes había vivido y sufrido martirio la santa. Citándome allí quería mostrarme la clase de armas con que contaba la Iglesia para luchar contra sus enemigos: fe y resistencia; astucia y determinación. Y la convicción de que la sangre de los mártires no manaba en vano.

Encontré a Montse esperándome en la puerta de mi nueva casa. Caminaba rauda de un lado a otro del portal aterida de frío, a pesar de lo cual su cuerpo traslucía el sosiego que a mí me faltaba. Durante unos instantes tuve la sensación de que se movía por un escenario cuyos límites eran las sombras fracturadas del edificio. A sus pies, un charco reflejaba las últimas luces del día. Me pregunté cuándo había llovido y en qué había estado pensando para no darme cuenta.

—¿Por qué no has subido? ¿Por qué no me has esperado dentro? —le dije con cierto tono de reproche.

—Lo he intentado, pero tu casera me ha dicho que están prohibidas las visitas femeninas, y luego me ha dado con la puerta en las narices.

—Esa bruja es peor que el secretario Olarra —me quejé.

—Eso es imposible. Ahora Olarra desconfía de mí. Lo veo en sus ojos de acero. He tenido que concertar una cita con Junio para que no me siguiera. Hemos tomado café y luego Gábor me ha traído en el coche. Dentro de una hora vendrá a recogerme para devolverme de nuevo a la Academia. Me temo que para poder vernos, tendré que estrechar de nuevo los lazos con el príncipe.

Recordé mi conversación del día anterior con Junio, cuando me preguntó si Montse nos trataba a los dos por igual.

—Veo que nada ha cambiado en la Academia.

—Doña Julia ha vaticinado que la guerra se habrá acabado en abril, y cuando Olarra le ha preguntado si se tenía callado que trabajaba para los servicios secretos del gobierno de Burgos, la buena mujer le ha respondido que su fuente era el fantasma de Beatrice Cenci, que por llevar varios siglos vagando por las dependencias de la Academia Española, había acabado interesándose por los asuntos patrios. Entonces Olarra ha querido seguir con la burla preguntándole a la mujer si el fantasma de la Cenci le había comunicado alguna otra noticia de interés. La respuesta de doña Julia ha sido contundente: «El Santo Padre morirá el 10 de febrero del año próximo». Ya te puedes imaginar el revuelo que se ha armado. Incluso los hay que han cruzado apuestas. ¿Tú que opinas?

—Yo no opino nada, porque tengo bastante con lo mío —me desmarqué.

—Junio me ha dicho que vas a trabajar para él, al menos hasta que consiga que te admitan en un estudio de arquitectura.

—Quiere emplearme como correo. Esta mañana he tenido que recoger un paquete en una farmacia y llevarlo a un piso de la Via dei Coronari. Tenía prohibido hacer preguntas, pero creo que en la casa vivía un alemán que ha empezado a dar gritos de alivio cuando ha tenido el paquete en sus manos. Ha exclamado varias veces: «*Mein Gott!*».

—Tal vez se trataba de un enfermo y le daba las gracias a Dios por haber recibido la medicina.

—Yo también he pensado lo mismo, pero el hecho de que el hombre sea un enfermo, digamos grave o terminal, no explica que el mancebo de la farmacia no pudiera hacerse cargo de la entrega, menos que tuviera que llevarse a cabo con tanto secretismo. Junio aseguró necesitar a alguien de confianza para realizar el trabajo, y eso es precisamente lo que no encaja, porque si recela de una persona es de mí.

—Quizá haya cambiado de opinión —sugirió Montse.

—No, al menos mientras siga pensando que hablas de mí más de la cuenta.

—¿Eso te ha dicho?

—No te preocupes, yo le he dicho que delante de mí no paras de hablar de él.

Montse sonrió con complacencia antes de decir:

—Menudo par de idiotas engreídos. ¿Me llevas a tomar algo caliente?

—Creía que ya habías tomado café con el príncipe.

—Y así es, pero la media hora que llevo esperándote a la intemperie me ha dejado helada.

—¿Quieres que suba a por una prenda de abrigo?

—Prefiero que me abraces —soltó.

Cuando la estreché entre mis brazos, noté cómo su cuerpo se estremecía presa de una fragilidad y una languidez que yo no había sospechado que pudiera darse en ella; una sacudida que, según mi parecer, no sólo obedecía al fresco, sino también a un sobresalto de sus sentidos. Luego apoyé mi mejilla derecha sobre su mejilla izquierda. Noté el frío tan intensamente como su docilidad. Parecía claro que Montse había decidido que fuese yo quien llevase la iniciativa. Acto seguido, tras arrastrar su cuerpo hasta una zona que ya había sido alcanzada por la penumbra, busqué sus labios con los míos. Supongo que fue el amor que sentía por ella lo que me impulsó a dar ese paso, y supongo que fue la atracción que Montse sentía por mí lo que permitió el acercamiento. Fue un beso sin reservas, ambos nos abandonamos hasta quedar sin aliento y sin voluntad, a ambos nos sirvió de desahogo, y creo que eso terminó por asustarla. A Montse no le gustaba parecer vulnerable, perder el control de sus actos o la capacidad de obrar por sí misma porque, en su opinión, «los gestos amorosos adormecían la conciencia, dejándola a una en una situación de inferioridad frente a la realidad». Pero ¿acaso el beso que acabábamos de darnos no formaba parte de la realidad? Yo, en cambio, me sentía como si hubiese ganado una gran batalla.

—Ya podemos ir a tomar ese café —dije entre temblores, ora por el frío, ora por la emoción que me embargaba.

Y deseé que, entre la creciente oscuridad que comenzaba a desplegar su tupido velo en esquinas y rincones, se encontrara el príncipe Cima Vivarini contemplado la escena. Ahora estaba completamente seguro: Montse hablaba de los dos, pero sólo me besaba a mí.

25

Gracias a que Montse me visitaba todas las tardes, supe que la alegría de los «prófugos» por las noticias que llegaban desde España, se vio truncada en parte por la delicada salud de Pío XI, que empeoró en noviembre. Tras superar el comienzo del nuevo año, el 4 de febrero sufrió una crisis cardiaca, que se agravó cinco días más tarde con una insuficiencia renal. Murió en la madrugada del día 10 de febrero, cumpliendo el vaticinio que había hecho doña Julia. Ese mismo día, Cataluña claudicó.

Roma vivió días de consternación e incertidumbre, no sólo por el óbito del Santo Padre, sino también porque la elección del nuevo papa dejó a las claras que las principales potencias europeas pugnaban por sentar en el trono de San Pedro a una persona de su confianza. Durante veinte días, el Vaticano acaparó todas las miradas. Incluso las actividades del príncipe Cima Vivarini pasaron a un segundo plano. Volví a reunirme con el segundo Smith en el E42, pero ni siquiera me dio la oportunidad de hablarle de mi nuevo empleo. Como todo el mundo en Roma, estaba preocupado por el cariz que estaba tomando la elección del nuevo Sumo Pontífice, pues había oído que los alemanes estaban dispuestos a poner sobre la mesa una elevada suma de dinero que garantizara la elección de su candidato, y me pedía que tratara de sonsacar al padre Sansovino. Pero para cuando pude concertar una nueva cita con el sacerdote, Eugenio Pacelli, ex nuncio en Alemania durante doce años y ex secretario de Estado con Pío XI, ya había sido elegido Papa.

Al parecer, según me relató el padre Sansovino a posteriori, el proceso de elección del Sumo Pontífice estuvo plagado de irregularidades, que pusieron en entredicho la honorabilidad de los cardenales con derecho a voto y la eficacia de los servicios secretos y de las embajadas de los países interesados en que la persona elegida fuera afín al ideario político de unos y otros. Para norteamericanos, ingleses y franceses, el candidato idóneo era Pacelli, aunque algún miembro de la curia francesa prefería al cardenal Maglione, antiguo nuncio en París de ideas marcadamente antifascistas. Los candidatos de Italia y Alemania, en cambio, eran los cardenales Mauricio Fossati, de Turín, y Elia dalla Costa, de Florencia. Con el propósito de que uno de los dos fuera elegido, los nazis enviaron tres millones de marcos en lingotes de oro a un tal Taras Borodajkewycz, un vienés de padres ucranianos que era agente de la Unidad para Asuntos de la Iglesia, dependiente del servicio de espionaje del Tercer Reich. Según Borodajkewycz, con contactos en las altas esferas de la curia romana, esa cantidad sería suficiente para comprar la voluntad de un número suficiente de cardenales. Sin embargo, reunidos en cónclave los sesenta y dos miembros del colegio cardenalicio con derecho a voto, eligieron Papa al cardenal Eugenio Pacelli en la tercera votación. Eran las cinco y veinticinco de la tarde del 2 de marzo de 1939.

De manera inmediata, los dirigentes nazis exigieron a Borodajkewycz la devolución del oro a las arcas del Reich. Pero para entonces el espía había dejado de dar señales de vida. Nunca mejor dicho, puesto que su cadáver apareció pocos días más tarde colgado de una viga en el templete de un céntrico parque romano.

Se dijo entonces que los asesinos de Taras Borodajkewycz habían sido agentes de las SS, que previamente habían recuperado el oro. Aunque también se divulgó otra versión de lo ocurrido, según la cual, Borodajkewycz había sido ejecutado por un agente papal llamado Nicolás Estorzi, hombre de gran estatura, tez morena y cabello negro, de unos treinta años de edad y natural de Venecia. Como según los servicios secretos italianos, Taras Borodajkewycz había pasado el 26 de febrero recorriendo varias fundiciones de las afueras de Roma en compañía de un hombre alto, bien parecido y de tez morena (la descripción coincidía con la de Estorzi), se pensó que ambos hombres buscaban la manera de fundir el oro de los alemanes para borrar las marcas del Reichsbank. La siguiente pista situaba a Borodajkewycz colgado de una viga y a Estorzi en una fundición de la isla de Murano, en Venecia, donde pudo haber refundido el oro alemán y estampar el sello del Vaticano en cada nuevo lingote. El destino final del tesoro habría sido la cámara acorazada de un banco suizo. Y fue en este punto de la historia en el que el padre Sansovino hizo un comentario que me desconcertó sobremanera.

—No hay que ser un lince para ver que existen numerosas similitudes entre Nicolás Estorzi y el príncipe Cima Vivarini —soltó de sopetón.

—¿Qué quiere decir?

—Estorzi tiene treinta años aproximadamente, como nuestro príncipe, ambos son venecianos y ambos son bien parecidos, altos, de tez morena y cabello oscuro.

—¿Está insinuando que Estorzi y el príncipe Cima Vivarini son la misma persona?

—Sólo constato una serie de coincidencias.

—Si fuera así, el príncipe sería un agente de la Santa Alianza, y en ese caso usted lo sabría —razoné.

—Tal vez se trate de un bribón sin escrúpulos que, haciéndose pasar por un agente de la Santa Alianza, ha aprovechado la ingenuidad de los dirigentes nazis para birlarles tres millones de marcos.

—El príncipe es un hombre rico —añadí.

—Ningún hombre rico se cree lo suficientemente rico.

Todavía hoy se desconoce cuál fue el verdadero paradero de los tres millones de marcos en lingotes de oro que los nazis invirtieron en la elección del nuevo Papa; en cambio, se sabe que a la postre la elección del cardenal Pacelli —que cuatro días después de sentarse en el trono de San Pedro le escribió una carta a Hitler en términos contemporizadores— vino a suavizar la enemistad entre el Estado Vaticano y la Alemania del Tercer Reich.

Ese mismo mes, Hitler consumó la ocupación de Checoslovaquia invadiendo Bohemia y Moravia, se apoderó de Memel, en Lituania, y reivindicó los derechos de Alemania sobre el llamado Corredor Polaco y la ciudad libre de Danzig —territorios perdidos tras la primera guerra mundial—, poniendo de manifiesto que su política destinada a reagrupar en un mismo Estado a toda la población germana de Europa Central era un hecho.

Entre tanto, las actividades de Junio no decayeron, e invariablemente cada lunes me ordenaba recoger el mismo paquete de siempre en la misma farmacia y llevarlo a la misma dirección. El alemán de la Via dei Coronari no volvió a repetir las palabras «*Mein Gott*», pero sí que le oí hablar en su lengua con la mujer que, invariablemente, me enseñaba el ojo pintado a través de la mirilla de la puerta y me tendía una mano sarmentosa.

Por supuesto, durante nuestros encuentros semanales, trataba de imaginar a Junio como a Nicolás Estorzi, el agente de la Santa Alianza que le había robado tres millones de marcos en lingotes de oro a los nazis, pero desechaba la idea al instante, tras comprobar que ningún temor era visible en sus gestos o en sus actos, que seguía siendo el mismo de siempre, y que de su camisa negra no había desaparecido el lema que hacía referencia a la poca importancia que tenía la muerte para él si se moría con valor. No, Junio no era Nicolás Estorzi.

También Montse cumplió con su promesa de visitarme siempre que podía. Durante los veinte días que transcurrieron desde la muerte de Pío XI hasta la elección de su sucesor, vistió de riguroso luto. Ese hecho no impidió que, de vez en cuando, guiado por un incontenible arrebato de deseo que era más fuerte incluso que mi propia voluntad, yo me permitiera robarle un beso, en un intento por reproducir aquel primer contacto de nuestros cuerpos. Pero ningún beso resultó comparable al primero, ni los abrazos tan voluptuosos. Montse no oponía resistencia, se dejaba hacer, por así decir, si bien su cabeza estaba muy lejos de allí, preparando su regreso a Barcelona.

—Ya te dije que no pensaba volver a enamorarme —se justificaba cuando percibía mi desesperación.

Pero detrás de aquella fría indiferencia, se escondía el profundo dolor que sentía por tener que marcharse. Creo que en el fondo admiraba mi decisión de no regresar a España, y sentía que al hacerlo ella se traicionaba a sí misma, ahora que Roma se había convertido en la ciudad de su edad adulta. Montse era consciente de que de la misma manera que había cambiado para siempre, también Barcelona habría sufrido una profunda transformación como consecuencia de la guerra, con lo que ambas —si hablo en plural, es porque entiendo que las ciudades son entidades vivas— corrían el riesgo de no reconocerse. De modo que si a Montse le daba miedo reencontrarse con su pasado, con sus recuerdos, con las calles de su infancia, ahora mancilladas por la huella visible de la guerra, era porque en muchos casos los procesos de catarsis acaban mostrándonos que hemos dejado de pertenecer a un lugar porque han cambiado los enunciados que dan sentido a nuestra vida.

Se habían sucedido tantos acontecimientos importantes, a veces solapándose en las mismas fechas, que yo no había caído en el detalle de que después de la rendición de Cataluña, sólo faltaba que claudicara Madrid para que la guerra civil tocara a su fin. Algo que ocurrió el 28 de marzo, y que Franco corroboró el 1 de abril con el último parte bélico. Para entonces, los «prófugos» habían empaquetado sus pertenencias y aguardaban el momento oportuno para embarcar en el puerto de Civitavecchia con rumbo a Barcelona.

Fueron días de angustias, con la incertidumbre del futuro inmediato acechándonos a cada paso, con la sombra de las oportunidades perdidas pegadas a nuestros talones, y en los que ninguno de los dos se atrevió a sacar el tema de la despedida. Preferíamos engañarnos pensando que lo mejor era que el momento del adiós nos cogiera a ambos por sorpresa, sin tiempo para reaccionar.

Una mañana de abril, después de comunicarle a mi casera que me esperaba en la calle, Montse me dijo escuetamente:

—Me marcho. Vuelvo a Barcelona.

—¿Cuándo? —pregunté, aún inconsciente de que la partida pudiera ser inminente.

—Embarcamos esta tarde, a las cinco.

—¿Me escribirás?

—Sufriríamos si lo hiciera —aseguró.

—También sufriré si no lo haces.

—Lo sé, pero será un dolor pasajero, que el tiempo se encargará de mitigar. Me olvidarás; nos olvidaremos.

—¡Pero yo te quiero! —exclamé, al tiempo que la agarraba fuertemente de las muñecas, en un vano intento por retenerla.

—¡Suéltame, me estás haciendo daño! —se quejó.

—¡Quédate conmigo, te lo ruego! —le imploré.

—Eso no es posible. Al menos por el momento.

—Dime, ¿de qué tienes miedo?

—No le tengo miedo a nada. En este tiempo han pasado muchas cosas y tengo que poner en orden mi cabeza y mis sentimientos, y eso es algo que sólo lo puedo hacer en Barcelona.

—¿Por qué sólo lo puedes hacer en Barcelona? —le pregunté.

—Porque allí está mi hogar, porque todos tenemos un pasado y la guerra me privó del mío.

—¿Y qué me dices del futuro?

—Nada. Nadie conoce el futuro.

De pronto, me invadió la sensación de que la distancia entre ambos se agrandaba, como si en verdad Montse ya hubiera zarpado y yo permaneciera en el espigón del puerto contemplando su marcha. Luego, tras darme un beso en la mejilla, un beso húmedo y frío parecido al roce de una brisa marina, añadió:

—Prefiero que nos despidamos aquí. Cuídate, José María. Adiós.

Bajé los ojos para asimilar sus palabras, pero cuando volví a alzarlos, ya había comenzado a caminar.

Ahora la sensación cambió radicalmente, hasta hacerme sentir náuseas, como si fuera yo quien viajaba en ese barco y todo hubiera empezado a moverse bajo mis pies, mientras Montse se iba alejando poco a poco por Via Giulia. Lo más dramático era que ya nada podía hacer para alcanzarla. Nuestra separación era irreversible. Nuestros movimientos eran independientes y en la dirección opuesta. Ni siquiera el hundimiento del barco o el hecho de que ella se arrojara al agua hubiera vuelto a unirnos. Todo estaba irremediablemente perdido.

A las dos de la tarde, aún conmocionado por la noticia, me aposté en el arranque del Ponte Sisto, desde donde había una vista inmejorable de la Academia. Montse estaría a punto de

abandonar el edificio si es que no lo había hecho ya. Era imposible que desde allí pudiera ver si alguien entraba o salía, pero
no me importaba. En realidad, sólo deseaba rescatar los recuerdos que había dejado entre aquellas paredes antes de que el paso
del tiempo se encargara de convertirlos en fantasmas. Aunque,
en lo más hondo de mi ser, albergaba la esperanza de que hubiera cambiado de opinión y de que pudiera aparecer en cualquier momento en el otro extremo del puente. Permanecí allí
inmóvil hasta que el *tramonto* dio paso a la oscuridad de la
noche, que cayó sobre Roma como un pesado telón. Cuando
me di por vencido, pensé que la partida de Montse me dejaba
definitivamente a merced de los fantasmas del pasado.

SEGUNDA PARTE

1

La marcha de Montse vino a demostrar algo en lo que había pensado en multitud de ocasiones: que una ciudad es ante todo un estado de ánimo. Por ejemplo, tuve que verme huérfano de su presencia para descubrir que en Via Giulia no había árboles. Ya sé que el detalle puede parecer nimio, pero sólo cuando me sentí desnudo y desprotegido por su ausencia —que yo entonces creía definitiva— fui capaz de fijarme a su vez en la desnudez de determinados paisajes urbanos. Como digo, Via Giulia siempre había carecido de árboles, pero yo no había advertido ese detalle porque cuando nuestra vida transcurre por los cauces de la normalidad nos parece que la anormalidad forma parte de ella. Sin embargo, basta una simple modificación de nuestro ánimo para que descubramos que la anormalidad tiene entidad propia, y que los objetos y cosas que nos acompañan no son meros elementos decorativos más o menos vistosos, sino que también cumplen la misión de servirnos de consuelo. Quiero decir que la arquitectura es siempre consecuencia de una causa global, y que su contemplación está sujeta también a una causa, aunque en este caso sea particular. El acto de percepción visual forma parte del sentido de la vista, que a su vez está íntimamente ligado a los sentimientos, de modo que cualquier variación emocional puede hacernos cambiar la percepción de lo que nos rodea. Es cierto que las ciudades palpitan, como suele decirse, pero lo hacen gracias a los corazones de sus moradores. Fue así como descubrí una Roma distinta a la que había conocido hasta entonces. Fue así como descubrí una parte de mí mismo que desconocía. Era como si mi ego, ese espejo en el que se mira la conciencia, se hubiera roto en mil pedazos.

En mayo, coincidiendo con la nueva alianza firmada entre Alemania e Italia, mantuve una conversación con Junio que me sacó de mi letargo durante unos cuantos días. Después de comunicarme que, por el momento, mi trabajo como correo había finalizado, me confesó que la situación se había complicado en Alemania por culpa de un espía del Vaticano al que no podían dar caza los servicios secretos nazis y al que relacionaban con el envenenamiento del Mapa del Creador, un hombre sin rostro, con un notable dominio de la lengua alemana, cuyo nombre en clave era *el Mensajero*. Y entonces, dijo:

—Aunque los nazis creen que su verdadero nombre es Nicolás Estorzi. Aseguran que es miembro de una antigua secta católica llamada los Assassini, un remedo de esa otra secta de origen árabe que asesinaba bajo la promesa de alcanzar el paraíso.

Fuera quien fuese Nicolás Estorzi, me sorprendió que Junio añadiera un nombre más a la lista de organizaciones de carácter criminal nacidas en el seno de la Iglesia católica.

Después de reunirme de nuevo con el segundo Smith en el E42 para reproducir al pie de la letra mis conversaciones con el príncipe Cima Vivarini, y de concertar una nueva cita con el padre Sansovino en la cripta de la iglesia de Santa Cecilia, volví a perder interés por todo, y contemplé la posibilidad de suicidarme. Recuerdo que durante unas cuantas semanas, mientras Junio trataba de encontrarme un trabajo en un estudio de arquitectura que nunca llegaba a concretarse, me dedicaba a leer la biografía de grandes hombres que, por una u otra razón, habían decidido quitarse la vida. La tormentosa y frustrada existencia de Emilio Salgari se convirtió en el espejo donde mirarme. Me llamó la atención su convulsa vida, de la que su hijo Nadir llegó a escribir que si bien su padre había triunfado en las selvas y en el mar, había sucumbido en cambio ante las prosaicas necesidades de la vida civilizada, pues la pobreza fue siempre su más fiel compañera, a pesar de que sus libros se vendían por millares. Pero, sobre todo, me impresionó su trágico final, cuando se hizo el harakiri con un *kris* malayo de hoja ondulada en un remoto paraje de Val de San Martino, en las estribaciones de los Alpes turineses, seis días después de perder a su esposa, la actriz Aida Peruzzi. Al final decidí no seguir los pasos de Salgari, máxime cuando Montse, que yo supiera, seguía viva. A primeros del mes de julio recibí la visita del príncipe. Dijo encontrarme «muy desmejorado», «más delgado y con los ojos hundidos», tal y como le había advertido doña Giovanna, la casera; aseguró sentirse preocupado por mi salud —era cierto que me alimentaba básicamente de *mozzarella di bufala* con *pomodori pacchino*, un poco de pasta, un pedazo que otro de *pecorino* y alguna sanguina siciliana—, y me propuso que le acompañara a Bellagio, una pequeña y encantadora villa situada en el lago de Como, a pocos kilómetros de Milán y de la frontera suiza.

La idea de pasar parte del verano en compañía de Junio no me atraía lo más mínimo, pero tras la marcha de los «prófugos» y de los pensionados de la Academia a España, era la única persona con la que mantenía un trato más o menos estable. No voy a entrar a valorar si mi relación con Junio era de auténtica amistad (no en vano una amistad puede perfectamente cimentarse sobre el rencor, de la misma manera que una sonrisa puede ser de desprecio), pues siempre estuvo sujeta a altibajos, pero saber que no era una persona de fiar me infundía tranquilidad y me hacía sentir seguro, contrariamente a lo que cabía esperar. Por otra parte, estaba convencido de que Junio conocía mis actividades, y como desde mi punto de vista todos esos factores redundaban favorablemente en nuestra relación, acabé aceptando su invitación. Creo que después de no haber sido capaz de hacerme el harakiri con un *kris* malayo, albergaba la esperanza de tener un fin heroico al lado del príncipe; ya porque me mandara asesinar; ya porque sucumbiera junto a él, a manos de uno de los muchos enemigos que yo le suponía.

2

*R*ealizamos el viaje desde Roma a Como en una confortable *carrozza* de un tren cuyo destino era Lugano, y nos instalamos en el Grand Hotel Serbelloni, una antigua villa privada construida por la familia Frizzoni, en 1852. Junio y Gábor ocuparon sendas habitaciones contiguas (si no recuerdo mal, fue entonces cuando comencé a sospechar por primera vez de las preferencias sexuales del príncipe); yo me instalé en una amplísima y luminosa suite con vistas al lago, en el otro extremo de la planta. La habitación estaba decorada con muebles franceses, pesadas cortinas de terciopelo, viejas alfombras persas, *chandeliers* de cristal de Murano y pinturas al fresco. Nunca había estado rodeado de tanto lujo y, desde luego, nunca he vuelto a estarlo, con lo que el recuerdo que guardo de aquellos días es comparable a un placentero sueño que, a la vez que se va alejando en el tiempo, se vuelve más dulce e imperecedero en la memoria.

El tiempo, perdidas las aristas de los días, pareció volverse líquido y profundo como las aguas del lago; el aire puro llenaba todos los rincones del espacio; los caminos estaban flanqueados por cientos de arriates de los que brotaban flores de vivos colores suspendidas sobre sus tallos; la vida, en suma, adquirió esa laxitud que sólo disfrutan los músculos en reposo después de haber realizado un exigente esfuerzo físico. Porque un gran esfuerzo era lo que requería mi vida en Roma tras la marcha de Montse. Incluso llegué a envidiar la forma de ser de los lugareños, reservados y apacibles a partes iguales, y mucho más asépticos en sus manifestaciones políticas que los italianos de otras regiones que había conocido. Como solía decir Junio: «Se comportan como verdaderos suizos».

He de reconocer que durante esos días albergué la idea de que existía el paraíso en la Tierra.

Casi todas las mañanas organizábamos excursiones al «campo», según la expresión de Junio, como si en verdad no estuviéramos ya en él. El servicio de restaurante del hotel nos preparaba una cesta con comida y una botella de *prosecco*, y Gábor nos llevaba en coche hasta Punta Spartivento, el istmo que dividía el lago en tres ramas: la de Lecco, a la derecha; la de Como, a la izquierda; y en medio la parte norte. Desde allí, además, se podía contemplar una bellísima vista de los montes de la Terra Lariana, los mismos que describió el escritor Alessandro Manzoni en su obra *I promessi sposi*, con sus picachos amenazantes cubiertos de nieves perpetuas. En otras ocasiones, visitábamos las villas famosas de la comarca, cuyos propietarios recibían a Junio con agrado. Todavía hoy recuerdo los apellidos de rancia prosapia de algunos de aquellos anfitriones que vieron asaltadas sus mansiones por nuestra curiosidad: Aldobrandini, Sforza, Gonzaga, Ruspoli, Borghese, etc. Pero en la mayoría de las ocasiones, Gábor se ponía al volante y recorríamos las sinuosas carreteras locales sin rumbo fijo. Una mañana, en cambio, tomamos el *traggetto* en el embarcadero de Bellagio y surcamos las aguas del lago hasta Villa D'Este, el hotel que competía en magnificencia con el Serbelloni. Byron, Rossini, Puccini, Verdi y Mark Twain se encontraban entre la distinguida clientela de ese establecimiento de leyenda. Por no hablar de la lista de reyes, príncipes y magnates de los negocios, que convertían a Villa D'Este en un escaparate donde mirar y ser mirado con la superioridad moral que da saberse un elegido entre los elegidos. No creo haberlo dicho, pero Junio era de esa clase de persona a la que le hubiera gustado gozar del don de la ubicuidad para poder estar en dos lugares al mismo tiempo. Siempre he relacionado esa necesidad perentoria de encontrarse en dos sitios a la vez con su carácter vitalista, algo que entraba en contradicción con su oficio de asesino. Pero así era Junio: una persona contradictoria, una especie de Dr. Jekyll y Mr. Hyde, un pistolero que se emocionaba leyendo a Lord Byron.

Pero no fue ése el único descubrimiento que hice en aquellos días. Una mañana, mientras almorzábamos en una de las terrazas del Serbelloni con vistas al lago, Junio me habló de su infancia (que calificó de itinerante por los numerosos viajes y cambios de residencia), de su familia (demasiado dispersa por culpa del dinero, que le permitía hacer a cada uno lo que quisiera), e incluso se refirió al camino que había tenido que recorrer para llegar a ser el hombre que ahora era. Describió su adhesión a la causa fascista, así como la devoción que sentía por la doctrina nacionalsocialista de Hitler, como «una obligación de familia», habida cuenta los lazos que unían a su estirpe con las clases dirigentes de ambos movimientos. Se definió como una persona moderadamente religiosa, contraria a todo extremismo, pues ante todo era un hombre práctico. Junio era partidario de que de la misma manera que el Estado laico se había dejado impregnar por los valores del catolicismo, la Iglesia hiciera lo propio y asumiera con naturalidad algunos postulados del laicismo. Por ejemplo, el divorcio.

En una ocasión le pregunté por qué había escogido Bellagio para pasar sus vacaciones y no Venecia. Me respondió:

—Primero porque el fuerte carácter de mi madre lo inunda todo en Venecia (es como una segunda laguna, imagínate), y luego porque siendo joven me labré cierta mala reputación, y todo caballero que se precie tiene la obligación de mantener intacta su mala reputación. Si mis conciudadanos vieran en qué me he convertido, dejarían al instante de hablar de mí o incluso de dirigirme la palabra. Y con toda la razón.

Y tras una pausa, añadió:

—Venecia es la única ciudad del mundo a la que no es necesario volver constantemente, porque no hay diferencia entre visitarla y soñar con ella. Sí, ni siquiera hace falta estar dormido para soñar con Venecia. No me malinterpretes, quien habla de sueños incluye también el capítulo de las pesadillas.

—Yo no conozco Venecia —reconocí.

—¿De veras? A estas alturas tenía la impresión de que todo el mundo la conocía. Al menos, aunque no sea así, sí que todo el mundo ha oído hablar de ella. Lo digo porque hay otros muchos lugares de los que nadie habla y, por supuesto, a los que nunca irán. Supongo que habrás oído decir un millón de veces que Venecia es la ciudad de los enamorados; sin embargo, yo opino lo contrario: se trata de la ciudad idónea para las parejas que no están enamoradas. ¿Quieres saber por qué?

—Desde luego.

—Porque Venecia es sólo un decorado, como el falso amor. Te describiré sucintamente qué es lo que se puede encontrar en Venecia: viejos palacios a los que sólo sus moradores tienen acceso coronados por zaquizamíes abandonados, enredaderas y ajimeces idénticos que convierten los canales en una sucesión monótona, todo mezclado con una humedad que se confunde con la melancolía, y una legión de mosquitos que nos recuerda en todo momento que los cimientos de la ciudad están hundidos en una laguna de aguas pútridas. Hay dos formas de ver una góndola: como un cisne negro o como un ataúd flotante. Yo soy partidario de la segunda opción. De las continuas inundaciones, de las brumas y del frío invernal te hablaré en otra ocasión.

Una noche calurosa y estrellada, después de habernos bebido una botella de un vino toscano con aroma a cuero viejo y sabor a terciopelo, dos amaros y sendos combinados a base de ron añejo y zumo de pera, me preguntó:

—¿Te ha escrito?

Pese a que nunca hablábamos de Montse desde su marcha, estaba claro que se sólo se podía referir a ella.

—A mí no.

—A mí tampoco, pero creo que es buena señal —observó.

—¿Qué quieres decir? —me interesé.

—Que sólo escribiría si no pensara regresar.

—¿Tú crees?

—Sí, lo creo. Montse nos pertenece.

Pero yo sabía que aprehender a Montse, reducirla a una mera pertenencia, aunque sólo fuera en los sueños etílicos de dos borrachos, era lo mismo que pretender atrapar una de las estrellas que aquella noche alumbraban el cielo lombardo y guardarla en un bolsillo.

3

$\mathcal{A}$ primeros del mes de agosto comencé a trabajar en el estudio de un arquitecto llamado Biagio Ramadori. Un hombre sin talento para la arquitectura, pero con un gran predicamento para entablar relaciones con las personas adecuadas. Gracias a esa facilidad para entrar en contacto con las altas esferas del poder político, el arquitecto Ramadori había obtenido la promesa de un gran proyecto en el E42. Pero el 1 de septiembre de 1939, Hitler invadió Polonia, y Francia e Inglaterra se vieron obligadas a declararle la guerra a Alemania. Lo que hasta entonces había sido una ventaja a la hora de obtener prebendas, se volvió en contra del arquitecto Ramadori y, con el pretexto de la posible entrada de Italia en el conflicto armado, le fue encargado el diseño de un búnker para el Palazzo degli Uffici, obra que habría de realizar bajo la supervisión del arquitecto Gaetano Minnucci. Ramadori calificó el encargo de «migaja» («en consideración a mi talento y a los servicios prestados al régimen», dijo), y para darle una bofetada a Minnucci, que para colmo era el jefe de Servicio de Arquitectura del Ente (el E42), delegó el encargo en mi persona. Nunca he llegado a saber las verdaderas causas que originaron aquella disputa entre Ramadori y Minnucci (imagino que serían las convencionales entre seres humanos: celos, envidia y la soberbia de creerse mejor que el prójimo), pero como consecuencia de la misma mi suerte profesional dio un giro de noventa grados y, casi sin darme cuenta, me vi de pronto trabajando para uno de los mejores arquitectos del momento. Es cierto que mi labor se circunscribió al búnker del Palazzo degli Uffici, pero el resultado obtenido, más aún teniendo en cuenta que los tambores de guerra sonaban cada vez con más insistencia, hizo que llovieran los encargos en el estudio de Minnucci, y que éste, centrado en sacar adelante el gigantesco proyecto del E42, me encargara el diseño y la ejecución de los nuevos trabajos.

Para diseñar un búnker hay que atenerse a varios principios. El primero de todos es que el búnker no está ideado para integrarse en su entorno, sino para defenderse de él. El segundo es que se trata de una arquitectura de emergencia cuya eficacia depende de su capacidad para soportar desastres, de ahí que en esa clase de edificios abunden los afilados volúmenes y los acabados ásperos. Vistos desde dentro, los búnkeres no son más que vientres de hormigón. Ésa es la razón por la que diseñar un búnker no es el sueño de ningún arquitecto.

He de reconocer que mi trabajo no tuvo ningún mérito, a pesar de que hubo quien opinó lo contrario; simplemente, estudié en profundidad las técnicas de defensa empleadas por los distintos ejércitos a partir de la guerra del catorce, desde la famosa línea Maginot (la mayor barrera defensiva jamás construida, que contaba con 108 fuertes principales a 15 kilómetros de distancia entre sí, multitud de pequeños fuertes y más de 100 kilómetros de galerías, que se extendía por toda la frontera franco-alemana, y que luego resultó un fiasco) hasta las fortificaciones belgas, y llegué a la conclusión de que el diseño de los búnkeres checos era realmente revolucionario y novedoso. Tradicionalmente, los búnkeres se construían siempre orientados hacia la línea de avance enemiga. Eso suponía que la artillería adversaria disparaba directamente contra las posiciones en las que se habían instalado las armas defensivas. Pues bien, los ingenieros checos solucionaron ese problema construyendo sus fortificaciones de espaldas al enemigo. Las ventajas eran más que evidentes, pues de esa forma la parte de la estructura que recibía el fuego enemigo era la menos vulnerable del búnker, al tiempo que la defensa del mismo se hacía atacando los flancos (lo que además permitía alcanzar la retaguardia de las tropas atacantes) y no frontalmente. Con esa disposición, un búnker defendía al de al lado, y viceversa. Además, todos los búnkeres se encontraban comunicados entre sí por líneas telefónicas instaladas a gran profundidad y una red subterránea de corredores que servía para el desplazamiento de tropas y suministros. Así que lo único que tuve que hacer fue seguir el ejemplo de los checos y mejorar algunos aspectos formales.

Junio aprovechó mi repentina «fama» para recomendarme a la empresa Hochtief, la mayor constructora de Alemania, con uno de cuyos directivos me entrevisté en Grand Hotel de Roma. Pese a que no llegamos a cerrar un acuerdo, quedamos en la posibilidad de trabajar juntos en un futuro inmediato. Algo que ocurrió a partir del año 1943, y de lo que hablaré en otro momento.

Mi nuevo cometido satisfizo plenamente al segundo Smith, a quien empecé a facilitar no sólo la información que obtenía del príncipe, sino también el fruto de mi trabajo como arquitecto. Ese salto cualitativo en mi carrera como espía me llenó de orgullo y hasta me hizo comprender que podía resultar un trabajo honorable. Smith, que siempre había sido sincero a la hora de valorar los riesgos que asumía en mis labores de espionaje, me advirtió de que a partir de la entrega del primer plano mi vida correría peligro en el supuesto de ser descubierto. Pero para entonces yo ya había tomado la determinación de no darle la espalda a aquella nueva guerra, en la que ya no estaba en juego el destino de un pequeño país como España, sino el del mundo en su conjunto.

Creo que actuando de aquella manera buscaba la mortificación. Por un lado, sentía que crecía el vacío a mi alrededor, como si cada día al despertar hubiera desaparecido una parte del mundo. En realidad, no era el mundo el que desaparecía, sino mi interés por él. Por otra parte, mi vida había cambiado tanto en los últimos tiempos que ahora sentía remordimientos por no haber participado de manera activa en la guerra de España, y esa sensación me impulsaba a comprometerme con la nueva guerra que acababa de comenzar. Ahora, cuando miro hacia atrás, tengo la impresión de que comportándome de esa manera buscaba ser eliminado físicamente, toda vez que carecía de valor para poner fin a mi vida por mis propios medios. He de reconocer que mi trabajo como arquitecto me resultó de gran ayuda para sobrellevar tanta zozobra, y que en cuanto tuve unos ingresos de forma regular, comencé a buscar un piso donde vivir solo, lejos de doña Giovanna y sus manías. De modo que al mismo tiempo que estaba dispuesto a morir, me preocupaba por encontrar una nueva casa donde vivir, algo sin duda contradictorio. El hecho de que me tomara tan en serio la búsqueda de un hogar demostraba que mi desánimo no era debido a que hubiera perdido interés por vivir, sino a que para mí la vida había perdido todos sus alicientes. La marcha de Montse había resultado determinante, y pensar en su ausencia se había ido convirtiendo en un hábito que, de tanto repetirse, acabó por inhibirme del mundo que me rodeaba. Así que yo no estaba realmente vivo cuando tomé la decisión de mudarme de casa. Era una especie de autista que había perdido todo contacto con la realidad. Tuve que diseñar un búnker y después otro, y otro más para reencontrarme conmigo mismo. Comprendí entonces que mi trabajo tenía una utilidad, y que trabajando doce o trece horas diarias, también la tendría mi vida. Así que trabajaba trece horas y dormía ocho, con lo que sólo me quedaban tres horas que llenar. Fue entonces cuando tomé la decisión de buscar casa, labor a la que dedicaba las tres horas libres de mi día. Después de visitar dos docenas de pisos, opté por alquilar un ático con terraza en la Via dei Riari, una tranquila calle que nacía en la Via della Lungara y se prolongaba hasta las estribaciones del Gianicolo. Desde la terraza se disfrutaba de una hermosa vista del Trastévere y del Palazzo Farnese, que quedaba justo al otro lado del Tíber. Pronto, como había hecho durante mi estancia en la Academia, comencé a contar las cúpulas y torres que quedaban al alcance de mi campo de visión: Il Gesù, San Carlo ai Cattinari, Sant'Andrea della Valle y la Chiesa Nuova.

Esta casa es la misma en la que vivo con Montse en la actualidad, y creo que ha llegado el momento de contar cómo y en qué circunstancias regresó a mi lado.

4

*L*a guerra devoró 1940 con la misma avidez con que Alemania engullía naciones. Durante los primeros meses del año, Mussolini titubeó ante la recomendación de la clase política italiana, incluido el Rey, de unirse a Alemania. La resistencia de Mussolini a entrar en la guerra era debida a que conocía las limitaciones del ejército italiano, a pesar de que los servicios de propaganda lo habían vendido al mundo como uno de los más aguerridos y mejor preparados. Por fin, cuando el Duce tuvo la certeza de que la derrota de Francia era inminente, le declaró la guerra a ese país y a Gran Bretaña, más por el temor a que Italia fuera invadida por los alemanes en el caso de no dar ese paso, que por la confianza de obtener una victoria en el campo de batalla. Era el día 10 de junio de 1940, y por aquel entonces ningún italiano en sus cabales dudaba del triunfo de Alemania en la guerra.

La incapacidad empero de los italianos para someter el sur de Francia, cuyo ejército había sido desmembrado por los alemanes, marcaría la pauta de la intervención de las huestes fascistas durante el resto del conflicto armado. Dirigidas por el príncipe de Saboya, quien se hizo acompañar por condes, duques, marqueses y jerarcas fascistas, las tropas italianas apenas pudieron avanzar por suelo francés debido a la debilidad mostrada por sus mandos y a una línea de abastecimiento mal concebida. En apenas una semana de combates, el ejército italiano sufrió seiscientas bajas y dos mil heridos. Sólo el armisticio entre ambas naciones logró que cesaran las hostilidades. Pero a pesar de que Italia era supuestamente la vencedora, el tratado de paz se firmó siguiendo las recomendaciones de Alemania, que era quien de verdad había doblegado al ejército galo. Mussolini reclamó Córcega, Avignon, Valenza, Lyon, Túnez, Casablanca y otras plazas de menor importancia. Hitler, argumentando que no quería humillar a Francia, máxime cuando pensaba utilizar su suelo para dar el salto a Inglaterra, únicamente le concedió a Italia una franja desmilitarizada de cincuenta kilómetros en la frontera italo-francesa, y otra en la libio-tunecina.

Los sucesivos fracasos del ejército fascista en el Egipto británico primero, y más tarde en Grecia, obligaron a los alemanes a intervenir en su ayuda, y eso acabó por resquebrajar la confianza que muchos italianos tenían depositadas en sus milicias y en su Duce.

Pese a que Junio nunca osó confesar abiertamente su desencanto, a primeros de octubre de 1940 intensificó sus contactos con las SS. El día 15 de ese mes puso rumbo de nuevo a Wewelsburg, donde tenía previsto encontrarse con Himmler. Al parecer, iba a viajar con la comitiva de Hitler hasta Hendaya, donde el Führer tenía previsto entrevistarse con Franco, para luego continuar viaje hasta Madrid y Barcelona como acompañante del Reichsführer. Luego Junio me contó una de esas historias que tanto le gustaba escuchar al segundo Smith. Era una historia que se refería a una leyenda cátara, según la cual el Cáliz de Cristo se encontraba guardado en las entrañas del castillo de Montsegur, al sur de Francia, desde poco antes de que la fortaleza cayera en 1244. Sin embargo, Montsegur estaba construido sobre un bloque de piedra compacta, lo que llevó a pensar a los estudiosos que anhelaban encontrar el Santo Grial que tal vez estuviera oculto en una de las cuevas del monasterio de Montserrat, al otro lado de la frontera franco-española. De modo que Himmler había tomado la decisión de viajar a Montserrat para recorrer las grutas secretas del monasterio barcelonés. Además de Junio, la expedición de Himmler estaba compuesta por veinticinco personas, entre las que se encontraban Günter Alquen, director de la revista *Das Schwarze Korps*, el general Karl Wolf, jefe de su estado mayor, y un extraño personaje llamado Otho Rahn. Digo extraño porque Rahn era un experto en literatura medieval y catarismo, autor de un libro titulado *Cruzada contra el Grial* y de otra obra singular, *La Corte de Lucifer*, uno de los textos predilectos de Himmler, que fue distribuido encuadernado en piel de becerro entre los dos mil altos oficiales de las SS. Pero Rahn, que había llegado a estar destinado en el estado mayor de Himmler, tenía un problema, su abuela se llamaba Clara Hamburger y su bisabuelo Leo Cucer, apellidos habituales de los judíos centroeuropeos, de modo que se decidió «eliminarle» para que siguiera prestando sus servicios a las SS con otra identidad. De esa forma, Otto Rahn se convirtió en Rudolph Rahn. Si hago hincapié en este personaje, es porque sería nombrado embajador alemán en Roma en los últimos meses de la ocupación.

Recuerdo que cuando le pregunté a Junio si pensaba buscar a Montse, me respondió:

—No, voy a buscar el Santo Grial. Pero si me la encuentro, le diré cuánto la echas de menos.

—¿Lo harás por mí?

—Te lo prometo.

Y tras reflexionar unos segundos, añadió:

—Creo que las cosas serían más fáciles si en vez de buscar el Grial o cualquier otra reliquia, la gente se conformara con encontrar el amor, ¿no te parece?

—¿Qué quieres decir?

—Nada que tenga importancia. Sólo digo que a veces nos empeñamos en buscar lo que no existe, y rechazamos lo que tenemos al alcance de la mano. Es como si la sencillez (las cosas sencillas en general) no fuera suficiente para poblar el mundo de deseos, o mejor dicho, para cubrir las necesidades de deseo del ser humano. Pero supongo que siempre ha sido así, de lo contrario no existirían tantos mitos y dioses. Hitler cree haber encontrado la solución a ese problema rescatando el concepto de Hombre-Dios, un modelo de ser superior que lleva incorporado todas las preguntas y todas las respuestas.

Una ventosa y desapacible tarde de noviembre (en la que me embargaba un profundo sentimiento de melancolía), Junio llamó a la puerta de mi casa. Acababa de regresar de su viaje a

Barcelona y traía noticias de «nuestra amiga», según sus palabras. Estaba exultante, y desde mi punto de vista, me habló de
Montse como quien ha cancelado una deuda pendiente con su
pasado o expiado un pecado.

—Definitivamente, el Grial no está enterrado en Montserrat, pero a cambio me encontré con nuestra amiga —expuso.

—¿La viste? ¿Dónde? —me interesé.

—Antes sírveme una copa.

—Puedo ofrecerte un amaro. Es la única bebida con alcohol
que tengo.

—¿Averna?

—Averna.

—De acuerdo. Me la encontré en el hotel Ritz. Fue una casualidad, porque era allí donde nos alojábamos los miembros
de la comitiva que acompañaba al Reichsführer.

—Tal vez no fuera una casualidad —sugerí—. La llegada de
Himmler a Barcelona tuvo que ser anunciada en los periódicos
locales, y Montse conoce la estrecha relación que mantienes
con el Reichsführer, así que es probable que se acercara hasta el
hotel Ritz con la esperanza de encontrarse contigo.

—Es posible. De todas maneras, no pude verla fuera del hotel porque alguien robó el maletín de Himmler de su habitación, y desde ese momento todos anduvimos de cabeza. Tenías
que haber visto el escándalo que se formó.

Cuando Junio hizo aquella confesión no se me ocurrió pensar que Montse pudiera estar detrás de aquel robo. Menos aún
que en el plazo de quince días fuera yo a tener el maletín del
Reichsführer en mi poder.

—Montse me preguntó por ti, y le conté que ahora trabajas como arquitecto en el estudio del arquitecto Minnucci, y
también le hablé de tu nueva casa. Se puso muy contenta al saber que todo te iba tan bien. Me pidió tu dirección para escri-
birte.

—Y ella, ¿qué tal está? ¿A qué se dedica? —me interesé.

—Ha roto las relaciones con su padre, y ya no vive en la casa
familiar. Una vez al mes se reúne con su madre en el hotel Ritz,
meriendan juntas y doña Montserrat le entrega una pequeña
cantidad de dinero para que pueda sobrevivir dignamente hasta

que encuentre un trabajo bien remunerado. Vive en una pensión, y trabaja como traductora para una editorial. Traté de convencerla para que volviera a Roma. Le dije que aquí estaría mejor y más segura que en Barcelona, a pesar de la guerra. Antes de despedirme le entregué un sobre con dinero y un salvoconducto para entrar en Italia. Me dijo que lo pensaría.

Aquella conversación con Junio me desasosegó y al mismo tiempo me insufló esperanzas, pues por el tiempo que había transcurrido pensaba que jamás volvería a tener noticias de Montse. De hecho, a estas alturas ya no sabía si de verdad estaba enamorado de ella o de su recuerdo. Hasta ese momento, siempre había dado por hecho que la vida de Montse en Barcelona transcurría libre de complicaciones; en cambio, las palabras de Junio daban a entender lo contrario. De haber podido, hubiera corrido en su ayuda, pero a mi deseo de no regresar a España, se unía ahora mi compromiso laboral con el estudio del arquitecto Minnucci. Lo que no podía imaginar era que en aquel preciso momento, Montse aguardaba en el puerto de Barcelona la hora de zarpar rumbo a Roma.

5

*N*o comprendí el interés de Montse por conocer mi dirección (ella que había asegurado que lo mejor era no mantener correspondencia) hasta que una fría y lluviosa mañana de diciembre se presentó en mi casa. La primera impresión que tuve cuando la vi a través de la mirilla de la puerta, era que acababa de emerger del agua: tenía el pelo mojado, y por su rostro resbalaban gotas de lluvia. No iba pintada ni maquillada, y se protegía del frío con un viejo abrigo de lana que evidenciaba la penuria económica por la que estaba atravesando. A pesar de lo cual no había perdido un ápice de su hermosura. Su rostro estaba en calma, y sus grandes ojos verdes lanzaban destellos, que no eran otra cosa que el reflejo de su sólido sentido común. Mirarlos te hacía sentir como un marinero que, tras una larga y fatigosa travesía, descubre en el horizonte el haz de luz del faro que ha de conducirle a puerto. Sí, uno se podía sentir seguro contemplando unos ojos como aquéllos.

—¡Montse! ¡Qué alegría! —exclamé.

En vez de besarme tocó mis labios con sus dedos, como si quisiera silenciar una posible objeción de mi parte.

—Será mejor que no te bese, porque vengo empapada —se excusó.

Durante un año y medio había imaginado nuestro reencuentro de otra manera, así que las palabras de Montse me produjeron cierta decepción. Por un momento, incluso llegué a pensar que estaba delante de una desconocida de la que nada sabía, ni cuyas costumbres conocía. Hasta que sus ojos me imploraron algo con lo que sacarse el frío del cuerpo.

—Pasa y quítate el abrigo. Voy a buscarte una toalla.

195

—¿Podría alojarme en tu casa hasta que encuentre una habitación? —solicitó.

No formuló la pregunta para medir sus posibilidades, sino para ponerme a prueba, para tantearme. Ahora era ella la que pretendía averiguar si yo seguía siendo el mismo.

—¡Por supuesto! Estás en tu casa.

Luego, tras examinarlo todo mientras se secaba el pelo y el rostro, se dirigió directamente a la terraza, por cuyo suelo rodaban los jirones de una nube caída del cielo.

—De modo que ésta es tu nueva casa. Me gusta —dijo.

—Todavía está casi todo por hacer. Ni siquiera he tenido ocasión de ocuparme de la decoración.

Era cierto, en la estricta división que había hecho del tiempo no había dejado un minuto para la decoración o para cualquier otra actividad ociosa, por temor a que las horas muertas acabaran por arrastrarme de nuevo al desánimo.

—Junio me contó que trabajabas como arquitecto, proyectando búnkeres para el Ministerio de Defensa italiano.

—Y a mí me dijo que trabajabas en una editorial como traductora.

—Lo he dejado. El trabajo estaba mal pagado y los libros que traducía carecían de interés. He decidido exiliarme de España.

Montse habló con tanta naturalidad que llegué a la conclusión de que no sabía realmente lo que estaba diciendo.

—¿Exiliarte?

—He roto para siempre con mi familia —añadió.

—No soportas a tu padre, lo comprendo.

—Se trata de algo más grave. ¿Recuerdas que en alguna ocasión te he hablado de mi tío Jaime?

—Sí, recuerdo haberte oído hablar de tu tío Jaime —dije.

—Cuando regresé a Barcelona me propuse saber qué había sido de él. Durante más de un año creí que había muerto, pero hace cosa de cuatro meses encontré en casa una carta dirigida a mi padre firmada por el coronel Antonio Vallejo Nájera, jefe de los Servicios Psiquiátricos Militares de Franco. La misiva, repleta de alusiones a las raíces psicofísicas del marxismo, hacía referencia «al paciente que a usted le incumbe», cuya evolución había sido nula por causa del «fanatismo político-demo-crático-comunista del sujeto de estudio». Intrigada por el contenido de la carta, me propuse investigar quién era aquel coronel. Lo descubrí unos días más tarde, cuando en el escaparate de una librería del Paseo de Gracia vi un libro titulado *La locura en la guerra. Psicopatología de la guerra española*, editado en Valladolid en 1939, cuyo autor era el doctor Antonio Vallejo Nájera. Para no extenderme demasiado, la obra defendía la existencia de una relación íntima entre marxismo e inferioridad mental, y la necesidad de aislar desde la infancia a los marxistas, en su condición de psicópatas sociales, para liberar a la sociedad de plaga tan terrible. Fue entonces cuando comencé a vislumbrar quién podía ser aquel paciente que «le incumbía» a mi padre. Después de sonsacar a mi madre, logré que me dijera la verdad: mi tío Jaime seguía vivo, había sido apresado tras la finalización de la guerra y, con el propósito de salvarlo de sí mismo, mi padre se lo había «ofrecido» al psiquiatra Vallejo Nájera para que éste experimentara con él y tratara de arrancarle el «gen rojo» que había corrompido su alma. Al parecer, el experimento se estaba llevando a cabo en el Campo de Concentración de Miranda de Ebro, bajo la supervisión de la Gestapo, interesada en conocer los resultados de los experimentos que el doctor Vallejo Nájera llevaba a cabo con sus pacientes. Y, que yo sepa, mi tío sigue allí.

—Es una historia terrible —reconocí.

—Por eso decidí vengarme.

—¿Vengarte?

—En cuanto tuve conocimiento del viaje que Himmler tenía proyectado a Barcelona, y que pensaba hospedarse en el Ritz, ideé un plan. Hace veinte años, cuando mi tío Jaime se independizó, lo hizo en compañía de una doncella que le cedió mi abuela. Esa mujer, que se llama Ana María, quería a mi tío como a un hijo, aunque las malas lenguas dijeron que entre ellos llegó a existir una relación más carnal. Cuando mi tío se distanció por razones ideológicas de sus hermanos y las cosas empezaron a irle verdaderamente mal en el aspecto económico, Ana María encontró trabajo como ama de llaves en el hotel Ritz. Y allí ha trabajado desde entonces. Así que fui a hablar con ella y le conté lo que acababa de descubrir, que mi tío seguía vivo y que estaba siendo utilizado como cobaya de ese médico. Luego le propuse que me entregara una copia de la llave de la habitación que iba a ocupar Himmler y me proporcionara un uniforme de doncella, argumentando que entre los documentos que el Reichsführer guardaba en su maletín se encontraban probablemente algunos relativos a los experimentos que el doctor Vallejo Nájera estaba llevando a cabo en Miranda de Ebro y en otros campos de concentración. Mi plan, le dije, consistía en robar los documentos y luego hacerlos públicos en la prensa internacional, de modo que Franco viera comprometida la neutralidad que tanto deseaba en caso de no cortar de raíz semejantes prácticas médicas. Ana María accedió a proporcionarme lo que le pedía y también el horario más propicio para llevar a cabo mi acción, con lo que entrar y salir de la habitación de Himmler me resultó la cosa más fácil del mundo.

—Pero tú desconocías qué clase de documentos contenía el maletín de Himmler —razoné.

—Así es. Y como no leo el alemán sigo desconociendo qué dicen esos papeles, salvo algunos planos de los subterráneos del Monasterio de Montserrat. Pero seguro que son documentos importantes. Por eso he pensado que sería conveniente que llegaran a manos de Smith.

Fue entonces cuando Montse sacó de una de sus maletas un maletín de piel negra.

—¿Has viajado con el maletín de Himmler desde Barcelona a Roma? —le pregunté, incrédulo.

—Lo escondí entre la ropa interior. Además, Junio me proporcionó un salvoconducto por si algún día quería regresar a Roma. No ha resultado difícil.

La audacia de Montse me dejó perplejo. Su capacidad para trazar un plan, perpetrar un robo (para cualquier persona no acostumbrada a robar podría decirse que de gran envergadura), y tener la sangre fría para viajar por medio Mediterráneo con la mercancía robada entre la ropa interior, era digna de admiración.

—De modo que has seguido ejerciendo de Mata-Hari en Barcelona.

—Lo que le ha ocurrido a mi tío Jaime me ha abierto los ojos. He decidido luchar contra el fascismo con todas mis fuerzas —observó.

—¿Y por qué no hacerlo desde Barcelona? —le pregunté.

—Porque Franco tiene las cosas bien atadas en España. En cambio, si Hitler y Mussolini pierden la guerra en Europa, Franco no tendrá aliados, se quedará aislado... ¿Sigues viendo a Smith?

—Sí. Cada tres o cuatro semanas.

—¿Me harás el favor de entregarle el maletín?

Cogí el maletín y lo guardé en un armario sin siquiera echarle un vistazo a su contenido.

—Mañana me ocuparé de concertar una cita con él —acepté.

—Gracias a Dios. Durante la travesía no he dejado de pensar en la posibilidad de que... hubieras cambiado.

—Y lo he hecho, te lo aseguro. Le estoy pasando a Smith los planos de los búnkeres que proyecto. Según él, podrían acusarme de alta traición.

Era la primera vez que hablaba con un tercero de aquel asunto, y oírme hablar de mis actividades me hacía tener la sensación de que me estaba refiriendo a otra persona, puesto que no me sentía como un traidor. Yo sólo obraba en conciencia, y no veía ningún mal en mi proceder, sino el beneficio que le procuraba a mi espíritu.

—Eso significa que podrían fusilarte —observó Montse.

Ni siquiera el propio Smith se había atrevido a exponerlo con tanta crudeza.

—¿Y qué crees que harían contigo si se descubriera lo del maletín de Himmler?

—Entonces nos fusilarían juntos. Sería una broma siniestra del destino.

Me alarmó que hablara con tanta trivialidad sobre un asunto tan delicado.

—El problema está en si moriríamos con orgullo, con la sensación del deber cumplido. Supongo que ése es el consuelo que le queda al condenado a la pena capital. No me importa pensar en la muerte, pero en cambio no soy capaz de imaginar el cómo y el cuándo voy a morir. No me interesan los detalles, y desde luego desconozco cuál sería mi comportamiento frente a un pelotón de fusilamiento. Por ahora creo que mi valor se circunscribe a la esfera de lo abstracto, y desde luego no me gustaría tener que ponerlo a prueba.

—A mí me ocurre todo lo contrario. Soy capaz de imaginarme delante de un pelotón de fusilamiento mirando a mis verdugos, con la cabeza bien alta, pero en cambio no me gusta pensar en la muerte, o mejor dicho, en lo que significa realmente. A veces he sentido deseos de morirme, como cuando me enteré de lo de mi tío, pero creo que es algo que forma parte de la empatía que todos sentimos con aquellos que sufren. Es un deseo de morir que le da a uno fuerzas para seguir viviendo, para combatir las injusticias.

De una manera un tanto mortecina y casi inesperada se hizo de noche, y fue entonces cuando caí en la cuenta de que mi casa sólo disponía de un dormitorio con una sola cama, por lo que uno de los dos tendría que dormir en el sofá.

Nunca le he agradecido a Montse lo suficiente cómo solucionó aquella situación. Cuando llegó la hora de dormir, me dijo que me metiera en la cama y que apagara la luz, y después de cambiarse en el cuarto de baño, se tumbó a mi lado, con la naturalidad de quien lleva acostándose con el mismo hombre una decena de años. No creo haber experimentado jamás una sensación de terror como aquélla, nunca he estado tan asustado, mis pulmones se cerraron y mis músculos se paralizaron, rígidos como los de un cadáver. Tal era mi estado de tensión. En cierta forma, me sentía como una guitarra en manos del afinador. Todo, absolutamente todo lo que ocurrió esa noche fue obra de Montse, y siempre he creído que marcó las pautas de nuestra relación futura. Nunca lo he comentado con ella, pero siempre que hacemos el amor tengo la extraña e incómoda sensación de que está en otro lugar, en un mundo en el que yo tengo prohibida la entrada. Quizá otro hombre le exigiría un mayor compromiso, pero mi egoísmo me impide quejarme, pues en el fondo estoy conforme con la parte de Montse que me pertenece. Nunca le he pedido que me demuestre su fidelidad, entre otras razones porque no sabría cómo plantearle una cuestión como ésa. En realidad, ni siquiera me preocupa que haya podido serme infiel, o que lo pueda ser en la actualidad, o que pueda serlo en el futuro, porque conociéndola como la conozco, sé que su amante, como yo, tendrá que conformarse con la parte que ella quiera ofrecerle, pues nunca se entregará por entero a un hombre. En ese sentido, Montse es como uno de esos billetes que se dividen en trozos y se reparten entre varios amigos que se van a vivir a distintos continentes. Para completar de nuevo el billete se han de reunir y aportar cada uno la parte que le correspondió.

Pero como digo, aquella noche no ocurrió nada extraordinario y, sin embargo, sirvió para sellar nuestra unión para siempre. Así que a cambio de negarme su pasión en el amplio sentido de la palabra, Montse me concedió el privilegio de su intimidad, la posibilidad de dormir con ella, de desayunar a su lado, los dos sentados en la terraza de nuestra casa mirando hacia las frondosidades del Gianicolo, de almorzar y cenar juntos, mientras el mundo se desangraba a nuestro alrededor sin remedio. Cuando echo la vista atrás, creo que lo más sobresaliente de nuestra relación en esos años fue que, a pesar de nuestros diferentes caracteres, ambos supimos contagiarnos dosis suficientes de optimismo, un bien tan escaso en aquella época como la carne o los artículos de importación. Un ejemplo claro de lo que digo es el hecho de que nos casáramos precipitadamente, pocas semanas más tarde, para llevarle la contraria a la guerra. Podríamos habernos comprometido una vez acabado el conflicto, pero actuar como lo hicimos nos dio confianza en nosotros mismos, nos hizo creer que éramos nosotros quienes dominábamos la situación, y no la guerra. De hecho, creo que el optimismo sigue siendo en la actualidad uno de los pilares de nuestra relación. Digamos que es un bien raíz que obtuvimos durante los años de guerra, y que a día de hoy nos sigue proporcionando una renta vitalicia.

6

$\mathcal{F}$ue también el entusiasmo ante la posibilidad de contraer matrimonio con Montse el que me preparó para aceptar el hecho de que nunca podríamos tener hijos. Recuerdo que el día que hablamos de casarnos, me dijo que antes de tomar ninguna decisión tenía que contarme algo. «El episodio más triste de mi vida», añadió. Luego, haciendo gala de una extraordinaria serenidad, me narró la historia de una joven inexperta y enamoradiza que perdió la cabeza por un joven unos cuantos años mayor que ella, un joven de mundo que atesoraba un gran atractivo físico, numerosos ideales y un universo de experiencias que deslumbraron a la inexperta muchacha. La joven, pues, se entregó en cuerpo y alma al joven durante unas cuantas semanas, el tiempo suficiente para quedarse embarazada. Pero la joven sabía que los días de su compañero en su país estaban contados, pues se trataba de un extranjero, y que llevar a término aquel embarazo hubiese supuesto la deshonra para ella y su familia. Por no mencionar que la posición del joven, cuyo trabajo era de suma importancia para cierta causa política, podía quedar comprometida. Desestimada la posibilidad de seguir al joven a su país, decidió no decirle nada y abortar. La joven recurrió entonces a un tío suyo, una persona de ideas liberales y gran determinación que conocía a las personas apropiadas para solucionar un problema como ése. Gracias a que la joven vivía en un país en el que se había instaurado recientemente una República, no tuvo problemas para ver cumplido su deseo sin tener que dar demasiadas explicaciones y sin que le resultara demasiado oneroso para el bolsillo. Desgraciadamente, como consecuencia de la intervención, la joven quedó incapacitada para tener más hijos, y pensó que era el castigo que le enviaba Dios por su proceder. Tuvieron que pasar tres años hasta que logró sobreponerse, y aún así, padecía accesos de remordimiento de vez en cuando, una enfermedad que, con toda seguridad, se había vuelto crónica. «Por eso le estoy tan agradecida a mi tío Jaime, y por eso nunca podré tener hijos», concluyó Montse.

Ni siquiera la invasión de Polonia o de Francia por parte de los alemanes me sorprendió tanto como aquella confesión. Por algún extraño prejuicio, yo la imaginaba virgen. Pero una vez me hube repuesto de la noticia, le dije:

—No me importa. La guerra dejará el mundo lleno de niños huérfanos, así que, si queremos ser padres, siempre podremos adoptar un hijo.

—No lo comprendes, ¿verdad? Jamás podré adoptar un hijo. Cada vez que viera el rostro de ese niño, me acordaría de ese otro hijo que arranqué voluntariamente de mis entrañas. No, no quiero tener hijos.

En numerosas ocasiones he estado tentado de pedirle que me hablara de aquel joven con el que había consumido todo su ardor, pero a la hora de la verdad nunca me he atrevido. En el fondo, considero a ese joven como el sueño sobre el que Montse construyó su personalidad a posteriori. Sin la intervención de ese muchacho, yo tampoco hubiera tenido cabida en su vida. Y si alguna vez he sentido celos o incluso le he odiado, se ha tratado de unos celos indefinidos y de un odio cordial. De manera que aprendí a aceptar las virtudes de Montse y a obviar sus defectos. En alguna parte he leído que en todas las uniones matrimoniales existe el deseo de engañar a la persona con la que se vive acerca de algún punto débil en el propio carácter, porque resulta intolerable vivir constantemente con un ser humano que advierte nuestras pequeñas mezquindades. De ahí que haya tantos matrimonios que terminan siendo desgraciados. El cúmulo de mezquindades pesa más en la balanza que cualquier otro aspecto positivo de la convivencia. Yo suscribo plenamente esas palabras, pues mi actitud fue la de obviar las pequeñas mezquindades de Montse, a pesar de lo cual tampoco estoy seguro de que el nuestro sea un matrimonio feliz.

La ceremonia la ofició el padre Sansovino, y Junio y algunos de mis compañeros de estudio ejercieron de testigos. Si decidimos casarnos por la Iglesia, fue por el hecho de que hacerlo por lo civil suponía un triunfo para el estado fascista. La entrada de Italia en la guerra había aumentado la tirantez entre el Estado y la Iglesia. Y a pesar de que el nuevo Papa trataba de mantener un equilibrio propio de un volatinero (luego, con el paso de los meses, Pío XII pasó de funámbulo a títere de los nazis) con las potencias en conflicto, una parte de la Iglesia se quitó la venda y acusó a Mussolini de ser cómplice de las atrocidades que estaban cometiendo los alemanes en las naciones que conquistaban. Aproveché las charlas prematrimoniales con el padre Sansovino para comentarle lo que Junio me había contado sobre la visita de Himmler a Montserrat en busca del Santo Grial.

—Estoy al tanto del viaje del Reichsführer a Barcelona. Pero el Cáliz de la Última Cena está en Valencia, y se trata de una información de dominio público —aseguró.

—¿Y qué hay de todas esas leyendas que les atribuyen a los cátaros? —le pregunté

—No son más que eso, leyendas. El Grial que reconoce la Iglesia apareció en Huesca antes de la invasión árabe de la península ibérica. En el año 713, el obispo de Huesca, un tal Audaberto, huyó de la sede episcopal con el Grial y escondió la reliquia en la cueva del monte Pano. En ese mismo lugar se fundaría posteriormente el monasterio de San Juan de la Peña. Un documento con fecha de 14 de diciembre de 1134, consigna que el Cáliz de Cristo estaba custodiado en dicho cenobio. Otro documento fechado el 29 de septiembre de 1399, revela que la copa fue donada al rey Martín el Humano. El Grial fue llevado entonces al palacio de la Aljafería de Zaragoza primero, y luego a la capilla de Santa Ágata, en Barcelona. Allí permaneció hasta la muerte de Martín el Humano. Luego, bajo el reinado de Alfonso el Magnánimo, el Grial fue trasladado a la catedral de Valencia. Desde 1437 está allí. Ésa es la historia oficial, y como ves los cátaros no aparecen en ella.

—Entonces ¿qué buscaba Himmler en Montserrat?

—Lo desconozco, pero sé que ni siquiera quiso visitar la basílica. Eso provocó que los abades de Montserrat se negaran a recibirle. El encargado de hacerle los honores fue el padre Ripoll, que hablaba alemán. Según el clérigo, a Himmler no le interesaba el monasterio, sino la naturaleza, llegando a asegurar que en Montserrat se había propugnado la herejía albigense con la que los nazis tenían tantas cosas en común.

—No estoy al tanto de lo que significó esa herejía —reconocí.

—Los cátaros, también conocidos como «los hombres buenos», no creían en la muerte de Jesús a manos del ejército romano, por lo que renegaban de la Cruz. Sólo reconocían como libro sagrado el Evangelio de san Juan, vestían largas túnicas negras y recorrían las tierras del Languedoc en parejas, ayudando a quien lo necesitara. Sentían un desapego absoluto por las riquezas materiales, y no tardaron en ser aceptados por todos los estratos de la sociedad, necesitada de identificarse con cualquier filosofía liberadora. Pero este pequeño movimiento local cruzó las fronteras de Francia para instalarse en Alemania, Italia y España, con lo que Roma decidió tomar cartas en el asunto. Teniendo en cuenta que estos «hombres buenos» creían que Lucifer, al que ellos llamaban Luzbel, era asimismo un benefactor de la humanidad, el papa Inocencio III lo tuvo muy fácil para emprender una cruzada contra ellos. Comenzó entonces una persecución implacable, que acabó con la vida de miles de personas y dio pie a la famosa leyenda de que los cátaros, antes de ser exterminados, pudieron poner a salvo inmensos tesoros, entre los que se encontraría el Grial. Desconozco qué puntos en común puede haber encontrado Himmler con los cátaros, salvo que el Grial que reconoce la Iglesia y el que busca el Reichsführer no sean el mismo.

—¿A qué se refiere?

—Algunas antiguas leyendas paganas aseguran que el Santo Grial no es el Cáliz de la Última Cena, sino una piedra sagrada capaz de canalizar las energías celestes. El poeta Wolfram von Eschenbach dice en su *Parsifal* que el Grial es una piedra «del tipo más puro». Otros la han calificado como «piedra con espíritu» o «piedra eléctrica». Según algunas teorías se trataría de una energía neutral, y estaría custodiada por un grupo de ángeles a los que se conoce por el nombre de Los Dudosos, por

205

cuanto que permanecieron al margen de la disputa entre Dios y el Diablo. Von Eschenbach, cuya obra narraría hechos que ocurrieron durante la cruzada contra los cátaros, escribió de estos ángeles: «Esos que no estuvieron de ningún lado / cuando Lucifer y la Trinidad lucharon. / Esos ángeles dignos y nobles, / que a descender a la tierra fueron obligados / hasta esta misma piedra…».

—De modo que Himmler no buscaba en Montserrat el Cáliz de Cristo, sino una fuente de energía.

—Es posible. Una energía neutral que puede ser utilizada tanto para el bien como para el mal. Ni que decir tiene que dentro de estos dos mundos antagónicos, el papel de Heinrich Himmler es el del mago negro Klingsor, antiguo caballero del Grial renegado.

—Supongo que ahora el Reichsführer espera encontrar el lugar exacto donde se halla esa piedra en el Mapa del Creador.

—Tal vez. Aunque para serte sincero, veo muchas contradicciones en esta historia.

—Explíquese.

—Los cátaros rechazaban poseer bienes materiales, los iniciados incluso estaban obligados a renunciar a ellos. Además, se oponían a la adoración iconoclasta. De modo que creer que poseían un tesoro y que hicieron todo lo posible por ponerlo a salvo es sencillamente absurdo, pues iba en contra de sus principios. Me temo que Himmler es lo que podríamos llamar un «cataroidiota».

—Comprendo.

Fue Smith quien arrojó un poco de luz después de traducir los documentos que contenía el maletín del Reichsführer. Los planos que Montse había visto pertenecían en efecto a los subterráneos de Montserrat, pero también había otros de los búnkeres que el ejército de Franco estaba construyendo en la Línea de la Concepción. Un total de cuatrocientos noventa y ocho fortificaciones de hormigón que, según se desprendía de las notas a pie de página, iban a ser utilizadas por parte del ejército alemán para tomar Gibraltar. Una operación que fue bautizada con el nombre en clave de «Félix», y que quedó abortada tras la reunión de Franco y Hitler en Hendaya. Además de estos planos, el maletín de Himmler contenía documentos que ponían de manifiesto la colaboración que existía entre la policía política franquista y las SS. Por último, el Reichsführer portaba consigo un extraño informe que hacía referencia a la existencia de trece ciudades subterráneas en la cordillera de los Andes. Trece ciudades de piedra iluminadas artificialmente y conectadas entre sí a través de túneles, cuya capital era la ciudad de Akakor, que se extendía más allá del río Purus, en un alto valle situado entre la frontera de Brasil y Perú. Ese reino subterráneo, mandado levantar por los Grandes Maestros hace miles de años, disponía de una planta capaz de reblandecer la piedra. Un hallazgo que los nazis deseaban poseer a toda costa.

Para mí, aquellas historias estaban huecas, como la Tierra en la que creía Himmler, a pesar de que el Reichsführer pensara que la consecución de sus fines acabaría por remover los cimientos del mundo.

Ahora, cuando pienso en todos estos viejos asuntos, me doy cuenta de que logré sobrellevarlos gracias a Montse. Es como si el destino me hubiera premiado con una recompensa al permitirme contraer matrimonio con ella. De otra forma no sé cómo hubiera podido soportar la carga que para mí suponía tener que aceptar la superchería de los nazis, máxime cuando me precio de ser una persona racional. Sé que el segundo Smith se tomaba aquellos descubrimientos muy en serio; a mí, en cambio, me parecían una pérdida de tiempo, porque mientras nosotros nos preocupábamos por descifrar el nombre de no sé qué legendaria ciudad del Amazonas, la máquina militar alemana seguía mostrándose implacable. Sí, para mí, andar tras la pista del Mapa del Creador, de la Sagrada Lanza de Longinos, o del Santo Grial no tenía ningún sentido, y hubiera sido partidario de otra línea de actuación, más expeditiva, para detener el avance de los panzer del Tercer Reich. No hubiera dudado en bombardear los búnkeres que yo mismo diseñaba, y cuya ubicación conocía el segundo Smith gracias a mis informes. En no pocas ocasiones llegué incluso a enfadarme con él ante lo que yo consideraba una actitud pasiva de su parte, pero siempre acallaba mis quejas recomendándome que no me impacientara, puesto que el ejército aliado sabría utilizar la información que yo le suministraba a su debido momento.

Otro tanto ocurría con Junio. Si algo le reprocho, además de su comportamiento criminal, es precisamente que se dejara dominar por la superstición. Al principio pensé que formaba parte de su carácter, pero con el paso del tiempo llegué a la conclusión de que su gusto por lo esotérico no era más que un capricho, uno de esos placeres ridículos que puede permitirse la gente rica. Porque al margen de su afición por la paleografía y por la política, Junio nunca había trabajado en nada. Ni siquiera se ocupaba de los negocios familiares, que eran administrados por una legión de abogados, agentes de cambio y bolsa y contables. Pero supongo que ése era el comportamiento que se esperaba de un príncipe que disfrutaba del privilegio de la amistad del rey de Italia.

Como nos ocurrió a todos, la guerra sacó a la superficie lo peor y lo mejor de Junio. Y cuando la ineficacia del ejército italiano acabó arruinando su fe inquebrantable en el movimiento fascista, buscó refugio en el esoterismo con la vehemencia de un alcohólico que confunde su ebriedad con la realidad. Era rara la reunión en la no hiciera referencia a alguna de las estrafalarias misiones que le encargaba Himmler: encontrar el Martillo de Wotan; dar con el paradero del Rey del Mundo; hacerse con el Bastón de Mando, etc. De entre todas, recuerdo una que nos contó mientras cenábamos en el restaurante Nino, en la Via Borgognona. Según Junio, el Reichsführer le había encargado la importante misión de organizar una expedición a Centroamérica en busca de lo que el llamó «El cráneo del destino». Al parecer, en enero de 1924, un explorador llamado Fredrik A. Mitchell-Hedges, había descubierto una calavera tallada en cristal de roca en las ruinas de un complejo arquitectónico de la civilización maya, al que bautizó con el nombre de Lubaantum (que significaba «Cuidad de las Piedras o de los Pilares Caídos»), en la zona del Yucatán perteneciente a Belice. El cráneo, de cinco kilogramos de peso, había sido esculpido en una sola pieza, y la perfección del tallado, la exactitud de sus detalles (la mandíbula era articulada) y su dureza (que en la escala de Mohs alcanzaba siete sobre diez), hacía de este objeto una pieza única y singular. Tanto que los expertos afirmaban que sólo se podía haber cortado y pulido con herramientas como el corindón o el diamante, y de haberse tallado a mano, como se suponía, el artesano o artesanos tenían que haber invertido más de trescientos años en finalizar la obra. Pero aún había más, los kekchi, indígenas que habitaban en la zona, aseguraban que existían trece calaveras como aquélla, que habían pertenecido a los sacerdotes locales, y que éstas eran tradicionalmente utilizadas para ceremonias esotéricas, puesto que eran fuentes de poder capaces de curar o matar. Mitchell-Hedges no dudó en asegurar que aquellas ruinas y aquella calavera pertenecían al continente perdido de la Atlántida.

—Ya veis, como dijo Rilke, nuestro mundo es un telón de teatro tras el cual se esconden los secretos más profundos.

De la misma manera que Junio se tomaba en serio aquellas misiones, yo veía en su interés un intento por evadirse de la realidad. No en vano, el declive de los fascistas italianos era cada día más evidente, como también lo era el desaliento de la población, harta de hacer sacrificios a cambio de nada. Cualquiera podía darse cuenta de que la cuerda se estaba tensando demasiado, y de que los italianos empezaban a descubrir en masa que detrás de la mirada altiva y aguerrida del Duce —otrora símbolo vivo de firmeza y seguridad en el camino que había de conducir al país hasta las mayores cotas de gloria de su historia— no había más que obstinación.

7

*L*os años 1941 y 1942 fueron de penurias. La ayuda económica prometida por Hitler nunca llegó, y las condiciones de vida de los italianos se deterioraron hasta extremos insoportables. La circulación monetaria llegó a triplicarse, la producción industrial se redujo en un treinta y cinco por ciento, y el sueño de grandeza del que tanto había hablado Mussolini en los meses previos a la guerra se tornó en una pesadilla.

La única que parecía vivir la guerra en una isla era Roma que, por tratarse de la ciudad nutricia de nuestra civilización, y con el fin de preservar sus tesoros, se había librado de ser bombardeada por la aviación aliada. Claro que, por ese motivo, la ciudad había atraído a cientos de miles de refugiados de toda Italia que se hacinaban en casas, escaleras y portales, con lo que la escasez de comida se agudizó.

Entre tanto, yo continué sembrando el norte y el sur del país de búnkeres por encargo del Ministerio de Defensa italiano, y Montse consiguió trabajo como bibliotecaria en la biblioteca del Palazzo Corsini, vecino a nuestra casa. Apenas cobraba unos cientos de liras, pero el trabajo le permitió cumplir con su vieja vocación.

A mediados de 1942 realicé un nuevo viaje en compañía de Junio, aunque en esta ocasión por motivos estrictamente profesionales. Al parecer, las tropas del Eje temían un invasión de las fuerzas aliadas por el sur, concretamente por Sicilia, y querían que comprobase (y en caso de que lo considerara necesario que reforzase) las defensas de Pantelleria, una diminuta *isola* de territorialidad italiana que distaba apenas setenta kilómetros del cabo Mustafá, en la costa de Túnez, y cien del cabo siciliano de Granitola. No en vano, Pantelleria era la puerta de entrada a Sicilia, de la misma manera que Sicilia lo era del resto de la península itálica. La isla había sido fuertemente fortificada antes de la guerra, según el proyecto del arquitecto Nervi, y a tenor de lo que me encontré, sólo pude certificar que no se podía hacer más de lo que ya se había hecho.

Como en la isla no había dónde alojarse, tuvimos que albergarnos en un *dammuso*, una construcción típica de la zona con reminiscencias árabes que me sorprendió tanto por su sencillez como por su eficacia a la hora de contrarrestar el intenso calor del verano. Todas las tardes, después del trabajo, nos dirigíamos en un coche todo terreno del ejército italiano hasta la Cala Tramontana para contemplar la puesta de sol, con el mar más bello de la isla de fondo y el *maestrale* proveniente de África formando remolinos a nuestros pies. Nunca he visto un mar más parecido al cielo. Ni tampoco un cielo que se asemejara tanto al mar.

Al igual que ocurriera durante nuestra estancia en el lago de Como, Junio se volvió más cercano. Recuerdo que una noche, mientras cenábamos a la luz de la velas (la luz eléctrica estaba prohibida en Pantelleria durante las horas nocturnas, para dificultar los posibles bombardeos de la aviación aliada), un Junio abatido me contó que las SS habían aniquilado a más de mil trescientos checos en represalia por el asesinato de Reinhard Heydrich (el antiguo jefe de la Gestapo que había sido nombrado por Hitler Protector Suplente del Reich en Bohemia y Moravia) a manos de unos partisanos. De nada había servido que los culpables fueran identificados en Praga, y decidieran quitarse la vida al verse acorralados por los soldados alemanes. Himmler ordenó ejecutar sumariamente a la población de una aldea llamada Lidice. Y cuando le pregunté por qué el Reichsführer había ordenado masacrar a los habitantes de esa aldea y no de otra, me respondió:

—Porque los habitantes de Lidice fueron acusados de haber dado cobijo a los miembros de la resistencia que asesinaron a Heydrich. Himmler dio orden de fusilar a todos los varones mayores de dieciséis años, deportó a las mujeres al campo de concentración de Ravensbrück, y los niños fueron enviados a Berlín para su selección y posterior germanización. Luego una cuadrilla de prisioneros judíos excavó las fosas donde enterrar a los muertos, las casas del pueblo fueron quemadas y la tierra removida, con lo que Lidice desapareció literalmente del mapa.

No hace mucho leí en un periódico italiano que se hacía eco de la tragedia de Lidice, que sólo ciento cuarenta y tres mujeres regresaron con vida una vez finalizada la guerra, mientras que de los noventa y ocho niños que fueron llevados a Alemania, sólo once fueron considerados aptos para la germanización y entregados a familiares de los oficiales de las SS. Dieciséis más aparecieron después de la guerra. El resto pereció en las cámaras de gas del campo de concentración de Chelmno.

Tras finalizar el relato, Junio salió del *dammuso* y, bajo un cielo constelado de estrellas, dijo refiriéndose al Reichsführer:

—El reglamento de guerra terrestre de la Convención de la Haya, de 1907, sólo contempla el castigo para quienes perpetran actos en contra de las fuerzas de ocupación. Ese hombre está completamente loco. Y desde luego, Alemania no ganará la guerra asesinando a civiles inocentes.

Fue la primera y la última vez que oí a Junio proferir de manera abierta una queja sobre el modo de proceder de los alemanes. Aproveché el momento de debilidad para preguntarle sobre los rumores que circulaban en Roma, según los cuales los judíos de toda la Europa ocupada estaban siendo conducidos a campos de concentración para su exterminio. La respuesta de Junio fue elocuente:

—Dentro de poco Europa será un gran campo de concentración, y un gigantesco cementerio.

Aquel viaje nos sirvió para estrechar la camaradería. El hecho de que yo pusiera mi talento como arquitecto al servicio del ejército italiano, me convertía en una parte de él a los ojos del príncipe. No sé si por aquel entonces seguía sospechando de mis actividades de espionaje, pero en caso de hacerlo no lo puso de manifiesto en ningún momento. Ya he dicho que Junio era una persona práctica, y a mediados de 1942 no tenía dudas de que aquella guerra acabaría con la derrota de Italia y, por ende, con el ocaso del fascismo. De hecho, aquel viaje nos sirvió para comprobar de primera mano que Italia estaba vencida antes incluso de que se librara ninguna batalla en su suelo. Y lo estaba porque, al margen de las condiciones de miseria que se habían extendido por todo el sur del país con la virulencia devastadora de un tumor maligno, el pueblo italiano había perdido la fe en sus líderes.

El ocaso de Mussolini era cuestión de tiempo, y para febrero de 1943 su situación comenzó a verse seriamente comprometida. Su propio subsecretario de Asuntos Exteriores, Bastianini, abogaba por romper toda relación con Hitler y buscar la vía de la paz con los aliados. Un mes más tarde estallaron manifestaciones en la fábrica de la Fiat de Milán, cuyos trabajadores acabaron declarándose en huelga. Reclamaban el cobro de las indemnizaciones atrasadas a las víctimas de los bombardeos aliados. La huelga se propagó por otras industrias del norte del país, y la situación político-social se tornó insostenible. Pero lo peor estaba aún por llegar.

El 18 de julio de 1943 fue uno de los días más calurosos de 213 ese verano, así que Junio se presentó en casa para invitarnos a la playa de Santa Severa. Disponía de una cesta con bocadillos y vino, de hamacas y sillas de tijera, de toallas para todos y, por supuesto, de un coche con chófer. No pudimos negarnos.

La jornada resultó de lo más placentera. Nos bañamos, nos bronceamos y comimos bajo las ramas de un frondoso pino, cuya sombra había convocado a media docena de familias que, como nosotros, habían aprovechado la excusa del calor para salir de la ciudad y tomarse unas horas de asueto. Viéndonos allí, tumbados en las hamacas o sentados a horcajadas sobre las sillas de tijera, sin otra preocupación que la de dejar que el letárgico tiempo estival resbalara sobre nuestros cuerpos cual gotas de sudor, lentamente, daba la impresión de que Roma era una ciudad en paz, y de que ni con ella ni con sus habitantes iba la guerra que se libraba en otras capitales de Europa. Después del almuerzo, Montse volvió a transformarse en Afrodita y, tras no sé cuántas zambullidas, se enfundó una camisa de cendal y se dedicó a recorrer la playa de arriba abajo recogiendo valvas nacaradas, madréporas y algunas caracolas. Incluso Gábor aprovechó aquel estado de laxitud general para quitarse la camisa y realizar unos cuantos ejercicios gimnásticos, que no dejaron indiferentes a los niños, a los que no pasó desapercibida su hercúlea musculatura. Ni Junio ni yo volvimos a abandonar aquel parasol gigante que era la sombra del pino bajo el que nos cobijamos, desde donde podíamos contemplar la orilla bañada por un mar esmeralda, y respirar una brisa caliginosa con un fuerte sabor a sal. Ninguno sospechábamos que aquélla era la calma que precede a la tempestad, y que el destino de la ciudad estaba a punto de cambiar para siempre.

Al día siguiente, a eso de las once y cuarto de la mañana, sonaron las alarmas que avisaban de la llegada de aviones enemigos, algo que ocurría a menudo, pero como siempre pasaban de largo, pensamos que no había de qué preocuparse. Sin embargo, aquel día los bombarderos de la fuerza aérea norteamericana no pasaron de largo, y una nube de bombas oscureció el cielo de la ciudad, cuyo solar comenzó a temblar, a estremecerse y a arder bajo aquella tormenta de fuego y destrucción. El resultado de aquel bombardeo fue de mil quinientos muertos, seis mil heridos, diez mil casas destruidas y cuarenta mil desplazados. Los barrios más afectados fueron los de Prenestino, Tiburtino, Tuscolano y San Lorenzo, y el agua, el gas y la corriente eléctrica desaparecieron durante semanas. Roma pasó de ser la *città aperta* a la *città colpita*.

Ese mismo día, a cientos de kilómetros de Roma, Mussolini se reunió con Hitler en Feltre. El asunto más importante a tratar era precisamente la imposibilidad de Italia de proseguir la guerra al lado de Alemania. En el transcurso de la reunión Mussolini recibió la noticia del bombardeo de Roma; sin embargo, no fue capaz de plantearle a Hitler sus demandas. Se puso enfermo y enmudeció.

A la mañana siguiente podía leerse el siguiente mensaje en uno de los edificios afectados por los bombardeo:s «*Meio l'americani su'lla capoccia che Mussolini tra i coioni*». Mejor los americanos sobre la cabeza que Mussolini entre los cojones.

El rey Vittorio Emanuele III, apoyado por el Gran Consejo Fascista, optó por prescindir de Mussolini, romper los pactos con Alemania y negociar la paz con los aliados.

En tan sólo unas horas, Roma dejó de ser la capital del fascismo italiano para convertirse en la capital del antifascismo mundial. Y cuando esa noche la noticia de la destitución del Duce se propagó gracias a la radio, la ciudad se iluminó súbitamente, y la gente se arrojó a las calles al grito de: «*Abasso Mussolini! Evviva Garibaldi!*». Se improvisaron hogueras en la que se quemaba cualquier objeto o símbolo que tuviera que ver con el fascismo, e incluso la turbamulta incendió la redacción de *Il Tevere*, uno de los periódicos afines al régimen. Una muchedumbre se dio cita en Piazza Venezia, y otra en San Pietro para darle gracias a Dios y clamar por la paz.

He de reconocer que también Montse y yo salimos a la calle a celebrar la caída de Mussolini.

Pero con el ejército aliado en Sicilia a punto de atravesar el estrecho de Messina, los alemanes no podían permitir que Italia claudicara, de modo que Hitler ordenó oponer resistencia a la invasión estableciendo una serie de líneas defensivas en torno a Roma, y ocupando militarmente la capital.

Los días 10 y 11 de septiembre se libraron combates entre el contingente italiano (en su mayoría civiles o soldados del ejército disuelto) que defendía Roma y las tropas alemanas, que poco a poco fueron tomando la ciudad hasta hacerse con el control.

El mismo día 11 por la tarde, los alemanes empapelaron las calles con un edicto que decía:

El comandante en jefe alemán del sur proclama:

El territorio italiano bajo mi mando se declara territorio en guerra. Está sujeto en todo lugar a las leyes de guerra alemanas.

Los delitos cometidos contra las fuerzas armadas alemanas serán juzgados de acuerdo con las leyes de guerra alemanas.

Se prohíben las huelgas, que serán castigadas por un tribunal de guerra.

Los organizadores de huelgas, saboteadores y francotiradores serán juzgados y ejecutados mediante juicio sumario.

He decidido mantener la ley y el orden, y ayudar a las autoridades italianas competentes con todos los medios necesarios para asegurar el bienestar de la población.

Los trabajadores italianos que se presenten voluntarios para trabajos forzados alemanes recibirán un trato acorde a los estándares alemanes y salarios alemanes.

Los ministros italianos y las autoridades judiciales permanecerán en sus cargos.

El transporte por tren, las comunicaciones y los servicios postales comenzarán a funcionar de inmediato.

Hasta nueva orden, se prohíbe la correspondencia privada. Las conversaciones telefónicas, que deben reducirse a un mínimo, se vigilarán de manera estricta.

Las autoridades y organizaciones civiles son las responsables ante mí de mantener el orden público. Se les permitirá realizar sus actividades sólo si cooperan de manera ejemplar con las autoridades alemanas de acuerdo con las medidas alemanas para la prevención de actos de sabotaje y de resistencia pasiva.

Roma, 11 de septiembre de 1943.

Mariscal de campo Kesselring.

Esa noche Hitler se dirigió a los italianos por radio desde su cuartel general de Rastenburg, en Prusia Oriental. Se congratuló de haber capturado Roma, y aseguró que Italia pagaría muy cara su traición y el derrocamiento de «su hijo más ilustre», en alusión al Duce.

Tan sólo un día más tarde, Mussolini fue rescatado de su encierro en la estación de esquí de Gran Sasso por un paracaidista temerario llamado Otto Skorzeny, y obligado a presidir la República Social Italiana con capital en Salò, una pequeña localidad vecina al lago Garda que era en realidad un bastión nazi.

Las personas que más se beneficiaron de este proceso de cambios fueron el mayor Herbet Kappler, a quien le correspondió el honor de dar con el paradero de Mussolini, por lo que fue condecorado con la Cruz de Hierro y ascendido a teniente coronel, y su lugarteniente, un joven llamado Erich Priebke, que fue ascendido a capitán. De esa forma, Kappler pasó a ser el comandante de las SS y el hombre de confianza de Himmler en Roma. Ese mismo día, el Reichsführer llamó por teléfono a Junio para pedirle que ayudara a Kappler en su difícil cometido.

La primera orden que Kappler recibió de Himmler fue la detención y deportación de los judíos de la capital. Pero como Kappler conocía de primera mano la realidad italiana, consideró que semejante medida podía acarrear más inconvenientes que beneficios para las tropas ocupantes, sin contar que no disponía de efectivos suficientes para llevar a cabo semejante acción, por lo que quiso advertir a la comunidad judía a través de Junio y del propio embajador alemán ante la Santa Sede, el barón Ernst von Weizsäker. Dada la aparente calma de la situación y el tiempo que llevaban conviviendo con las tropas alemanas, los líderes judíos de Roma consideraron exagerados los comentarios del príncipe Cima Vivarini y de Von Weizsäker. Ni siquiera escucharon a uno de sus rabinos, Israel Zolli, quien propuso cerrar las sinagogas, retirar los fondos de los bancos y dispersar a los miembros de la comunidad hebraica en hogares o en conventos y monasterios cristianos, convencido de que los vesánicos planes de los nazis eran auténticos. Entre tanto, mientras Kappler abogaba por utilizar a los judíos romanos para sonsacarles información sobre la «conspiración» judaica internacional, Himmler seguía insistiendo en la necesidad de una «solución final». Kappler, tras reunirse con el mariscal Kesselring en el cuartel general de la Wehrmacht en Frascati, cambió entonces de estrategia, y exigió a la comunidad judía de Roma la entrega de cincuenta kilos de oro en el plazo de veinticuatro horas si querían evitar la deportación de un número indeterminado de sus miembros. Lo que Kappler y Kesselring pretendían con esta medida era salvar a los judíos de Roma a cambio de utilizarlos como mano de obra barata, tal y como había ocurrido en Túnez. La siguiente maniobra de Kappler fue meter el botín obtenido en una caja y remitirlo a Berlín, a la oficina del general Kaltenbrunner, con la finalidad de que el dinero pudiera servir para paliar la escasez de fondos de los servicios de inteligencia de las SS, pero como contrapartida Himmler le envió al capitán Theodor Dannecker, el mismo personaje que se había encargado de las redadas de judíos en París. El mensaje era claro: Kappler y otros miembros destacados de la cúpula nazi en Roma habían tenido un comportamiento errático y confuso, llegando incluso a cuestionar las órdenes del alto mando, y eso resultaba inaceptable. Dannecker se personó en Roma al frente de un destacamento de la unidad Calavera de la Waffen SS, compuesta por un total de cuarenta y cinco hombres entre oficiales, suboficiales y soldados. Tras reunirse con Kappler le pidió refuerzos y la lista de los judíos de Roma. La redada quedó fijada para la madrugada del 16 de octubre. Pese a que el otoño estaba resultando excesivamente caluroso, la operación se llevó a cabo bajo una intensa lluvia. Sólo en el gueto fueron detenidos más de mil judíos, y conducidos en camiones desde el Portico d'Ottavia hasta el Collegio Militare, sito en una de las orillas del Tíber, a quinientos metros escasos de la Ciudad del Vaticano. El siguiente destino de los detenidos fue el campo de concentración de Auschwitz, de donde tan sólo una mujer y quince hombres lograron regresar con vida. Enterado Pío XII, no le quedó más opción que levantar las disposiciones canónicas que afectaban a los conventos de clausura de la ciudad para que los judíos que aún no habían sido detenidos pudiesen refugiarse en ellos.

La ciudad sufrió una honda impresión por estos hechos, que con el paso de las horas se transformó en indignación. Como temía Kappler, la medida de atacar directamente a la comunidad judía de Roma espoleó el espíritu de resistencia del resto de la población, y los sabotajes y ataques contra las fuerzas de ocupación se multiplicaron desde entonces.

Recuerdo que Montse trajo a la mañana siguiente de las detenciones un ejemplar del periódico clandestino *Italia Libera*, en uno de cuyos titulares podía leerse: «DURANTE TODO EL DÍA, LOS ALEMANES HAN RECORRIDO ROMA APRESANDO ITALIANOS PARA SUS CREMATORIOS DEL NORTE».

Gracias a la amistad que Junio mantenía con el coronel Eugen Dollmann, que era el enlace entre las SS y los fascistas italianos, fui reclamado para trabajar con los alemanes en la construcción de las líneas defensivas con que pensaban frenar el avance de las tropas aliadas.

La única prueba de idoneidad que tuve que superar fue un

almuerzo con Junio y el propio Dollmann. Durante la comida, Dollmann habló extensamente de la belleza de las mujeres italianas, de las cien maneras de cocinar la langosta, de lo mucho que le gustaba el *tartufo nero* (comió blinis con nata amarga y caviar) y de otras banalidades relacionadas con sus gustos de refinado sibarita. El único comentario político que efectuó fue para vanagloriarse del ascendiente que ejercía sobre el mariscal Kesselring, la máxima autoridad militar alemana en Italia. Según nos contó, Kesselring le había pedido su opinión acerca de la reacción que tendría la población romana en caso de ver la ciudad en manos del ejército alemán.

—Le dije que a lo largo de su historia, los romanos siempre habían demostrado que les disgustaba levantarse, bien fuera por la mañana o contra el enemigo, y que en esta ocasión no sería diferente. Le aseguré que se limitarían a esperar con los brazos cruzados, a ver en qué manos caía su ciudad, si de los británicos y norteamericanos, o de los alemanes. Y no equivoqué el pronóstico, puesto que eso fue exactamente lo que hicieron.

Dollmann olvidaba a los más de seiscientos romanos que habían sacrificado sus vidas para impedir precisamente que la ciudad cayera en manos de los alemanes.

Luego se dirigió por primera vez a mí:

—El príncipe asegura que es usted un joven y brillante arquitecto. Si acepta trabajar para nosotros, le concederé el privilegio de que pueda mantener correspondencia con su esposa, a pesar de la prohibición —me dijo.

Supuse que Junio estaba detrás de aquel permiso. Siempre me he preguntado por qué razón fue siempre tan condescendiente con nosotros, incluso cuando estuvo seguro de nuestras actividades secretas, y la única explicación que se me ocurre es que estuviera enamorado de Montse.

—¿Acaso podría negarme a hacer lo que me pide? —pregunté para tantear a Dollmann.

—Claro que podría, pero a cambio me vería obligado a recomendarle para realizar trabajos forzados —me respondió sin ocultar su cinismo.

Y tras apurar su copa de vino y esgrimir una media sonrisa, añadió en tono de sorna.

219

—¿Sabían que a Kesselring le llaman Alberto *el Sonriente*? Pues se le ha congelado la sonrisa y agotado la paciencia. Resulta que necesitaba sesenta mil trabajadores para construir las fortificaciones defensivas en el frente del sur, de los cuales dieciséis mil cuatrocientos tenía que aportarlos la ciudad de Roma y, sin embargo sólo se presentaron trescientos quince voluntarios. Albert se enfadó tanto que aumentó la cifra hasta los veinticinco mil voluntarios en Roma, y como han seguido sin aparecer, ha dado orden de que los cacen en sus casas, en los tranvías o en los autobuses, y los obliguen a realizar trabajos forzados.

—Esta mañana he tenido que padecer una de esas redadas. Tomé un tranvía en el Coliseo, y cinco minutos más tarde las SS asaltaron el vagón y nos obligaron a apearnos. Tras examinar la documentación de cada uno de los varones, se han llevado detenidos a cuatro hombres —intervino Junio.

—¿Conocen el chiste que ha inventado el general Stahel a propósito de estas redadas? Dice: «La mitad de la población de Roma vive oculta en casa de la otra mitad». Es como si a los varones romanos se los hubiera tragado la tierra. Pero deberían tener en cuenta que si desaparecen de sus casas por mucho más tiempo, al final seremos los alemanes quienes nos encarguemos de ocupar sus lugares en sus hogares, y eso incluye el trato con sus mujeres. Ya saben a qué me refiero...

Y Dollmann prorrumpió en una risa grotesca y estentórea.

Por último, entraron en el restaurante Mario, el chófer italiano de Dollmann, y *Cuno*, su pastor alsaciano, que recibió el premio de las sobras con el noble entusiasmo que caracteriza a los perros.

Un retrato del carácter de Dollmann realizado entre los meses de junio y agosto de 1945, y que ha sido recientemente publicado, decía de él que se trataba de un hombre de una inteligencia extraordinaria, además de una vivacidad fuera de lo común para ser alemám. Y añadía que a pesar de ser una persona vanidosa y de carecer de principios, era un hombre tan formal y hedonista que probablemente no había cometido actos de crueldad.

Desconozco cuáles son los delitos que se le pueden imputar a Dollmann, pero desde luego transmitía la apariencia de que el nacionalsocialismo no le interesaba como corriente ideológica, sino como medio para obtener unos fines que, en esencia, se reducían a poder llevar una vida rodeada de lujo y disipación en su confortable piso de Via Condotti. Desde un punto de vista estrictamente político, no he conocido a ningún otro oficial alemán tan ajeno a la ética nazi, hasta el extremo de que al finalizar el almuerzo ya tenía destino, sin haber tenido que responder a ninguna clase de pregunta. Ahora pienso que aquella reunión fue una excusa de Dollmann para darse un banquete en compañía de su amigo el príncipe Cima Vivarini. Le bastaba la recomendación de Junio, porque en el fondo le daba lo mismo quién fuera yo.

No recuerdo haber trabajado tanto y tan duro en todos los días de mi vida, pues a la urgencia de tener el proyecto concluido cuanto antes, había que unir las grandes distancias que había que cubrir y las diferentes topografías del terreno sobre el que teníamos que actuar (desde las escarpadas cumbres de La Mainarde hasta las suaves pendientes de los montes Aurunci). No hay que olvidar que para entonces, los aliados ya habían desembarcado en las playas de Salerno y empujaban al Décimo Ejército alemán hacia el norte, más allá del río Volturno, a cuarenta kilómetros escasos de nuestra posición. La intención de Churchill era convertir la bota de Italia en el talón de Aquiles del ejército alemán, abriendo una grieta que obligara a Hitler a descuidar los frentes oriental y occidental. Pero Kesselring era un militar duro de roer, y estaba decidido a oponer más resistencia de la que cabía esperar.

La línea Gustav, que así se llamó el principal entramado defensivo de los alemanes, nacía en los montes Abruzzos, tenía uno de sus ejes en Monte Cassino y se extendía luego por los ríos Garigliano y Rapido hasta el mar. En un plazo de pocas jornadas, bajo unas lluvias torrenciales y un frío inmisericorde, tuvimos que construir las defensas, que incluían torretas de tanques enterradas, búnkeres, casamatas con lanzacohetes, emplazamientos con cañones de ochenta y ocho milímetros, además de tener que desbrozar la vegetación y sembrar los campos de minas.

Cuando no tenía que ir de un lado para otro supervisando el estado de las obras, trabajaba en el claustro que Bramante diseñó para la abadía de Monte Cassino. Una obra de 1595 que me hacía recordar mi paso por la Academia Española. Desde la balconada, hacia occidente, se disfrutaba de un espléndido panorama del valle del Liri. Todavía hoy, cuando cierro los ojos, soy capaz de ver la abadía de Monte Cassino intacta, antes de que las bombas de la aviación aliada la redujeran a escombros, y el valle del Liri se convirtiera en un cementerio de soldados polacos.

Pero no sólo me ocupaba de trabajar a destajo, también sacaba tiempo para escribirle a Montse. Una tarea que me había impuesto el segundo Smith una vez que tuvo conocimiento del privilegio que me había coincidido Dollmann, de manera que la información del frente llegara a sus manos a través de ella (en realidad, Montse se limitaba a entregar mis cartas a Marco, el camarero de la pizzería Pollarolo). El método de codificación era extremadamente sencillo, y consistía en escribir una serie de frases pretendidamente inocentes que en realidad escondían un significado militar. Por ejemplo, si yo escribía: «La vista desde la abadía es espléndida», estaba queriendo decir que no había tropas alemanas en las inmediaciones. En cambio, si le escribía: «Echo de menos tus abrazos», significaba que las tropas alemanas estaban tomando posiciones en los pueblos vecinos. Una de las ventajas de esta forma de cifrar mensajes era que uno no tenía que llevar encima un libro de códigos, con el peligro que eso acarreaba, sino que bastaba con aprenderlos de memoria.

Pese a que las cartas eran censuradas por las autoridades militares alemanas, ninguno de los mensajes llegó a ser interceptado.

Cuando hube finalizado mi trabajo en Monte Cassino fui conducido hasta la línea Reinhard, situada a pocos kilómetros de la línea Gustav, y más tarde a la línea Senger-Riegel, también conocida como la línea Hitler, que unía Pontecorvo, Aquino y Piedimonte San Germano. Y aún hubo otra línea defensiva antes de llegar a la capital, en cuya ejecución no participé porque en esos días fui llamado a Berlín.

El golpe que recibí cuando me fue notificada la noticia me dejó sin aliento. Teniendo en cuenta que las deportaciones se habían multiplicado por mil en toda Italia, lo mismo que los motivos por los que uno podía ser fusilado o enviado a un campo de concentración, temí lo peor.

Cinco horas más tarde me encontraba en el número 155 de la Via Tasso, el cuartel general de la Gestapo en Roma, en compañía de Junio, del coronel Eugen Dollmann y de un capitán de las SS, un hombre llamado Ernst, al que habían asignado para que me custodiara hasta Alemania. Al parecer, había llegado el momento de trabajar para la empresa constructora Hochtief.

Un palmo más alto que Gábor, y un tanto más rubio, Ernst parecía salido de uno de los laboratorios de Himmler. Había sido entrenado para recibir órdenes y cumplirlas, y doy fe de que no he conocido a nadie tan celoso de su trabajo. Si yo le decía que tenía que ir al baño, Ernst me acompañaba hasta la puerta del servicio, y allí se quedaba hasta que volvía a salir. Durante el viaje que realizamos en un moderno Junker-52 con capacidad para quince pasajeros, llegó a confesarme que había pertenecido a los Einsatzgruppen, los equipos móviles de matanza que habían actuado contra los judíos y los gitanos en Europa del Este. Sin embargo, no había podido soportar la presión psicológica que suponía disparar contra gente indefensa, a veces mujeres y niños. Por tal motivo había sido enviado a Roma, pues el clima de la ciudad se consideraba propicio para los trastornos del espíritu. Ahora, transcurrido un año, se sentía con renovadas fuerzas para regresar a casa y seguir luchando contra el enemigo, aunque fuera desde un despacho. Y cuando le pregunté a qué se dedicaba antes de la guerra, me respondió:

—Vendía salchichas. Tenía una carnicería en Dresde.

Gracias a que se me permitió coger algo de ropa de mi casa antes de emprender el viaje, pude despedirme de Montse.

—Han reclamado mi presencia en Alemania por un asunto de trabajo. Hay un oficial alemán esperándome abajo, así que no dispongo de mucho tiempo para explicaciones. Si quieres ponerte en contacto conmigo, habla con Junio. Él sabrá cómo hacerlo.

Después de fundirnos en un abrazo que yo sentí como el último, me comunicó:

—El padre Sansovino ha muerto, se ha suicidado.

Se me encogió el estómago. Luego, como si hubiera descubierto una contradicción en las palabras de Montse, dije:

—Eso no es posible. Los curas tienen prohibido el suicidio.

—Según parece, Sansovino descubrió que el padre Robert Liebert, el asistente personal del Papa, estaba siendo espiado por los alemanes. Así que Kappler ordenó su detención en cuanto pisara suelo romano. Junio me ha contado que cuando el sacerdote se vio acorralado por miembros de la Gestapo, mordió una cápsula de cianuro que llevaba consigo.

—Irá al infierno. Todos iremos al infierno —masculló sin poder ocultar la rabia que me embargaba.

Luego cogí papel y lápiz y tracé varios dibujos de las líneas Gustav, Reinhardt y Senger-Riegel, detallando los lugares donde habían sido colocadas las defensas alemanas y haciendo algunas anotaciones (referencias topográficas como cotas y cosas de ese estilo) que facilitaran su localización.

—Pide una cita con Smith y entrégale estos planos —añadí—. El lugar más seguro para reuniros es la cripta de Santa Cecilia. Pero antes de dar un paso en falso, asegúrate de que nadie te sigue. Si te detuvieran, los dos estaríamos perdidos.

—Descuida, tendré cuidado.

—Otra cosa, el Smith con el que te reunirás no es el Smith que conociste en el cementerio protestante. El primer Smith murió hace tiempo, pero nunca encontraba la ocasión para contarte la verdad.

—Ahora la verdad ya no tiene ninguna importancia, ¿no te parece?

Mientras bajaba las escaleras camino de la calle, me embargó la sensación de estar descendiendo hacia los infiernos.

8

*H*ubo varias cosas que llamaron mi atención cuando aterricé en el aeropuerto de Templehofer Felde. La primera fue el buen estado de conservación de las instalaciones. La segunda fue la sencillez de los trámites en la aduana, debido al parecer a que toda persona que viajaba a Alemania había sido investigada y clasificada previamente (en mi caso, no sólo había sido reclamado por la mayor empresa constructora de Alemania, sino que contaba además con un informe firmado por Dollmann en el que hablaba de mi aportación en las líneas defensivas del sur de Italia). La tercera fue el ambiente de tranquilidad que se respiraba, como si la guerra fuera algo secundario. Por último, tras un breve interrogatorio en las dependencias de la Gestapo, me hicieron entrega de los vales para la comida de una semana completa, y un chófer se encargó de trasladarnos hasta el centro de la ciudad.

Berlín reflejaba a la perfección el propósito de Hitler de dejar su legado escrito en «documentos de piedra». Para lograrlo contaba con la figura de uno de los arquitectos más destacados de Alemania, Albert Speer. A él le fue encargada la transformación de la provinciana Berlín en la cosmopolita Germania, la nueva capital de Alemania, que habría de superar en belleza y magnificencia a ciudades como París o Viena. El proyecto, que tenía que estar concluido en 1950, incluía una avenida más grande que la de los Campos Elíseos, un gran arco de ochenta metros de altura, y una especie de palacio de reuniones coronado por una cúpula de doscientos cincuenta metros de diámetro. El material elegido era la piedra, puesto que los edificios habían de perdurar mil años, lo mismo que el Tercer Reich. Entre tanto, Speer se encargó de la construcción de la Nueva Cancillería provisional, un edificio monumental de dimensiones colosales que logró terminar en el plazo de un año.

Recuerdo que lo primero que me vino a la mente al contemplar las fastuosas sedes del gobierno de la Wilhelmstrasse fue esa frase del filósofo Arthur Moeller Van der Bruck que dice: «La monumentalidad produce el mismo efecto que las grandes guerras, los levantamientos populares o el nacimiento de las naciones: libera, consolida y es tan dictadora como endosadora de destinos».

La magnitud de los edificios era en efecto sobrecogedora, y buscaba empequeñecer a la persona, impresionándola e intimidándola. Se trataba de una arquitectura en la que destacaba la horizontalidad y la simetría, y era al mismo tiempo ampulosa y reiterativa. Pero como ocurría con la arquitectura fascista italiana, detrás de que aquellos edificios inexpresivos que asemejaban fortalezas, no había más que un inmenso vacío.

Otra cosa que llamó mi atención fue el hecho de que los jardines hubieran sido sustituidos por campos de cultivo, en los que crecían patatas y legumbres en vez de flores.

En el otoño de 1943, Berlín era ya la capital de una nación derrotada, a pesar de que la propaganda decía lo contrario. De hecho, mi presencia en la ciudad así lo corroboraba. La empresa Hochtief había solicitado mis servicios para que les ayudara a convertir la ciudad en un gigantesco refugio antiaéreo, algo que entraba en contradicción con la Germania de Albert Speer.

Pese a que los controles para sofocar los movimientos disidentes en el interior del país eran numerosos (por ejemplo, los guardias de bloqueo, cuya misión era vigilar casa por casa), se percibía claramente que una parte de la población no comulgaba con el nazismo. Como señaló un opositor al régimen, Alemania llevaba entonces una doble vida, y junto a la Alemania de las banderas con la cruz gamada, de los uniformes y las columnas de soldados, divulgada hasta la saciedad por la radio y el cine, existía otra Alemania secreta muy diferente, omnipresente de una manera vaga, pero palpable. De modo que se podía afirmar que Alemania se asemejaba a un palimpsesto o a una pintura retocada: si se elimina la superficie visible con paciencia y con cuidado, aparece debajo un escrito o un cuadro completamente diferente, que posiblemente se haya estropeado con el retoque o el raspado, pero que es un todo armonioso y coherente.

Han pasado nueve años desde entonces, y aún resuena en mi cerebro el sonido de las alarmas que avisaban de la llegada de la fuerza aérea enemiga y el ruido incesante de las bombas rasgando el cielo. A partir de mediados de noviembre, los bombardeos sobre Berlín se intensificaron. Primero fue la Royal Air Force británica, cuyas incursiones se producían siempre durante la noche. Más tarde comenzaron a surcar el cielo de Berlín las fortalezas volantes de la fuerza aérea norteamericana, que preferían soltar su mortífera carga durante el día. Fue así como la ciudad se transformó en un inmenso cráter, y muchas de sus calles quedaron convertidas en simples cicatrices. Dos tercios de los edificios se vinieron abajo o sufrieron alguna clase de daño, y quienes pudieron huyeron de la ciudad.

Pero quienes no teníamos la posibilidad de abandonar Berlín, nos veíamos obligados a pasar buena parte del día y de la noche en alguna de las estaciones del metro, puesto que los extranjeros teníamos prohibido entrar en los refugios antiaéreos, reservados exclusivamente a personas de raza aria.

Una noche, mientras aguardaba a que cesaran los bombardeos de la RAF en uno de los túneles de la estación de metro de Niederschöneweide, se me acercó un miembro de las SS de origen español. Se trataba de un ex oficial de la División Azul llamado Miguel Ezquerra, que había optado por permanecer en Alemania tras su disolución. Ahora formaba parte del servicio de espionaje alemán, y los nazis le habían encomendado la misión de reclutar a todos los españoles que pudiera para formar un regimiento español de las SS. Según me contó, ya había conseguido reclutar a más de un centenar, en su mayoría obreros que habían sido enviados por Franco a las fábricas de armamento, y que ahora habían perdido sus puestos de trabajo al haber sido destruidas por las bombas.

—¿Qué me dices? ¿Te apuntas? —me propuso.

—Trabajo como arquitecto para la empresa Hochtief —me desmarqué.

—No digo ahora, en este momento, sino más adelante, cuando la situación empeore.

Una bomba estalló en ese momento a escasos metros de donde nos encontrábamos, y sobre nuestras cabezas cayó una fina lluvia de polvo.

—¡Joder con el Carnicero Harris! Ésa ha caído cerca —se quejó Ezquerra.

Con ese nombre era conocido el mariscal de la RAF, sir Arthur T. Harris, entre los habitantes de Berlín. Harris se había ganado a pulso el apodo, puesto que de él había partido la orden de sustituir las bombas explosivas de los bombarderos británicos por otras incendiarias, mucho más efectivas a la hora de quebrar la moral de la población civil y de los trabajadores de las fábricas.

—Vivo en Roma, y allí me espera mi familia —dije cuando la calma regresó al subterráneo.

Utilicé la palabra «familia» para darle legitimidad a mi deseo de regresar a casa.

—Tal y como se están poniendo las cosas, tal vez no puedas marcharte de Berlín.

Si había algo que me angustiaba, por encima de los bombardeos o de resultar herido o muerto, era pensar en la posibilidad de tener que permanecer en Berlín hasta el final de la guerra, lejos de Montse.

—Si no puedo regresar a Roma, significará que la guerra está perdida para Alemania —observé a modo de constatación.

—En ese caso puedes localizarme en los barracones de la empresa Motorenbau. Está muy cerca de aquí.

Desde luego me sorprendió sobremanera que estaciones como Niederschöneweide, Friedrichstrasse o Anhalter, estuvieran atestadas de hombres como Miguel Ezquerra, letones, estonios, franceses, georgianos, turcos, hindúes y hasta algún inglés fascista, dispuestos a entregar sus vidas por el Tercer Reich.

Volví a encontrarme con Ezquerra durante los intensos bombardeos que tuvieron lugar entre los días 22 y 26 de noviembre. Iba acompañado por uno de sus subordinados. Un hombre de mirada extraviada y un tic nervioso en los párpados llamado Liborio, cuya única preocupación era mitigar el hambre, habida cuenta la escasez de comida. Si la memoria no me traiciona, el día 26, al correr la noticia de que las bombas aliadas habían destrozado e incendiado el Zoo de Berlín, el hombre dijo:

—Si nos damos prisa, tal vez encontremos un cocodrilo o un oso muerto que echarnos al estómago. Incluso es posible que ya estén asados. Es lo único bueno que tienen las jodidas bombas incendiarias, dejan la carne de los animales lista para ser consumida.

—¿Le gusta la carne de oso, arquitecto? —me preguntó Ezquerra.

—Ya he comido, gracias.

—Oh, claro, ustedes, los que viven en lugares como Unter den Linden y Alexanderplatz, comen todos los días, ¿no es así?

—Como el menú reglamentario, como todo el mundo. Coles, patatas…

—Se equivoca, en Berlín ha dejado de comer todo el mundo. Y como sigan las cosas así, pronostico que pronto nos comeremos los unos a los otros —observó Ezquerra.

No me quedó más remedio que invitarles a cenar en el restaurante Stoeckler, en el Kurfürstendamm. Gasté de mis vales de provisiones ciento veinticinco gramos de carne, otro tanto de patatas, y treinta de pan, además de tres flanes químicos por los que no tuvimos que pagar nada. Los flanes químicos eran un invento de la casa I.G. Farben, que también fabricaba huevos, mantequilla y otros alimentos vitaminados tras un proceso de transformación de algunos minerales. Más tarde supe que la I.G. Farben era el mayor consorcio químico del mundo, y que en su filial de Leverkusen se fabricaba el gas Zyklon B con el que fueron gaseados millones de judíos, gitanos y homosexuales en los campos de exterminio.

Ezquerro aprovechó a tener el estómago lleno para pedirme que les acompañara el domingo antes de Navidad al club Humboldt, donde las autoridades alemanas iban a ofrecer una recepción en honor a los extranjeros que residían en Berlín.

—Habrá comida y baile, a pesar de la prohibición. Al menos el año pasado se nos permitió cantar y bailar —completó la información Liborio.

Excusé mi ausencia alegando haber sido invitado a cenar esa noche por los directivos de la empresa Hochtief.

Luego hablamos de las probabilidades que tenían los rusos de llegar hasta Berlín, y del miedo cerval de la población a que eso pudiera ocurrir algún día.

—Iván —así llamaban algunos berlineses a los rusos— no pisará jamás las calles de Berlín, porque el Führer guarda un as en la manga: armas secretas, armas mortíferas que cambiarán el curso de la guerra —apuntó Liborio.

Entonces Ezquerro, ejerciendo su mando, tiró de la manga de su compañero y le conminó a que mirara un cartel que había pegado en una de las paredes del local, y en todos los transportes y edificios públicos, que rezaba:

CUIDADO. EL ENEMIGO ESCUCHA

Cuando salimos del restaurante, la ciudad había quedado sumida en una densa y tenebrosa oscuridad que casi podía tocarse con los dedos, puesto que en cuanto caía la noche, los berlineses estaban obligados a bajar unas cortinas de papel negro que cerraban herméticamente los huecos de las ventanas, de manera que la luz del interior de las casas no traspasase al exterior.

En otra ocasión, iba caminando por la calle cuando las bombas comenzaron a rasgar el cielo. Mi desconocimiento de la ciudad no me permitió encontrar una boca de metro con la debida celeridad, por lo que acabé buscando refugio en un portal. Allí tropecé con una pequeña mujer oriental que se había arrojado al suelo y cubierto la cabeza con las manos. A su lado yacía su *Luftschutzkoffer*, la maletita antiaérea de uso obligatorio, donde cada uno debía llevar los documentos personales, los vales de racionamiento y algo de ropa y comida. Tal vez se trataba de una criada que, como yo, tenía prohibida la entrada en los refugios antiaéreos. Al cabo de dos minutos una bomba alcanzó la techumbre del edificio, y una lluvia de cristales y escombros cayó por el hueco de la escalera. La lluvia de cristales y escombros fue seguida por otra de agua y arena, posiblemente procedente de alguna bañera o de los cubos de agua y de arena que cada casa debía tener preparados detrás de la puerta. A continuación una segunda bomba cayó a sesenta o setenta metros de donde nos encontrábamos, en mitad de la calle, formando un gigantesco cráter. Cuando una tercera bomba derribó la fachada del edificio de enfrente, comprendí que teníamos que salir de allí cuanto antes. El problema era saber adónde ir. Le hice un gesto a la mujer para que me siguiera, pero el miedo la había dejado ciega. Era incapaz de verme. Estaba paralizada. Entonces la levanté en brazos y corrí hasta el cráter. Una nueva bomba volvió a alcanzar nuestro edificio, que terminó por colapsarse. Nos habíamos librado por muy poco. Luego el estruendo de las bombas y de las baterías antiaéreas se hizo insoportable, y la mujer buscó mis brazos y se acurrucó entre ellos como se cierra una flor cuando llega la noche. Así permanecimos durante una media hora más o menos, con los cuerpos apretados, evitando dejar un resquicio por el que pudiera colarse la muerte. Pese a que no intercambiamos una sola palabra, ambos sabíamos lo que pensaba el otro a cada instante, tras cada nuevo estruendo. Es imposible explicar lo que sentí en esos momentos, pero jamás he mantenido con ninguna persona una relación tan intensa y estrecha.

Cuando cesó el bombardeo, alcé la cabeza por encima del talud del cráter para ver qué ocurría en la calle. Me di de bruces con un centenar de soldados alemanes que corrían de un lado para otro por entre la nieve con el aparente desorden de una columna de hormigas, fabricando empalizadas con sacos terreros y colocando piezas de armamento pesado aquí y allá. Otro grupo se afanaba en apagar las bombas incendiarias que, con sus formas de lingotes de oro incandescente, chisporroteaban sobre el suelo, dando lugar a numerosos incendios. La única forma que había para contrarrestar el efecto de esa clase de artefactos era recubrirlos con arena. Luego miré al cielo, en cuya dirección ascendían un centenar de columnas de humo, polvo y fuego. Recordé esa frase que dice que la guerra se hace para tratar de conservar lo que amamos, y me dije que detrás de la escena que acababa de vivir sólo podía estar una mente miserable, incapaz de sentir siquiera una pizca de amor. Cuando volví a mirar hacia el interior del cráter en busca de la mujer, había desaparecido.

La eficacia de los bombardeos de la RAF se había intensificado una vez que los británicos descubrieron que las baterías antiaéreas alemanas disponían de un emisor de ondas cortas que, al entrar en contacto con el metal de los aviones, eran devueltas al punto de partida dando la localización exacta. Para burlar este sistema, los pilotos de la RAF soltaban láminas de papel de estaño que absorbían las ondas. De modo que, en ocasiones, tras un feroz bombardeo, llovía tiras de papel de estaño sobre nuestras cabezas.

Otro de los recuerdos más vivos que conservo de Berlín fue la visita que realicé en compañía de media docena de directivos de la Hochtief al despacho de Albert Speer, entonces ministro de Armamento y Municiones del Tercer Reich. Sé que Speer ha sido condenado a veinte años de prisión por crímenes contra la humanidad y crímenes de guerra por el tribunal de Nuremberg, pero cuando me lo presentaron no era más que un hombre abatido y desconcertado, que acababa de recibir la noticia de la destrucción de la base aérea de Peenemünde, uno de los centros más importantes de experimentación de cohetes del ejército alemán.

Durante esa reunión, se habló de construir un nuevo búnker para el Führer, más allá del refugio antiaéreo que ya existía en los jardines de la Vieja Cancillería. Un síntoma más de que los nazis eran conscientes de estar perdiendo la guerra.

Pese a que nunca llegué a ver los planos completos de dicha obra, sí que tuve la ocasión de echarle un vistazo a alguno de los diseños, e incluso fui consultado sobre ciertos aspectos técnicos del proyecto. Pude saber así que se trataba de un búnker que se iba a construir a quince metros de profundidad, de doble planta, cada una de unos veinte metros por once más o menos, unido al búnker de 1936 por una escalera, con una salida de emergencia y una torreta cónica de ventilación y de protección. Además, las paredes tenían dos metros y medio de ancho, con un techo de hormigón armado y acero de entre tres y cinco metros de espesor.

Pero si hubo algo que me llamó la atención poderosamente en el despacho de Speer, fue la maqueta de Germania, en la que se podía apreciar una ciudad articulada en torno a una cruz formada por dos enormes avenidas, una Norte-Sur y otra Este-Oeste, de la que irradiaban calles y bulevares en círculos concéntricos que imitaban una tupida tela de araña de cincuenta kilómetros de diámetro. La amplitud de las avenidas, algunas con una anchura de ciento veinte metros y una longitud de siete kilómetros, simbolizaban la consecución de la *Lebensraum* o espacio vital. El corazón de esa ciudad imaginaria lo ocupaba La Gran Sala, el edificio más colosal que yo haya visto proyectado, con una altura de doscientos noventa metros, un peso de nueve millones de toneladas, y capacidad para albergar en su interior entre ciento cincuenta y ciento ochenta mil personas.

En la actualidad, cualquiera que desee estudiar la evolución que tuvo la guerra, sólo tiene que echarle un vistazo a la obra arquitectónica de Speer, que comenzó proyectando una ciudad utópica a una escala descomunal y acabó construyendo fortalezas como la de Riese, un gigantesco refugio subterráneo en el que se emplearon doscientos cincuenta y siete mil metros cúbicos de hormigón y acero y cien kilómetros de tuberías. Sí, en 1944, el Tercer Reich estaba enterrado, condenado a desenvolverse en galerías cada vez más profundas. En cierto modo, el sueño de Himmler de encontrar un mundo subterráneo se había hecho realidad, y de haberse prolongado la guerra más tiempo, estoy seguro de que los nazis hubieran continuado excavando en las entrañas de la Tierra hasta alcanzar el infierno.

Salir de Berlín no era tarea fácil, pues era necesario un visado de la policía, y éste solía concederse únicamente a los llamados *Ausgebombte*, es decir, a las víctimas de los bombardeos. Por lo que tuve que recurrir a Junio, y éste al coronel Eugen Dollmann.

Cuando el avión despegó y describió una parábola sobre el cielo de Berlín, contemplé la ciudad tumbada sobre sus propios escombros. Durante los cuatro meses largos que había durado mi estancia, había tenido ocasión de ver la cara de la destrucción en numerosas ocasiones; pero ahora, desde el aire, veía por primera vez en mi vida una ciudad agonizante rodeada de campos nevados que parecían sudarios.

9

*R*egresé a Roma a mediados de febrero de 1944, y aunque la ciudad seguía en pie, las ilusiones de la población se habían derrumbado por completo. Por un lado, el Decimocuarto Ejército Alemán había acudido raudo desde el norte de Italia en auxilio de Kesselring, y eso había provocado que el desembarco de las tropas aliadas en las playas de Anzio y Nettuno se estancara. La decepción que supuso para los romanos el hecho de que los aliados tardaran tanto en liberar la ciudad estando tan cerca, podía resumirse en una pintada anónima aparecida en el Trastévere, que decía: «¡Americanos, resistid! ¡Pronto llegaremos a liberaros!». Para colmo, los bombardeos aliados eran cada vez más frecuentes, tanto que los días claros y sin vientos eran conocidos como *una giornata da B-17*, nombre de las fortalezas volantes norteamericanas. El hambre hacía estragos entre la población, al menos entre la que no había aceptado ser «germanizada», que era la inmensa mayoría, las enfermedades infecciosas habían comenzado a propagarse, y sólo había agua potable en aquellos barrios donde residían los alemanes. Paracaidistas de la Wehrmacht montaban guardia día y noche al otro lado de la línea blanca que separaba el Estado Vaticano de la Roma ocupada por los alemanes. Aumentaron las redadas para capturar mano de obra esclava que pudiera trabajar en las obras que el Reich demandaba, y se intensificaron las operaciones destinadas a acabar con la resistencia. Las líneas telefónicas estaban a menudo interrumpidas, y las llamadas que efectuaban aquellos que disponían de teléfono propio eran escuchadas por las autoridades. Hablar por teléfono en inglés estaba considerado un delito. La ayuda a los «evadidos» o los «refugiados» se castigaba con la muerte. Y lo mismo ocurría con quien se atreviera a montar en bicicleta, los alemanes tenían la orden de disparar sin hacer preguntas. Roma, en suma, pasó a ser una ciudad fronteriza, como ha escrito Ezio Bacino, erigida en tierra de nadie, y situada entre las líneas de dos ejércitos enemigos y de dos mundos en conflicto. La sospecha, el contrabando, el terror, la intimidación y el halago fueron las características de la vida durante los meses de ocupación alemana. El propio Herbert Kappler y su segundo, el capitán Erich Priebke, tomaron las riendas de los interrogatorios a los insurrectos, y el cuartel de la Gestapo en Via Tasso se convirtió en el centro de las más refinadas y crueles torturas. Según los rumores que pronto circularon por la ciudad, Kappler y Priebke utilizaban nudillos de bronce, porras cubiertas de púas, látigos, sopletes, agujas que eran clavadas en la carne, debajo de las uñas, y hasta inyecciones con sustancias químicas para sonsacar a los detenidos. Pero por si no bastara con los alemanes, los fascistas crearon una Unidad de Policía Especial, conocida como la banda de Koch. Su líder, Pietro Koch, que se hacía llamar el «doctor», era un italiano de padre alemán, que se había especializado en cazar partisanos. El jefe de la policía Tamburini le había cedido como sede una pensión llamada Oltremare, en la Via Principe Amadeo, cerca de la estación Termini. Los métodos de tortura de la banda de Koch eran aún más refinados que los de los alemanes, e incluían barras de hierro, mazas de madera, prensas que servían para quebrar huesos, objetos punzantes que eran clavados en las sienes de los detenidos, arrancamiento de uñas y dientes, además de llenarles las bocas de cenizas o de vello púbico a los detenidos. Más tarde, a finales de abril, ante la necesidad de disponer de un mayor espacio para realizar sus actividades (puesto que la pensione Oltremare ocupaba un piso y los vecinos se quejaban de los ruidos), Koch y sus hombres requisaron la pensión de Jaccarino, un hermoso palacete de estilo toscano sito en la Via Romagna, que se convirtió en residencia y centro de torturas, secuestros e interrogatorios. Entre las muchas anécdotas macabras que se contaban de la banda de Koch, una decía que entre sus miembros se encontraba un monje benedictino conocido como «Epaminonda», cuya misión consistía en tocar al piano piezas de Schubert mientras los detenidos eran torturados, de modo que no se oyeran gritos en el exterior del edificio. En el otro bando operaban una decena de organizaciones clandestinas, comunistas, socialistas y monárquicas, a las que había que añadir los servicios secretos de las potencias en conflicto. Si antes dije que, como consecuencia de los bombardeos aliados, Roma había pasado de ser la *città aperta* a la *città colpita*, ahora se había convertido en una *città esplosiva* a punto de estallar.

Yo mismo fui detenido en dos ocasiones por miembros de las SS mientras me dirigía a trabajar en tranvía. En ambos casos, me libré de los trabajos forzados gracias a los servicios que había prestado al Reich tanto en el sur de Italia como en Berlín. Lo que no sospechaba era que mi suerte estaba a punto de cambiar.

Una tarde, al regresar del trabajo, encontré a Junio en casa. Su expresión era grave y severa, y el hecho de que vistiera el uniforme fascista le confería oficialidad a la visita. Montse estaba sentada a su lado, pero parecía alterada, y en cuanto entré en el salón se levantó a toda prisa. Entonces Junio dijo:

—Han detenido al cabecilla de una organización ilegal llamada «Smith». Entre la documentación que se ha requisado en su casa había unos planos de las líneas defensivas de los alemanes. Han comprobado que tu letra coincide con la que aparece en esos papeles. Kappler firmará esta noche una orden de detención contra ti. Le he dicho a Montse que lo mejor será que te escondas durante una temporada.

Era una cuestión de tiempo que tuviéramos que abordar aquel asunto, así que ni siquiera traté de defenderme.

—Supongo que tarde o temprano tenía que ocurrir —dije a modo de reconocimiento.

—Cada día resulta más difícil mantener un secreto en Roma. Los alemanes se están tomando en serio el asunto de las organizaciones clandestinas. Quieren acabar con la resistencia al precio que sea —observó Junio.

—¿Qué ha sido de Smith? —me interesé.

—No ha sobrevivido a los interrogatorios de la Gestapo.

Pero ni siquiera ha dado tu nombre. Como te he dicho, los alemanes han llegado hasta ti por otros medios.

Saber que Smith no le había dado el nombre de Montse a los alemanes me tranquilizó.

—¿Dónde quieres que me esconda?

—¿Recuerdas el piso de la Via dei Coronari? Allí estarás seguro hasta que las cosas vuelvan a la normalidad.

—Las cosas no se calmarán hasta que los alemanes salgan de Roma, tú lo sabes tan bien como yo —observé.

—Tendrás que tener paciencia.

—Soy paciente, pero no quiero pecar de ingenuo. Ahora responde a una pregunta: ¿Por qué quieres ayudarme?

—Porque no me importa lo que hayas podido hacer. Ya nada importa. Todos nos hemos equivocado en mayor o menor medida. Además, está Montse —reconoció Junio.

—En efecto, está Montse. No pienso dejarla sola. Si los alemanes no me encuentran, tal vez tomen alguna clase de represalia en contra de ella.

—Yo la protegeré. Conmigo estará segura.

Eso era precisamente lo que yo trataba de evitar a toda costa. No quería dejarla en sus manos. No deseaba tener que estarle agradecido por salvarnos la vida a los dos. El trabajo que tenía se lo debía a Junio; si necesitábamos carne o una medicina, él nos la proporcionaba… El dominio que Junio ejercía sobre nuestras vidas duraba ya demasiado…

—Creo que no lo entiendes, hace tiempo que quiero ser yo quien la proteja —dije.

Hablábamos de Montse como si estuviera ausente, cuando en realidad seguía nuestra conversación con la máxima atención.

—Me temo que eso no sea posible en tu situación —objetó Junio.

—¿Puedes dejarnos a solas durante unos minutos? Necesito hablar con José María —intervino Montse dirigiéndose a Junio.

—De acuerdo. He venido solo, sin Gábor. Esperaré abajo, en el coche.

—Te lo agradezco.

Cuando Junio cerró la puerta tras de sí, añadí:

—No quiero ponerte en peligro. No quiero volver a separarme de ti.

—Me temo que ya es demasiado tarde para eso —dijo sin la menor inflexión en la voz.

En ese instante supe que, en algún momento, durante mi ausencia, se había roto el hechizo de nuestro matrimonio.

—¿Qué quieres decir?

Montse se dirigió a una de las librerías del salón, hurgó entre las páginas de un libro y me entregó una hoja impresa, cuyo encabezamiento rezaba: «*LAS REGLAS DE LA LUCHA PARTISANA*». Luego leí al azar un párrafo, que recomendaba empezar con las acciones más simples, como esparcir clavos de cuatro puntas en las carreteras más frecuentadas por el tráfico enemigo o tender cables de lado a lado de la carretera para «serrar» la cabeza de conductores y pasajeros de las motocicletas enemigas.

—¿Qué diablos es esto? —le pregunté.

—He conocido a unas personas… —dijo titubeante.

—¿A qué personas? —inquirí.

—Miembros de la resistencia, de los Grupos de Acción Patriótica —reconoció Montse.

—Dirás asesinos. Lo que proponen no es muy diferente a lo que hacen los alemanes.

—¡Oh, claro que lo es! —se revolvió—. Luchan por una causa justa.

—¿Cortando cabezas?

Puse énfasis a mis palabras agitando el panfleto que me había entregado.

—Es necesario —dijo como si fuera la respuesta a una oración.

—Todavía recuerdo cómo reaccionaste cuando tu padre y el secretario Olarra justificaron la matanza de judíos alemanes en la Noche de los Cristales Rotos.

—Las circunstancias son distintas —se justificó—. Les he prometido mi ayuda, y nada me hará cambiar de opinión.

—También prometiste permanecer a mi lado, en la salud y en la enfermedad —le recordé.

Sé que puede parecer que nuestra relación se había deteriorado considerablemente, pero yo no me atrevería a llegar tan lejos. Como ya he dicho, me había acostumbrado a convivir con los defectos de Montse, y ella con los míos. Y, sin temor a equivocarme, el peor de mis defectos eran los celos. Un poderoso sentimiento que me estrangulaba el corazón y me convertía en un ser posesivo y, al mismo tiempo, fracasado.

—Mi decisión nada tiene que ver con nuestro matrimonio —me replicó.

—Entonces ¿con quién tiene que ver?

—Conmigo, José María, tiene que ver con mi conciencia.

Empezaba a sentirme como un chantajista tratando de extorsionar a una persona honrada ganándose su confianza.

—Y ahora tu conciencia te dice que me abandones para dedicarte a asesinar alemanes.

—Estás siendo tremendamente injusto. Simplemente, no creo que sea el momento más oportuno para que me pidas que interprete el papel de esposa modelo.

Lo cierto era que, después de los largos meses que había pasado en la línea Gustav primero y después en Berlín, mi deseo era precisamente ése, que ejerciera de esposa. Pero para entonces, Montse, como buena parte de los habitantes de Roma, era víctima de una suerte de frenesí bélico, que se traducía en un inagotable espíritu de resistencia, y que nada tenía que ver con la tranquila vida matrimonial. Era cierto que vivíamos en una ciudad ocupada, pero precisamente por eso no hubiera estado de más una dosis mayor de afecto. Soy consciente de que cuando caen bombas del cielo, el amor es un refugio demasiado vulnerable. Sé que el amor es demasiado frágil como para no sufrir daños irreparables en una guerra, pero en el caso de Montse había llegado demasiado lejos. De modo que no estaba dispuesto a admitir que mi humilde y modesta visión del matrimonio fuera peor que la suya.

—¿Puede saberse dónde has conocido a esa gente? —proseguí el interrogatorio.

—¿De verdad quieres saberlo?

Asentí con la cabeza.

—Vinieron a buscarte.

—¿A buscarme? ¿A mí?

—Iban a matarte. Creían que eras un colaboracionista, que éramos unos traidores. Tuve que contarles la verdad. Les hablé de Smith y de tus planos. Ahora todos luchamos contra el mismo enemigo.

Estuve a punto de preguntarle quiénes éramos «todos», pero preferí dejar la retórica a un lado y hacerle comprender que la lucha de la que hablaba implicaba numerosos peligros.

—Ya has oído a Junio, Smith ha muerto en las dependencias de la Gestapo. Sabe Dios que no me perdonaría que acabaras como él.

Como me temía, el recordatorio no surtió ningún efecto.

—Si me escondiera, tendría que vivir el resto de mi vida con la sensación de no haber hecho lo suficiente.

—Ya hemos hecho lo suficiente. Y si no fuera así, los alemanes no andarían detrás de mí.

—La guerra se está librando en las calles de Roma, y no pienso esconderme bajo ninguna circunstancia —se mantuvo firme en su postura.

Era frecuente que después de una discusión entre ambos, el dominio que Montse ejercía sobre mí saliera fortalecido. La razón era bien sencilla: la mayoría de nuestras disputas tenían su origen en alguna objeción mía.

—¿Te han encomendado alguna misión? —me interesé.

—Mañana tengo que ir a recoger una caja de clavos de cuatro puntas a una ferretería del Trastévere, y pasado quizá tenga que repartir material clandestino.

Pocas cosas molestaban a los alemanes tanto como los clavos de cuatro puntas, un ingenio de la época de la Roma de los césares que había sido recuperado por los partisanos, y que se había mostrado extraordinariamente eficaz a la hora de pinchar los neumáticos de los vehículos motorizados del ejército nazi.

—¿Te han contado tus amigos que si te cogen con esos clavos, te fusilarán?

—Lo sé. Es un riesgo que he de asumir. Entregar clavos o repartir panfletos que inciten a la sublevación forma parte de mi entrenamiento. Tengo encomendada una misión más importante para cuando haya completado mi formación —reconoció Montse.

—¿Qué clase de misión?

Montse se tomó unos segundos antes de decir:

—He de matar a Junio.

Por un momento pensé que estaba bromeando, pero la tensa expresión de su rostro me hizo comprender que hablaba en serio.

—¿Y piensas hacerlo? —le pregunté.

—Precisamente estaba hablando de ese asunto con él cuando has llegado. Le he dicho que se vaya de Roma, porque si no soy yo, será otro compañero el que acabe con su vida.

Definitivamente, Montse había sucumbido a la retórica del lenguaje de los partisanos, cuyos discursos eran a veces más grandilocuentes que efectivas las acciones de sabotaje que llevaban a cabo. Aunque he de reconocer que conforme habían ido pasando las semanas los golpes de la resistencia habían ido ganando en audacia.

—¿Y qué ha dicho Junio?

—Que no me preocupara por su seguridad, que sabía cómo protegerse, y que si le aseguraba que no iba a intentar nada contra él, se comprometía a salvarte la vida.

—Y has aceptado, naturalmente.

—Así es.

—De modo que le has perdonado la vida a cambio de que él salve la mía.

—Más o menos.

—Voy a hacer la maleta.

—La ropa que falta la he donado —dijo a continuación.

—¿Has donado mi ropa?

—Sólo la ropa que no necesitabas.

—¿Y puede saberse a quién?

—A los refugiados, a los judíos que han tenido que esconderse en casa de sus amigos, a los soldados que han desertado del ejército italiano y se niegan a recibir órdenes de las autoridades militares alemanas. A todo el que la necesitaba.

—No te reconozco, Montse.

—¿Acaso pensabas que me iba a quedar cruzada de brazos mientras tú arriesgabas la vida en Berlín? No tenía ninguna seguridad de que fuera a volver a verte. Necesitaba darle sentido a mi vida.

—Tu vida ya tenía sentido —traté de hacerle ver.

—Ninguna vida tiene sentido cuando se ha de vivir bajo la más cruel de las dictaduras que la humanidad haya conocido —me arengó.

¿Qué más podía decir? Nadie puede combatir el fanatismo, y Montse había dejado de ser una idealista para convertirse en una fanática. Ahora era una mujer mucho más fría y calculadora con respecto a aquello en lo que creía. Tal vez sea ésa la diferencia que existe entre idealismo y fanatismo. El idealista es una persona apasionada y vehemente, capaz de defender sus ideales con entusiasmo; en cambio, el fanático es frío e implacable, y trata de imponer sus ideas a los demás a toda costa, incluso sacrificando la propia vida. Sólo me faltaba averiguar si Montse estaba dispuesta a llegar tan lejos.

10

$\mathcal{M}$e subí en el coche de Junio con el propósito de no perder la dignidad, como si la conversación que acababa de mantener con Montse no hubiera tenido lugar. No quería su compasión y, desde luego, no estaba dispuesto a reconocer lo que estaba a punto de hacer por mí. Pero un segundo después, cuando me encontré a solas con él después de tanto tiempo, cambié de opinión. Eran muchas las cosas que deseaba decirle, y muchas también las dudas que quería que me aclarara.

—¿Todo arreglado? —me preguntó.

—Más o menos. ¿Puedo hacerte una pregunta?

—Por supuesto.

—¿Te hubieras ofrecido a ayudarme sin la mediación de Montse?

Junio me sometió a un minucioso escrutinio, y luego me dedicó una sonrisa inescrutable.

—Claro que sí. Créeme, siempre te he apreciado.

En ese momento me percaté de que conducía de manera titubeante, como si no supiera qué hacer con los pedales, el volante y la caja de cambios al mismo tiempo.

—¿Y Gábor?

—Le he dado el día libre. Digamos que no conviene que esté enterado de ciertos asuntos.

—¿De tu traición al Reich?

—No se trata de una traición.

—Entonces ¿de qué se trata?

—De un poco de humanitarismo. De ponerle un poco de sentido común a toda esta locura colectiva. El respeto por la

vida de las personas ha de estar siempre por encima de las ideologías, ¿no estás de acuerdo?

Estuve a punto de preguntarle cuándo y por qué motivo
había decidido cambiar de opinión.

—Además, si dejara que Kappler te torturara y fusilara,
cargaría con tu muerte el resto de mi vida —continuó.

—A cambio también podrías «cargar» con la viuda —solté.

Junio volvió a encajar el nuevo golpe con encomiable ca-
ballerosidad. Después de todo, tal vez eso es lo que era, por
mucho que se disfrazara de fascista o de nazi.

—Montse es una mujer fuerte, siempre lo ha sido. Ningún hombre tendrá que «cargar» con ella en el supuesto de que
enviude. En cambio tú... Sólo hay que mirarte.

—¿Qué ocurre conmigo?

—Que serías un mal viudo. Te darías a la bebida o algo parecido.

—También está la posibilidad del suicidio —observé.

—No, el suicidio no es para ti.

—¿Por qué estás tan seguro?

—Porque si te suicidaras, perderías el placer de sentirte
culpable. Sería lo mismo que acabar con el sufrimiento, y sin
Montse, la única razón de tu existencia sería precisamente
ésa: exacerbar tu propio sufrimiento, caer en el pozo de la desesperación, levantarte y volver a caer, una y otra vez, eternamente. Muchas personas sólo conocen una manera de soportar la vida, y es regodeándose en su propio pesar.

Una camarilla de fascistas de ademanes truculentos y voces altisonantes saludó al príncipe al paso del coche frente al
Palazzo Braschi.

—¡Vivan los príncipes Junio Valerio Cima Vivarini y Junio Valerio Borghese! —gritó el más joven del grupo.

El príncipe Borghese era el líder de los Decima Mas, un
cuerpo del ejército italiano que siempre había sido fiel a
Mussolini y a los alemanes, incluso en los momentos más
difíciles.

—Ésos, en cambio, disfrutan haciendo sufrir al prójimo
—prosiguió Junio devolviendo el saludo sin ningún entusiasmo.

—Te vitorean como a un héroe, y te comparan con ese príncipe que se llama como tú.

—Quien hoy te halaga, mañana puede fusilarte. Te aseguro que el día que me vea obligado a huir, evitaré hacerlo en compañía de semejantes individuos. Ni siquiera pienso dejar que Gábor me acompañe.

—Pensaba que erais amigos.

—No, sólo somos camaradas de armas. Gábor es el precio que he tenido que pagar para poder gozar de la confianza de los nazis. Él se encarga de vigilarme (aunque cree que no lo sé), y yo a cambio le mando los trabajos sucios. Da la impresión de que lo tengo domesticado, pero sólo es una apariencia. Cuando fue ascendido a fornicador del Reich, creí que me había desembarazado de él para siempre. Pero su semen no era tan bueno como los alemanes y él mismo pensaban, así que me lo devolvieron con «el rabo entre las piernas», nunca mejor dicho. Sencillamente, mi sentimiento de antipatía hacia él es un secreto que he guardado durante todos estos años. No, pienso huir solo, por eso he decidido aprender a conducir de una vez por todas.

La forma de hablar de Junio resultaba tan extraña como el propio discurso. Era como si estuviera ensayando una estrategia en voz alta para cuando las cosas se torcieran.

—¿Y adónde piensas huir?

—Aún no lo sé, pero tal vez me decida por algún remoto lugar de África o de Asia. Lo importante es encontrar un sitio en el que yo no entienda a sus pobladores ni ellos me entiendan a mí. Y mientras dure mi estancia en ese lugar, no pienso aprender la lengua nativa ni adaptarme a las costumbres locales, porque lo que busco precisamente es sentirme aislado. Desprecio el mundo que hemos creado, incluso ahora que lo hemos destruido.

Un nuevo grupo de fascistas volvió a alzar la mano al paso de nuestro coche.

—*Porci, carogne fasciste!* —exclamé.

—Si gritar te sirve de consuelo, hazlo, pero procura que ninguno de esos energúmenos te escuche, porque en ese caso ni siquiera yo podré evitar que te cuelguen de una farola. Y si te pasara algo, estoy seguro de que Montse cumpliría su amenaza.

—¿Qué pensaste cuando te dijo que tenía la orden de matarte?

—No pensé en nada, pero sentí una gran desazón. Una vez que superé la primera impresión sí que pensé algunas cosas.

—¿En qué cosas?

—Pensé que puestos a morir, nadie mejor que ella para apretar el gatillo. No es lo mismo que te pegue un tiro un ángel a que lo haga un demonio, ¿no estás de acuerdo? Luego pensé que no he conocido a nadie tan valiente como ella. Por último, pensé en ti… y sentí una gran envidia, porque tu mujer me estaba perdonando la vida a cambio de que yo salvara la tuya, y creo que eso es una muestra del amor que siente por ti.

—¿Por qué entonces no quiere esconderse conmigo hasta que todo esto pase?

—Precisamente porque es una mujer valiente.

Entonces se me ocurrió hacerle una petición insólita.

—Quiero que me prometas una cosa —le dije.

—¿De qué se trata?

—Si Montse fuera detenida… Me gustaría que no sufriera, que tuviera una muerte dulce…

Ahora Junio me miró sin ocultar su asombro.

—¿Me estás proponiendo que la mate en el supuesto de que caiga en manos de los alemanes?

—Eres la única persona que conozco que tendría acceso a ella en el caso de que fuera detenida. No quiero que esa bestia de Kappler le ponga la mano encima. No soportaría que la última imagen que tuviera del mundo fuera la de un soplete quemándole la planta de los pies.

—¿Te das cuenta? Otra vez estás poniendo la venda antes que la herida. En realidad, no te preocupa lo que pueda ocurrirle, sino el sufrimiento que te causaría su padecimiento —me amonestó.

—Las cosas no son tan complicadas —dije.

—¿Ah, no? Repasemos en qué punto nos encontramos. Montse me perdona la vida a cambio de que yo salve la tuya, y ahora que estamos los dos a salvo, me propones que sea yo quien mate a tu mujer. Me temo que suena bastante complicado.

—Olvídalo.

—Claro que voy a olvidar esta conversación, y por tu bien espero que tú hagas lo mismo. Tendrás que pasar una temporada encerrado en una casa, solo, y no creo que puedas aguantarlo mucho tiempo si mantienes esa actitud.

—¿Podré recibir visitas?

—Una persona te llevará la comida una vez por semana.

—¿Tiene que ser una persona en particular?

—Sí, tiene que ser una persona en concreto. Se han de seguir ciertos protocolos de seguridad.

—¿Y no podría ser Montse esa persona? Acabamos de pasar más de cuatro meses separados, y tal vez tengan que pasar otros tantos hasta que los aliados tomen por fin la ciudad.

—La verdad es que también a mí me sorprende que no lo hayan hecho ya —reconoció—. De acuerdo, lo organizaré todo para que Montse te lleve la comida.

—Te lo agradezco.

—No me tienes que agradecer nada, lo hago pensando en mi futuro. Tu orden de detención con la rúbrica de Kappler al pie, te abrirá muchas puertas cuando la ciudad cambie de propietarios, y lo mismo ocurrirá con Montse ahora que «trabaja» para la resistencia. Si soy detenido tratando de huir, cuento con vosotros para que intercedáis por mí.

—¿Alguna otra cosa que deba saber?

—En la casa hay una radio y unos cuantos libros. Lee y relájate. Mantén las contraventanas cerradas, y si por la razón que fuera te vieras obligado a abrirlas, procura no asomarte a la ventana. Y, desde luego, no le abras la puerta a nadie que no sea de confianza. Si alguien que no conoces llama, mira con cautela a través de la mirilla y espera a que pronuncie la contraseña: *casalinga*. En cuanto haya alguna novedad, te la haré saber. Me olvidaba, en la guantera hay un juego de llaves. Cógelas.

Realizamos el resto del trayecto en silencio.

Cuando llegamos a nuestro destino nos despedimos con

un firme y prolongado apretón de manos. Entonces yo no imaginaba que jamás nos volveríamos a ver.

Una vez de pie en la acera, me di cuenta de que la forma de conducir de Junio me había provocado un mareo. Vomité justo a la entrada del portal del número 23 de la Via dei Coronari. Luego subí los escalones de dos en dos para que nadie me viera.

11

Si tuviera que definir en pocas palabras mi confinamiento, diría que marzo resultó un mes convulso, repleto de dramáticos incidentes; mientras que la hambruna y la inanición marcaron los meses de abril y mayo. Hasta cierto punto, la situación a la que se llegó fue fruto del estado general, pues a la postre Roma no era más que un trofeo de guerra que los aliados querían capturar a toda costa y los nazis retener. Como siempre, la primera víctima fue el pueblo, que vio cómo los bombardeos aliados destruían una y otra vez los convoyes de suministros, con independencia de que hubieran sido fletados por la Cruz Roja o por el propio Vaticano. Si Roma pasaba hambre, mayor era la posibilidad de que los romanos se sublevaran contra los ocupantes, pensaban los aliados. Los alemanes, en cambio, creían que el hambre, unida a los bombardeos aliados, jugaba en contra de la imagen de éstos. Por tanto, unos y otros estrangularon la ciudad, y cuando la escasez de alimentos llegó a ser acuciante y no daba para abastecer a la población más allá de unos cuantos días, los nazis volvieron a sus redadas para obtener mano de obra esclava, aunque en esta ocasión ocultaban un segundo propósito: deportando a los detenidos al norte de Italia o a Alemania, desparecían miles de bocas que alimentar.

Pero mientras se llegaba a esta situación, la resistencia seguía actuando, con Montse en sus filas. Supongo que el hecho de que yo estuviese verdaderamente enamorado de mi mujer complicaba las cosas, pues lo que más me molestaba de aquel encierro era no saber dónde se encontraba en cada momento y con quién, si su vida corría peligro. Para que mi tortura resultara completa, cuando me instalé en el piso de la Via dei Coronari, comprobé que había comida suficiente para una semana. Y ése fue el tiempo que tuve que aguardar hasta que recibí la primera visita de Montse.

Me pareció más delgada, tal vez porque llevaba puesta una vieja gabardina mía que le quedaba demasiado holgada, y cargaba con un morral lleno de comida.

—Los alemanes vinieron a buscarte la misma noche de tu marcha. Te has librado de caer en sus manos por los pelos —me dijo después de premiarme con un beso en los labios.

Pensé que en caso de haber sido detenido y torturado, y con el segundo Smith y el padre Sansovino muertos, el único nombre que hubiera podido darle a los alemanes era precisamente el suyo.

—¿Te molestaron? —le pregunté.

—Les dije que no había vuelto a saber de ti desde que regresaste de Alemania, y fingí que habías dejado de importarme. Luego les mostré que ni siquiera había ropa de hombre en la casa. Como Junio estaba conmigo, se limitaron a efectuar un registro rutinario.

—Comprendo.

—Junio me ha dicho que Kappler le ha puesto precio a tu cabeza, y que Koch se ha propuesto capturarte cueste lo que cueste.

—¿Cuánto valgo para Kappler?

—Un millón de liras.

—Entonces Koch se tomará en serio su trabajo. ¿Cómo has conseguido toda esta comida?

—Junio conoce a un *corsaro della fame*.

Con el nombre de «piratas del hambre» se conocía a quienes vendían comida en el mercado negro.

Debajo de los comestibles encontré una pistola y una granada de mano.

—¿Y estas armas? —le pregunté sin ocultar mi sorpresa.

—Quiero que las guardes, por si te hicieran falta —me respondió.

—¡Nunca he disparado un arma! ¡Y desde luego no pienso hacerlo ahora! —objeté.

Montse pasó por alto mis quejas.

—Manejar una pistola es muy sencillo —comenzó a aleccionarme—. Primero quitas el seguro, apuntas sin que te tiemble el pulso y luego aprietas el gatillo. La granada es aún más fácil, aunque hay que tomar mayores precauciones. Sólo tienes que tirar de la anilla, y a continuación lanzarla. Si alguien intenta entrar por la fuerza en la casa, lo que tienes que hacer es arrojarla contra la puerta de entrada, y luego correr hasta el baño, cerrar con llave y tumbarte dentro de la bañera. Tienes quince segundos. Nada de lo que haya detrás de la puerta quedará en pie. Por último, abandona la casa inmediatamente y sube a la azotea. Desde allí podrás saltar al edificio vecino. Nunca huyas en dirección a la calle, porque lo normal es que haya alguien vigilando en la entrada del inmueble.

—¿Es esto lo que te han enseñado tus nuevos amigos? —le pregunté atónito.

—Se trata sólo de la teoría. Por ahora no he tenido que disparar un solo tiro. Me han asignado para recabar información sobre las tropas alemanas. Y la información me la proporciona Junio, voluntariamente. Expuse la situación a mis compañeros, y comprendieron que Junio nos era de mayor utilidad vivo que muerto. Así que ahora asistimos juntos a las cenas y fiestas que organizan los alemanes en el hotel Flora o en el Excelsior. Ayer, sin ir más lejos, cené en la misma mesa que Erich Priebke. Iba acompañado por la actriz Laura Nucci.

Imaginar a Montse vestida con un traje de noche caminando por las mullidas alfombras de los lujosos hoteles de Via Veneto colgada del brazo de Junio, me produjo en el estómago una sensación de vacío amargo y cavernoso.

—Y Priebke, ¿no te preguntó por mí?

—Junio me presentó como la señorita Fábregas.

—Así que has vuelto a tu estado de soltera.

—Sólo temporalmente. Forma parte del plan. Ha de parecer que me corteja.

—Junio es demasiado listo. Ahora quiere hacer méritos para librarse de lo que pueda pasarle cuando la ciudad sea liberada por el ejército aliado. El otro día me lo confesó. Pero si se da el caso, yo no pienso mover un dedo por él.

Hablé desde el rencor, pero ¿que otra cosa me quedaba?

—Naturalmente, Junio tendrá que pagar por los crímenes que haya cometido, pero eso no quita para que el tribunal que le juzgue tenga en cuenta la ayuda que está prestando a la resistencia. Tal vez logre que le rebajen la condena —observó Montse.

—¿Es así como terminará este cuento: «El asesino consiguió que le rebajaran la condena, y comieron perdices y vivieron felices»?

—¿Por qué te empeñas en ser tan suspicaz? Tal vez debería intentar sacarte de Roma, llevarte a las montañas. Allí estarías más tranquilo.

—No quiero que me trates como a un enfermo de tuberculosis. Sólo soy un maldito preso.

—Eres un «evadido», y eso es lo mismo que decir que eres un privilegiado. Los presos están en la cárcel de Regina Coeli, en los sótanos de Villa Tasso o en la pensión Oltremare. Y la mayoría son torturados antes de ser fusilados.

—Ya que soy un privilegiado, esta noche me gustaría tener el privilegio de tu compañía —me descolgué.

—Lo siento, pero tengo órdenes de no permanecer en el piso más tiempo del que sea necesario.

—¿Y cuánto tiempo es ése? ¿Un minuto, una hora, dos, tres? ¿Cuánto?

—Desde luego no una noche entera. La primera regla es no llamar la atención del vecindario. Los alemanes tienen agentes infiltrados por todas partes.

—¿Tienes una cita con Junio?

—Tengo una cena con alemanes en el Excelsior. Asistirá el general Mältzer.

—¡Vaya, el rey de Roma! —exclamé cínicamente.

El teniente general Kurt Mältzer, después de suceder al general Stahel como máxima autoridad militar en la capital, se había instalado en una lujosa suite del Excelsior y autoproclamado «rey de Roma». Aunque en realidad no era más que un alcohólico pendenciero y arrogante.

—Volveré la semana que viene a traerte comida. Cuídate.

Cuando nos abrazamos para despedirnos, noté que guardaba un objeto grande y contundente en uno de los bolsillos de la gabardina.

—¿Qué llevas ahí? —le pregunté.

—Una pistola como la tuya —dijo sin darle mayor importancia—. Para defenderme, si fuera necesario.

—Esta noche no olvides dejarla en casa. No me gustaría que te la descubrieran los alemanes y te fusilaran al amanecer junto al príncipe. No soportaría tanto romanticismo —dije en un torpe intento por rebajar la tensión del momento.

—Descuida, si un día me fusilan, haré todo lo que esté en mi mano para que sea a tu lado —me contestó.

Esa noche soñé que era detenido por los miembros de la banda de Koch, quienes me trasladaban a la pensión Jaccarino. Allí me esperaba el «doctor» Koch, un joven de poco más de veinticinco años con cierto parecido físico a Junio.

—De modo que tú eres el hombre que vale un millón de liras —dijo—. Kappler está muy, pero que muy decepcionado con tu comportamiento. Yo, en cambio, le he dicho que creo en tu arrepentimiento y en tu predisposición a confesar todo lo que sabes sobre esa organización para la que trabajas. Estoy en lo cierto, ¿verdad?

Antes de que tuviera siquiera tiempo para responder, me clavó una barra de hierro en los riñones, que me hizo doblar. Luego comenzó a golpearme en las pantorrillas con una inusitada violencia, hasta que mis piernas cedieron.

—¿Sabes qué necesito para hacerte hablar? —continuó—. Descubrir cuál es tu umbral de dolor, sólo eso, y para lograrlo cuento con todo el tiempo del mundo. Así que de ti depende la duración y la intensidad del espectáculo. ¿Qué me dices?

Por alguna extraña razón, algo me impedía hablar, a pesar de que estaba dispuesto a hacerlo. Deseaba poder gritarle a la cara a ese cabrón que se jodiera. Pero mis cuerdas vocales no respondían. Era como si mi garganta se hubiera cerrado de repente. Mi silencio acabó con la poca paciencia de Koch, que ordenó a unos esbirros atarme de pies y manos a las patas y al respaldo de una silla de madera. El siguiente paso consistió en aplicarme media docena de descargas eléctricas en los genitales, que iban acompañadas con acordes de piano de una composición de Schubert. A las descargas le sucedieron toda clase de golpes y puñetazos. Entonces perdí el conocimiento.

Cuando lo recuperé, uno de los esbirros mantenía mi boca abierta con unas tenazas, mientras que el propio Koch iba depositando vello púbico que cogía con unas pinzas de un plato de porcelana. Lo hacía con cuidado, concienzudamente.

Tuve una arcada.

—¿Te da asco? No debería, porque es pelo del coño de tu mujer. Se lo hemos arrancado a bocados, antes de follárnosla. No me crees, ¿verdad? No crees que sea capaz de hacer algo semejante...

A continuación, Koch abrió la puerta que comunicaba con la estancia contigua, y allí, colgada de una viga, estaba Montse. Parecía muerta o inconsciente y, en efecto, su sexo había sido rasurado a dentelladas y estaba en carne viva.

Aquella terrorífica visión me ayudó a recuperar la voz.

Tras proferir un profundo y lastimero grito de rabia y de dolor, desperté.

El hecho de no poder abrir las contraventanas, me hizo perder la noción del tiempo y de la realidad. Y sin tiempo ni espacio que me contuvieran, el tedio y la desesperación se adueñaron de mi espíritu. A veces tenía la sensación de estar hibernando, de vivir en un mundo subterráneo, donde la única actividad recomendable era precisamente la inactividad. Como aquella casa, todos los caminos parecían cerrados.

Para evitar preocuparme más de la cuenta escuchando a través de la radio lo que ocurría en las calles, decidí no conectarla y dedicarme por entero a la lectura. Los libros de los que Junio me había hablado eran las obras completas de Emilio Salgari. De modo que de pronto me encontré leyendo al suicida Salgari con una pistola en una mano y una granada de mano en la otra. Supongo que logré sobrevivir gracias precisamente a su estilo sencillo y vitalista, que nada tenía que ver con la imagen que yo tenía de él. Este descubrimiento me ocupó varias jornadas, como si la vida y la obra del autor no pertenecieran a la misma persona, como si existiera una escisión entre ambas, y de camino me ayudó a comprender mejor a Montse. A veces, las personas, atendiendo a una demanda de su tiempo (sin duda estábamos viviendo una época que podía calificarse de extraordinaria), se veían abocadas a hacer precisamente cosas extraordinarias, cosas fuera de lo común que nada tenían que ver con sus vidas cotidianas. Pero eso no significaba que las personas hubieran cambiado para peor, ni que hubiesen borrado su vida anterior para siempre. Sí, uno podía obrar de una manera y vivir de otra durante un tiempo, y luego volver a la normalidad; todo en función de las circunstancias. Desde luego, hoy considero que estos pensamientos carecen de claridad y, en consecuencia, también de sentido, pero entonces yo andaba sumido en un estado de depresión aguda. O tal vez debería decir que estaba a punto de volverme loco, porque no era fácil sobrevivir de día viviendo como si fuera de noche. Era muy extraño, y desde luego contraproducente para la salud mental.

A veces acompañaba estas reflexiones con alguna clase de ejercicio físico, pues temía que el prolongado sedentarismo acabara por anquilosar mis músculos. Incluso los presos disponían de un patio en el que estirar las piernas. Yo, en cambio, tenía que vivir procurando no hacer demasiado ruido, convertido en una figura casi evanescente.

Pero cuando agoté las existencias de libros, no me quedó más remedio que conectar la radio para escuchar alguna voz distinta a la de mi conciencia.

Era el mediodía del 25 de marzo, y estaba a punto de cumplir mi tercera semana de encierro. Entonces, al sintonizar Radio Roma, escuché el siguiente parte emitido la noche anterior por el alto mando alemán:

> En la tarde del 23 de marzo de 1944, elementos criminales ejecutaron un ataque con bombas contra una columna de la policía alemana que transitaba por la Via Rasella. Como resultado de esta emboscada, murieron treinta y dos miembros de la policía alemana y varios resultaron heridos.

La vil emboscada fue perpetrada por *comunisti-badogliani*. Se está realizando una investigación para esclarecer el grado en que se puede atribuir este acto criminal a la incitación anglo-norteamericana.

El mando alemán está decidido a cortar la actividad de estos bandidos enloquecidos. Nadie deberá sabotear impunemente la cooperación italo-germana nuevamente afirmada. El mando alemán, por ello, ha ordenado que por cada alemán asesinado sean fusilados diez *comunisti-badogliani*. Esta orden ya ha sido ejecutada.

Eso suponía que los nazis habían ejecutado a trescientos veinte *comunisti-badogliani*, es decir, partisanos comunistas y monárquicos, pues Badoglio había sido el jefe del último gobierno monárquico, antes de que el Rey y él mismo abandonaran Roma de noche y la dejaran en manos de los alemanes. Si dividía el número de víctimas entre las dos facciones que mencionaba el parte, a cada una le correspondían ciento sesenta. Y como Montse estaba adscrita a los GAP, quienes a su vez estaban ligados al Partido Comunista clandestino, las posibilidades de que hubiera sido fusilada se me antojaron altísimas.

Sumido como estaba en el más absoluto aislamiento, desconocía que la información ofrecida por los alemanes distaba mucho de ser fiable. Tan grande llegó a ser mi desesperación, que estuve a punto de abandonar mi refugio y lanzarme a la calle en busca de noticias. Pero llegué a la conclusión de que si a Montse le hubiera ocurrido algo, Junio me lo hubiera hecho saber.

Según me contó la propia Montse un día más tarde, el ataque de la Via Rasella había sido perpetrado por una docena de gapistas que habían colocado una bomba de gran potencia en un carro de barrendero robado, al paso de la 11.ª compañía del Tercer Batallón Bozen de las SS. Éstos tenían su cuartel en el Viminal, en unas dependencias que les había cedido el Ministerio del Interior italiano, pero todos los días cruzaban el *centro storico* de Roma para entrenarse en las inmediaciones del Ponte Milvio, en un viaje de ida y vuelta. Para colmo lo hacían en formación, mientras que sus más de ciento cincuenta miembros cantaban una ridícula canción titulada *Hupf, mein mädel*, algo así como «Salta, mi muchachita». El alto número de soldados, la parafernalia con que acompañaban sus desplazamientos por la ciudad, así como la puntualidad de sus horarios, convirtieron a la 11ª compañía en un blanco fácil.

El problema estuvo en que en esta ocasión, ante la magnitud del ataque, los alemanes decidieron no asumir el elevado número de bajas como si nada hubiera ocurrido, tal y como al parecer habían hecho en otras ocasiones, sino que optaron por dar un escarmiento ejemplar. Y la cosa aún pudo ser peor.

En el fárrago de noticias que ha originado el ataque de la Via Rasella y sus consecuencias posteriores, he leído que Hitler llegó a pedir la cabeza de treinta y cinco italianos por cada alemán víctima del brutal atentado. Tuvo que ser Kesselring quien lograra rebajar la cifra a diez por uno, pues de cumplirse los deseos del Führer, temía un posible levantamiento popular. La operación Todeskandidaten —candidatos a la muerte— fue dirigida y ejecutada íntegramente por Kappler, y su intención era ejecutar sumariamente a todos los presos sobre los que pendiera una condena a muerte o fueran firmes candidatos a ser condenados a la pena capital, pero pronto comprobó que el número era insuficiente, por lo que pidió ayuda a la banda de Koch y al *questore* de la *polizia*, un arribista llamado Pietro Caruso. Al final, entre unos y otros confeccionaron la lista, que incluía a miembros de la resistencia, judíos, obreros, presos comunes y hasta un sacerdote. El lugar elegido para la ejecución fueron las llamadas Arenas Ardeatinas, entre las Catacumbas de San Calisto y de Domitilla. Yo conocía bien el sitio, porque allí se extraía la arena para fabricar cemento. En realidad, aquello era una gigantesca cueva con numerosas galerías y pasadizos. Como digo, se hizo creer a todo el mundo que el número de víctimas había sido el anunciado en la nota de prensa, pero una vez que Roma fue liberada y las cuevas (hoy conocidas como Fosas Ardeatinas) fueron de nuevo horadadas, se encontraron trescientos treinta y cinco cadáveres. Al parecer, un soldado alemán de la 11ª compañía que había sufrido el ataque de la Via Rasella había muerto mientras se estaba organizando la operación de castigo, así que Kappler no dudó en añadir diez nombres más a su lista en cumplimiento de las órdenes recibidas. Los otros cinco fueron ejecutados por error. Simplemente, alguien, Koch, Caruso o el propio Kappler, contó mal. Pero como se habían convertido en testigos involuntarios de la masacre, se optó también por ejecutarlos. Las trescientas treinta y cinco víctimas fueron conducidas al interior de la cueva de cinco en cinco, y allí cada uno recibió un tiro en la nuca. Al menos ésa era la idea, porque conforme la orgía de sangre se fue prolongando en el tiempo, muchos de los soldados que habían recibido la orden de disparar a quemarropa optaron por emborracharse para infundirse valor. Como consecuencia de la embriaguez, algunos reos fueron decapitados a balazos, dada la mala puntería de sus ejecutores. Por último, Kappler mandó sellar la entrada con dinamita. Pero hubo algo que Kappler no pudo controlar: el mal olor se adueñó de la zona pasados unos días, y los vecinos comenzaron a protestar y a formular incómodas preguntas. La respuesta de Kappler fue convertir la entrada a las Fosas Ardeatinas en un basurero público, de manera que el mal olor de los desperdicios tapara el mal olor de los cadáveres enterrados en su interior.

Pero la vida en Roma continuó incluso después de aquellos terribles acontecimientos. Las primeras medidas que los alemanes adoptaron después del atentado de la Via Rasella fueron reducir la ración diaria de pan a cien gramos, e intensificar la lucha contra la resistencia. Montse podría aportar más claridad en este punto, pero si no recuerdo mal, la presencia de un traidor entre los gapistas descabezó la organización, teniendo muchos de sus miembros que desaparecer de las calles durante semanas.

A Montse no le quedó entonces más remedio que buscar refugio en el piso que yo ocupaba.

Cuando entró en la casa traía el rostro demudado, los cabellos sueltos, los ojos consumidos por la ansiedad, y respiraba con suma dificultad, entrecortadamente. Supuse que había tenido un incidente en la calle. Entonces, sin darme tiempo a preguntarle qué había ocurrido, me dijo:

—Quiero pedirte perdón.

—¿Por qué? —pregunté sorprendido.

—Por no haber sido la esposa que te merecías.

—¿A qué viene hablar de esa manera?

Montse buscó refugio en mis brazos antes de confesar:

—Lo he estropeado todo. Acabo de matar a un hombre.

La abracé con todas mis fuerzas, de manera que notara mi cuerpo pegado al suyo, y acabé clavándome la pistola, que había guardado en uno de sus costados, cuyo cañón aún estaba caliente.

—Tranquilízate. Seguro que ha sido en defensa propia —me adelanté a cualquier otra consideración con el propósito de procurarle consuelo—. Todo se aclarará.

Por lo pronto, la primera que trataba de encontrar una explicación a lo sucedido era ella.

—Todo ha pasado con tanta rapidez… —añadió—. Venía hacia aquí, cuando a la altura del Palazzo Braschi me ha abordado un joven fascista. Yo iba ensimismada, tratando de pasar desapercibida, y el joven hablaba en un dialecto, tal vez en siciliano. Así que he hecho caso omiso. Entonces el joven ha empezado a seguirme, mientras continuaba hablando a mis espaldas. Al principio sus palabras parecían amables, pero conforme persistía en llamar mi atención sin éxito, cambió de humor, comenzó a hacer aspavientos y su tono de voz se volvió desagradable. Luego me ha pedido que me detuviera y que le mostrara la documentación. No sé si sólo quería impresionarme o si realmente estaba enfadado, pero me he puesto muy nerviosa. Pensé que si le enseñaba la documentación, a continuación iba a querer registrarme, porque por alguna razón estaba convencida de que lo único que deseaba aquel joven era ponerme las manos encima. Así que he agarrado la pistola con todas mis fuerzas, me he dado la vuelta y, sin mediar palabra, le he disparado dos veces a quemarropa. Las detonaciones le han hecho abrir mucho los ojos, y cuando ha tomado conciencia de lo que acababa de ocurrir, con dos proyectiles alojados en la boca del estómago, ha gritado: «*La puttana mi ha sparato! La puttana mi ha ucciso!*». Acto seguido he huido corriendo.

Estaba claro que Montse había asesinado a aquel joven impulsada por el miedo. Pero, al imponer los alemanes un estado de terror, el miedo se había convertido en un móvil para matar tan legítimo como cualquier otro.

—Tal vez logre sobrevivir. Tal vez sólo esté herido —sugerí.

—¿Tú crees?

—Muchas personas sobreviven a dos tiros en el estómago.

Yo no sabía nada sobre heridas de bala, pero estaba seguro de que en cuanto Montse superara la tensión del momento, se derrumbaría. Gracias a que había tenido la precaución de incluir un par de botellas de amaro en mi equipaje, le obligué a beberse varios vasos seguidos. Al cabo de media hora su voz se volvió pastosa, dejó de hablar con claridad, y la máscara severa en que se había convertido su rostro cedió primero al cansancio y más tarde al sueño.

Luego yo tuve que hacer lo mismo, pero no porque me compadeciera de su sufrimiento, sino porque pensaba que se había ganado a pulso lo que había ocurrido, que ir armada por la calle no podía ocasionar otra cosa que no fuera una tragedia, y pensar en Montse en esos términos me hacía sentir como un traidor a la causa común de nuestro matrimonio. Además, temía las consecuencias psicológicas que pudiera acarrearle en el futuro aquel desagradable asunto, así que opté por ahogar mis pensamientos en alcohol.

A la mañana siguiente, Montse actuó como si no hubiera sucedido nada. He de reconocer que este comportamiento me decepcionó profundamente, porque venía a ratificar que el cambio que había experimentado era más serio de lo que yo había podido imaginar. Supongo que hubiera esperado de ella un comentario de arrepentimiento, tal vez hubiera bastado una frase caritativa para con la víctima, pero Montse no dijo nada, se limitó a llevarse la mano al inicio de la garganta, como si ese gesto le bastara para frenar todo atisbo de angustia. Luego, al escuchar las noticias del Coronel Stevens, el locutor de la BBC, en las que daba parte de nuevos ataques de la resistencia en el distrito de Quadraro, junto a la Via Tuscolana, Montse enrojeció de orgullo, y dijo:

—Los compañeros de la zona VIII han dado un nuevo golpe. Tal vez tenía que haberme unido a ellos. He oído que los alemanes no se atreven a entrar en Quadraro. Esconderme aquí ha sido un error, porque estoy a un paso del Palazzo Bras-

261

chi, como quien dice, y los fascistas habrán redoblado la vigilancia.

—Tal vez —me limité a decir.

Con esas palabras dio por cerrado aquel episodio que, de haberme tenido a mí como protagonista, me hubiera marcado para el resto de mi vida. Aunque estoy seguro de que Montse arrastra esa carga en algún rincón de su conciencia, pese a que no lo manifieste. En los cientos de conversaciones a que dio lugar la guerra cuando finalizó, jamás volvió a hablar de aquel incidente. Ni siquiera con quienes habían formado parte de los GAP y habían sido sus compañeros. Pero hay un detalle que viene a confirmar mis sospechas. Según tengo entendido, Montse disparó contra el joven en la Piazza di Pasquino, y nunca ha querido volver a pisarla. Ni siquiera se acerca a la Piazza di San Pantaleo, que es donde está el Palazzo Braschi.

El 1 de abril comenzó la «guerra del pan», que culminó unos días más tarde, cuando una turbamulta compuesta de mujeres y niños hambrientos asaltó una panadería que surtía de pan a las SS, en el barrio de Ostiense. Los nazis detuvieron a diez de las mujeres, las condujeron hasta el Ponte di Ferro, las pusieron de cara al río, y acto seguido las ametrallaron.

Pese a que aún faltaban dos meses para que la ciudad fuera liberada definitivamente, no tengo un recuerdo claro (o al menos emocionado) de cómo sucedieron las cosas. En cambio, tengo frescas las atrocidades que cometieron los alemanes antes de marcharse. Tal vez las recuerdo precisamente porque resultaron inútiles, una vez que los *goumiers* del mariscal francés Juin rompieron definitivamente la línea Gustav. Ése fue el principio del fin. Ese día la leyenda que hablaba del mariscal Kesselring como un militar invencible se desmoronó. Esa noche, en las escarpadas cumbres de la provincia de Frosinone, comenzó a disiparse el sueño de Roma para los alemanes. Todavía hoy mucha gente se pregunta por qué no dinamitaron la ciudad en su retirada, tal y como habían hecho antes con Nápoles. Hay quien asegura que no lo hicieron en beneficio de la humanidad. Desde mi punto de vista, hacerlo habría sido lo mismo que matar el sueño (la posibilidad) de conquistar de nuevo Roma, con todo lo que eso suponía.

Cuando después de tanto tiempo pude al fin abrir de par en par las ventanas, la luz me hizo daño en los ojos.

Encontramos en el buzón de la casa una nota del príncipe Cima Vivarini. Decía:

Huyo con los bárbaros hacia el norte. Hasta siempre. Junio.

Resulta curioso cómo funciona la mente humana, pero después de tres meses de encierro, cuando di mi primer paseo por la ciudad liberada, sólo eché en falta una cosa: los gatos que otrora inundaban las calles habían desaparecido. «Ni un gato, ni un príncipe», pensé.

12

*E*n estos años he abierto mi propio estudio de arquitectura, he proyectado decenas de casas sobre las ruinas que dejaron las bombas aliadas, y el gobierno me ha concedido la nacionalidad italiana, en virtud a los méritos contraídos durante la ocupación alemana. Como predijo Junio, la orden de detención firmada por Kappler me ha abierto muchas puertas. Los mapas que realicé de las líneas defensivas alemanas se encontraron entre la documentación incautada en el cuartel general de la Gestapo de la Via Tasso, y ahora quieren mostrarlos, junto a otros muchos «recuerdos» de la guerra, en no sé qué exposición temporal sobre las «armas empleadas por la resistencia».

El caso de Montse resultó aún más peculiar. Su nombre apareció en la prensa, junto a su alias de combatiente: «Liberty». Siete años después sigue recibiendo el trato de heroína en la peluquería y en el colmado del barrio. Nada más finalizar la guerra, se afilió al Partido Comunista Italiano, le fue concedida la nacionalidad italiana como a mí, y se volcó en su trabajo como bibliotecaria.

El 18 de septiembre de 1944, se fijó el juicio del ex *questore* Pietro Caruso, acusado de entregar cincuenta presos de la cárcel Regina Coeli a Kappler para completar la lista de las Fosas Ardeatinas. Una multitud enfurecida irrumpió en la sala reclamando venganza, pero como Caruso aún no había llegado, se ensañaron con Donato Carreta, el alguacil de Regina Coeli durante la ocupación, y principal testigo de la fiscalía, que fue linchado hasta la muerte. Dos días más tarde pudo celebrarse por fin la vista contra Caruso. Fue sentenciado a morir fusilado al día siguiente en el Fuerte Bravetta.

El 20 de abril de 1945, Mussolini desmanteló las oficinas de su gobierno títere y trató de huir a Suiza. Fue detenido una semana más tarde por los partisanos en Masso, y fusilado al día siguiente en Giulino di Mezzegra. Horas más tarde, su cuerpo y el de su amante, Clareta Petacci, fueron colgados boca abajo en una gasolinera de la Piazza Loreto de Milán, donde sufrieron el escarnio de la población.

Para entonces, Hitler ya había decidido suicidarse en su búnker berlinés, y ordenado que su cuerpo fuera incinerado. Había visto las fotos de Mussolini colgando como una res, y le aterrorizaba la posibilidad de acabar como él.

A la misma hora del suicidio de Hitler, el teniente William Horn entraba en la cámara acorazada donde los nazis habían depositado el tesoro de los Habsburgo, en la ciudad de Nuremberg, y tomaba posesión de la Sagrada Lanza de Longinos en nombre de Estados Unidos de América.

El 4 de junio de 1945, coincidiendo con el primer aniversario de la liberación de Roma, fue juzgado Pietro Koch como responsable de numerosas torturas y crímenes contra el pueblo italiano. Fue hallado culpable y condenado a muerte. Antes de ser fusilado, con un rosario que le había hecho llegar Pío XII rodeándole la cabeza —no quiso tocarlo con las manos por tenerlas manchadas de la sangre de sus víctimas— pidió perdón a Dios por todos aquellos a quienes había hecho sufrir:

—La patria me maldice y hace bien; la justicia me envía a la muerte y hace muy bien; el Papa me perdona y obra aún mejor. Si yo me hubiese mantenido siempre en la escuela de este perdón, que es la escuela de la bondad, ustedes, queridos señores, no estarían aquí perdiendo el tiempo y, sobre todo, yo no estaría aquí esperando el carromato de la muerte —dijo instantes antes de ser ejecutado.

En noviembre de 1946 se celebró en Roma el juicio contra los generales Eberhard von Mackensen y Kurt Mältzer, pero no fueron procesados por un tribunal italiano, sino británico, ya que eran prisioneros de guerra sujetos a los protocolos de enjuiciamiento internacional para estos casos. Ambos fueron condenados a morir fusilados. Las sentencias, sin embargo, nunca se ejecutaron.

El siguiente en sentarse en el banquillo de los acusados fue el mariscal de campo Kesselring que, como los anteriores, fue condenado a muerte. Pero luego su sentencia fue reducida, y ha sido puesto en libertad recientemente. La medida ha dado lugar a numerosas manifestaciones populares.

Por último, Herbert Kappler fue juzgado por un tribunal italiano en mayo de 1948. Fue encontrado culpable de la matanza de las Fosas Ardeatinas y condenado a *ergastolo*, la pena máxima que contempla la nueva Constitución italiana. Actualmente cumple condena en la prisión de Gaeta.

En cuanto a Eugen Dollmann, tras su detención confesó haber sido espía de la OSS norteamericana durante la guerra, y en 1949 publicó un libro titulado *Roma nazista*, en la editorial Longanesi de Milán. Yo aún no lo he leído. Después de todo, ¿qué puede contar Dollmann que ya no se sepa?

Poco a poco, pues, se fueron cerrando las heridas que la guerra había dejado abiertas. La ciudad fue recuperando la tumultuosa vitalidad de antaño, y los romanos comenzaron a sobreponerse a la pesadumbre y a mirar hacia el futuro. Fue entonces cuando se rescató la vieja idea del EUR, de la que soy parte activa.

En marzo de 1950, Montse asistió a un congreso de catalogación bibliográfica que se celebraba en la ciudad de Como. Naturalmente, el programa incluía también un visita al Triangolo Lariano, formado por la propia ciudad de Como y las vecinas poblaciones de Lecco y Bellagio. Después de pasear por el empinado *borgo* de esta pequeña villa, el grupo de bibliotecarias se dirigió a la terraza del hotel Serbelloni para tomar un refrigerio, y allí, sentado en una mesa con vistas al lago, Montse reconoció a Junio.

Según me contó a su regreso, le encontró muy cambiado. Vestía un elegante traje príncipe de Gales, había engordado unos cuantos kilos y una incipiente calvicie se abría paso en su coronilla. Se hacía llamar señor Warburg, que era al parecer el apellido de su madre. Dijo residir en la ciudad suiza de Lugano, y dedicarse al negocio de la promoción inmobiliaria. Aseguró que a menudo se acordaba de mí, porque hacían falta muchos arquitectos para levantar de nuevo las ciudades de Alemania y de otros países de Europa, y que no descartaba que algún día pudiéramos trabajar juntos. Pero pese a que Junio parecía la personificación de la prosperidad —al parecer, le regalaba una sonrisa triunfante a todo el mundo—, en medio de la conversación se descolgó con un comentario insólito. «A pesar de todo mi vida corre serio peligro», dijo. Y cuando Montse le preguntó a qué se refería, Junio le respondió: «Tu vida quedaría comprometida si te lo contara. Aunque tal vez necesite vuestra ayuda más adelante, cuando haya muerto. Entonces tendrás que ser tú quien tome mi relevo. Ya no quedan más personas». El día era soleado, la temperatura la ideal para la época del año y la belleza del paisaje inigualable, de modo que Montse pensó que Junio estaba bromeando, en un intento por reverdecer los viejos tiempos. Además, ni siquiera tenía deudas pendientes con la justicia italiana que pudieran preocuparle. Gracias a sus contactos se había librado de tener que sentarse en el banquillo de los acusados (misteriosamente la justicia italiana había sido incapaz de reconstruir su trayectoria, menos aún de aportar pruebas que lo incriminasen en delito alguno) aunque, eso sí, a cambio tuvo que poner tierra de por medio. De modo que podía permitirse llevar una vida sin grandes sobresaltos. «Todo eso de lo que hablas ya pasó, Junio», le dijo Montse. «Maximilian. Llámame Maximilian. Y si piensas que todo ha vuelto a ser como antes de la guerra, te equivocas. O mejor dicho, es exactamente eso lo que está ocurriendo. Nada ha cambiado. Todo es igual a como era antes de la invasión de Polonia, y eso nos conducirá de nuevo al desastre», replicó Junio. Montse pensó que desvariaba, pero el tiempo apremiaba y no pudo profundizar más en el asunto. Después llegó la hora de la despedida, pues el grupo tenía prevista una visita al parque de azaleas y rododendros de la vecina Villa Melzi D'Eril. Entonces Junio, tras besar a Montse en las mejillas, le susurró al oído: «Si algo me pasara, es posible que recibáis cierta documentación. En ese supuesto, te ruego que la leas y luego obres en conciencia».

Sin duda aquella conversación resultó de lo más extraña. Hasta llegué a pensar que Junio había perdido la cabeza, que no había superado el tránsito de la guerra a la paz, de la misma manera que muchos adolescentes se resisten a aceptar la edad adulta. Imaginarlo convertido en un burgués, me hacía sentir compasión por él, pues era un síntoma claro de que su mundo se había desmoronado. La Europa de las grandes familias había dado paso a la Europa de las grandes empresas, y para formar parte de esta nueva elite había que desabotonarse el cuello de la camisa y arremangarse hasta los codos. La guerra no sólo había arrasado ciudades, pueblos, aldeas y campos de labranza, también había acabado con una forma de vida. En este nuevo escenario, Junio había dejado de ser un hijo de su tiempo.

TERCERA PARTE

1

Querido José María:

Cuando leas esta carta yo ya habré muerto. Lamento que mis palabras puedan resultarte demasiado inexpresivas y prácticas, pero dispongo de poco tiempo y son muchas las explicaciones que te debo. Creo que lo mejor es que vaya directamente al grano.

Todo comenzó en el año 1922, cuando el conde Richard Coudenhove-Kalergi trató de impulsar la Unión Paneuropea en una convención a la que asistieron dos mil delegados (puede que el número no sea exacto, pero es lo de menos). El aristócrata austriaco pidió la disolución de todos los Estados nacionales de Europa Occidental, al mismo tiempo que advirtió a los presentes contra la amenaza bolchevique. El lanzamiento de esta Unión Paneuropea fue financiado por la familia veneciano-germana de los Warburg, a la que pertenecía mi madre. Max Warburg, heredero de la rama alemana de la familia, le entregó a Coudenhove-Kalergi los sesenta mil marcos de oro necesarios para poner en marcha el proyecto. Los símbolos intelectuales del movimiento eran Immanuel Kant, Napoleón Bonaparte, Giuseppe Manzini y Friedrich Nietzsche. Pero lo que buscaba el paneuropeísmo de Coudenhove-Kalergi no era más que una dictadura sobre el mundo de las finanzas y, por ende, de la política. La grave crisis económica de 1929 y el encumbramiento de Mussolini primero y luego de Hitler convirtieron el movimiento en un proyecto fascista universal, cuya finalidad era la creación de un Estado feudal europeo.

Mi padre no tardó en oponerse a ese movimiento, si bien tuvo que hacerlo con suma cautela. Digamos que entró en contacto con personas influyentes de Inglaterra y Francia que se oponían al paneuropeísmo después de la ascensión al poder de Mussolini y de Hitler. Obviamente, estar en contra del paneuropeísmo que resultó de la crisis económica de 1929 era lo mismo que oponerse al fascismo y al nacionalsocialismo. De esa forma mi padre se vio involucrado en una organización secreta que fue bautizada con el nombre de «Smith». Yo era un adolescente entonces, y tardé unos cuantos años en comprender lo que ocurría a mi alrededor, pues mi madre, como buena Warburg, se dejó hipnotizar por los cantos de sirena del nazismo. La Gran Alemania sería el epicentro de esta nueva Europa, cuya fortaleza y determinación serviría además para impedir el avance de las hordas bolcheviques por el resto del continente. Mi padre, por contra, siempre pensó que lo mejor que podía ocurrirle a Europa era precisamente que Alemania no levantara cabeza tras lo ocurrido durante la primera guerra mundial.

Así las cosas, los salones del *palazzo* familiar se llenaron de ilustres invitados del partido nazi, que mi madre agasajaba y mi padre sonsacaba y espiaba. Por ellos pasaron nazis de la talla de Alfred Rosemberg, Karl Haushoffer, Rudolf Hess, Eckart Dietrich, o Rudolf von Sebottendorff (su verdadero nombre era Adam Gauer). Éste siempre hablaba de El Cairo, ciudad en la que había vivido una larga temporada, y en la que había establecido contacto con el misticismo islámico y con las enseñanzas de los derviches Mevlevi. Incluso había sido miembro de una logia del Rito de Menfis, donde había oído hablar por primera vez del Mapa del Creador. Imbuido de estas creencias esotéricas, fundó la Sociedad Thule en agosto de 1918.

Por aquel entonces, mi padre tenía una finca a setenta kilómetros de Venecia que, por tratarse de una propiedad lacustre, era ideal para cazar patos. Créeme si te digo que el solo recuerdo de este paraje me hace evocar las imágenes más felices de mi infancia (el sonido de los juncos al entrar en contacto con la barcaza, el presuroso aleteo de las ánades al ser descubiertas, los brillos irisados del agua, cegadores e hipnóticos, el olor de la primavera, la mansa quietud del verano, el zumbido de los moscardones, etc.), pues mi padre solía llevarme con él. Allí nos reuníamos con otros cazadores, amigos de mi progenitor, que resultaron ser los miembros de la organización secreta de la que te he hablado antes. Fue de esa forma tan inocente cómo conocí a aquellos hombres y cómo oí hablar por primera vez de Von Sebottendorff y de su mapa.

Llegados a este punto de la historia me gustaría señalar en descargo de mi padre y de mí mismo que, entre personas de nuestra posición, siempre ha estado mal visto trabajar, pues el mundo laboral está dominado por arribistas sin escrúpulos. A cambio de esa exención, las personas como nosotros han de realizar ciertas actividades que sean de utilidad para la sociedad y, en consecuencia, que justifiquen nuestros privilegios. De ahí que el verdadero oficio de muchos hombres de nuestra clase social sea la filantropía; ora porque coleccionen obras de arte que luego legarán a la comunidad; ora porque financien la construcción de una universidad o de un sanatorio. La cuestión es que llegado el momento de decidir a cuál de estas actividades consagrar su vida, mi padre se decidió por el espionaje como forma de redimirse ante el mundo. Y ya te puedes imaginar cuán importante es el peso de la herencia en familias como la nuestra, de modo que a mí no me quedó más remedio que recoger el testigo de mi padre y cumplir con los compromisos que había adquirido. Teniendo en cuenta mi origen, mis contactos y mi dominio de varios idiomas, hubiera resultado imperdonable no aprovechar «mi talento» para el espionaje. Pero creo que mi discurso está adquiriendo un tono excesivamente cínico, y aún son muchas e importantes las confesiones que he de hacerte.

Una vez tomé el relevo de mi padre en esta organización secreta, no me costó ningún esfuerzo hacerme pasar por el más ferviente fascista y el más entusiasta seguidor de Hitler. Gracias a las buenas relaciones que mi madre mantenía con algunos de los más destacados dirigentes nazis, pude conocer a Heinrich Himmler. El problema era que se trataba de una persona extremadamente reservada, que sólo se abría a su círculo más íntimo, una docena de oficiales de las SS con los que compartía residencia en el castillo de Wewelsburg. Sin duda, el punto débil del Reichsführer eran sus creencias esotéricas que, para serte del todo sincero, siempre me parecieron que rayaban en lo absurdo. Pero precisamente por ser absurdas, permitían un campo de acción ilimitado para quienes estuvieran dispuestos a aprovecharse de ellas. Después de todo, ¿qué es la superstición sino un apartado de la fe? Sí, a su manera, Himmler no era más que un creyente, un hombre con fe, alguien que esperaba un milagro, de modo que eso fue precisamente lo que le dimos, a cambio de poder llegar hasta el mismo corazón del Tercer Reich.

Como ya he dicho, yo le había oído hablar a mi padre de la leyenda del Mapa del Creador, y a partir de ese momento nuestros esfuerzos se centraron en la elaboración de un plan que culminara con el descubrimiento de dicho documento que, naturalmente, yo habría de servirle a Himmler en bandeja de plata para ganarme su confianza.

Poner en marcha un proyecto de tal envergadura requería hilar muy fino, si me permites expresarlo de esa manera, pues el número de personas que habrían de intervenir era muy elevado, y exigía además cierta especialización en temas tan poco corrientes como la paleografía, la biblioteconomía, la restauración de bienes culturales, o la falsificación. Por tal motivo, entramos en contacto con el Occult Bureau del MI5 británico, que había sido creado precisamente para seguir la senda «ocultista» de los nazis, y cuyo asesor técnico-esotérico era el señor Aleister Crowley. Describir a un personaje como Crowley no resulta nada fácil. Baste decir de él que su madre le llamaba «La Bestia», por su parecido con los monstruos que menciona el Apocalipsis. En todos los días de mi vida no he conocido a nadie tan tramposo y con menos respeto por el prójimo que el señor Crowley. Con todo, sus consejos nos sirvieron de gran ayuda. Convenció a las autoridades británicas para utilizar el símbolo de la victoria, que luego popularizaría Churchill, y que al parecer es un viejo signo mágico de destrucción proveniente de la cultura egipcia. Propuso distribuir en suelo alemán panfletos con información ocultista falsa, e incluso mandó imprimir cuartetas de Nostradamus que presagiaban la derrota de Alemania en la guerra, todo con tal de desmoralizar al enemigo.

No resultó fácil encontrar en el mercado internacional de libros de segunda mano un ejemplar de la obra de Pierus Valerianus titulada *Los jeroglíficos, o un comentario sobre las letras sagradas de los egipcios y otros pueblos*. Luego enviamos el ejemplar a Inglaterra, donde un experto falsificador incluyó en la obra un pequeño apéndice que hacía referencia al Mapa del Creador. Obviamente, también nos vimos obligados a elaborar un mapa «real» con las características del mencionado en la obra de Pierus Valerianus. Un trabajo que, como el anterior, implicó la participación de numerosos especialistas, desde expertos en geomancia hasta sabios en escritura cuneiforme. El siguiente paso consistió en crearle un pasado verosímil al mapa. Ya sabes, Persia, Egipto, Germánico, la pirámide de Cayo Cestio y John Keats. Pero nos faltaba un lugar donde «depositar» el mapa de manera que ni Von Sebottendorff ni Himmler dudaran de su autenticidad. Obviamente, no había mejor lugar que la Biblioteca Vaticana.

Gracias a que soy ciudadano de la Soberana y Militar Orden de Malta, realicé estudios de paleografía en la Escuela Vaticana, donde, como ya sabes, conocí al padre Giordano Sansovino. También sabes, porque te lo mencioné en cierta ocasión, que Sansovino era miembro de la Santa Alianza, el servicio secreto del Estado Vaticano. Pero la tibieza de Pío XII frente a los nazis no era del agrado del padre Sansovino, de modo que no resultó difícil convencerle para que se adhiriera a nuestra organización. Fue así cómo conseguimos introducir el Mapa del Creador en la Biblioteca Vaticana, a la espera de que llegara el momento oportuno de entregárselo a Himmler.

Me temo que ahora he de dar un nuevo salto en el tiempo, pues en 1934 el mundo entero estaba pendiente de España, cuyo gobierno parecía estar perdiendo el control de la situación. Las posibilidades de un conflicto armado aumentaban cada día, de modo que nos vimos obligados a centrar nuestra atención en tu país. Como alguien escribió: «España era el problema y Europa la solución».

Fue así como a principios de ese año llegué a Barcelona. Allí me esperaba una persona que había sido reclutada por la organización. El nombre de esa persona era Jaime Fábregas. Sí, a través del señor Fábregas conocí a su sobrina Montserrat, una hermosa joven de diecisiete años recién cumplidos, cuyo idealismo se circunscribía a llevarle la contraria a su familia en el contencioso que mantenía en los tribunales de justicia contra su querido tío. Créeme si te digo que todavía me ruboriza el hecho de tener que reconocer que me enamoré de Montse un segundo después de conocerla, y que a ella le sucedió lo mismo. Lo que ocurrió durante los meses que permanecí en Barcelona no viene al caso. Sólo diré que, como consecuencia de aquella relación, Montse adquirió los hábitos y la responsabilidad de una mujer adulta, con capacidad para discernir entre el bien y el mal. Creo que si me puedo vanagloriar de algo, es precisamente de haberle enseñado a Montse el valor del compromiso. Un valor inquebrantable que tenía que estar por encima incluso de los sentimientos personales. Quiero decir que Montse comprendió que la fortaleza de nuestro amor se sustentaba sobre la firmeza de nuestras convicciones y el cumplimiento de nuestras obligaciones, y que traicionar esos principios equivalía a enterrar nuestro amor para siempre. Fue así como nuestra relación quedó estancada, primero a causa de la distancia, y más tarde por motivo de los compromisos que ambos habíamos adquirido con cierta causa política.

Pero trasladémonos de nuevo a Roma, al invierno de 1937. El destino quiso que la familia Fábregas se viera obligada a refugiarse en la Academia Española de Bellas Artes, y con Montse a cargo de la biblioteca de la institución, vimos la oportunidad de poner en marcha el plan «Mapa del Creador» de una vez por todas. De modo que teníamos el mapa, el libro y a la bibliotecaria que habría de encontrarlo entre los anaqueles de una vieja institución en quiebra económica a causa de la guerra que se libraba en España. Sólo nos faltaba encontrar un librero que se prestara a colaborar para que la primera parte del plan echara a rodar, tal y como así ocurrió.

El Pierus Valerianus salió de la Academia y cayó en mis manos a través del señor Tasso, y una vez en mi poder, el libro y la información sobre la existencia del Mapa del Creador llegó a Himmler, según lo previsto.

Para dar el siguiente paso, era imprescindible articular un

mecanismo de comunicación entre los diferentes miembros de la organización que resultara seguro. Necesitábamos que la información obtenida por mí llegara hasta «Smith» sin levantar sospechas, y fue entonces cuando pensamos en ti. Sé que la rabia y la estupefacción habrán hecho mella en tu ánimo, pero créeme si te digo que la razón de mantenerte al margen se debió a un motivo de seguridad. Digamos que toda organización como la nuestra ha de funcionar en la medida de lo posible como un submarino, cuyos compartimientos son estancos, de manera que en caso de inundación de una estancia, la nave no se vaya a pique. La ecuación es muy simple: si tú desconocías que yo formaba parte de «Smith», el riesgo de que pudieras delatarme era nulo. Además, resultaba imprescindible que creyeras en la existencia del mapa, que hubieras oído hablar de él e incluso presenciado alguna discusión sobre su autenticidad. Se trataba de que en el supuesto de que fueras capturado por los alemanes y sometido a tortura, tu discurso resultara verosímil.

A pesar de que tomamos todas las precauciones posibles, sufrimos un número considerable de bajas, como las de Smith, el padre Sansovino o el scriptor de la Biblioteca Vaticana que supuestamente me vendió el Mapa del Creador, y al que ordené ejecutar. Gábor se encargó del trabajo sucio, Dios me perdone. Digamos que fue un «sacrificio» necesario, aunque calificar la muerte de un hombre con un eufemismo sea de todo punto de vista repugnante. Quede claro que el scriptor supo desde un principio qué destino le aguardaba. Creo que en alguna ocasión te he hablado de las organizaciones secretas que operan desde dentro de la Iglesia, pero al margen de ella. Fue el padre Sansovino el encargado de aglutinarlas y de darles un cometido. Así aparecieron en escena los Assassini y el Círculo Octogonus, cuya colaboración resultó crucial. Auténticos y valerosos soldados y mártires, que se guiaban por la fe inquebrantable en la religión. Te aseguro que en muchos casos la fe es la mayor aliada de una organización como la nuestra.

Pero sigamos adelante. Como era evidente que el Mapa del Creador era una falsificación, tuvimos que articular un mecanismo para que, al mismo tiempo que caía en manos de los alemanes, éstos no pudieran abrirlo sin que se deteriorara irremediablemente. Fue así cómo se nos ocurrió someter el mapa a cierto proceso químico, mediante el cual su contenido se borraría al entrar en contacto con el aire, e impregnar el cartapacio con el bacilo del ántrax.

La idea era atentar contra Hitler o contra Himmler siempre que quedaran dentro del radio de acción del ántrax, pero una vez me vi rodeado por la cúpula nazi en la *carrozza* del Führer, no tuve valor para desplegar el mapa. Quizá la respuesta a la pregunta de por qué no me atreví a hacerlo esté precisamente en que no fui capaz de medir las consecuencias. Pensé en mi vida, y no en las que podría haber salvado con mi acción. Antes he mencionado a los valerosos agentes de las organizaciones secretas vaticanas. Ellos no hubieran dudado un instante en sacrificar sus vidas a cambio de librar al mundo de Hitler, de Himmler o de cualquier otro jerarca nazi. Sí, José María, tuve miedo, y aún hoy me sigo preguntando si estuvo en mi mano la posibilidad de cambiar el curso de la Historia. Pero por desgracia no tenía a mi lado a Nicolás Estorzi o a cualquier otro Assassini. ¿Recuerdas que en una ocasión mencioné el nombre de Estorzi, un espía al que los alemanes conocían como *el Mensajero*? Nos conocíamos de Venecia, y gracias a su intervención en el caso «Taras Borodajkewycz», logramos hacernos con un botín de tres millones de marcos en lingotes de oro con los que los nazis pensaban amañar la elección del nuevo Papa a la muerte de Pío XI. Ese dinero nos permitió comprar una serie de inmuebles, entre ellos el famoso piso del número 23 de la Via dei Coronari, y colaborar con la Delegazzione Assistenza Emigranti Ebrei, una organización que ayudaba a emigrantes judíos que habían logrado huir bajo el régimen nazi. Y antes lo habíamos hecho por nuestra cuenta. Imagino que no habrás podido olvidar el primer trabajo que te encomendé. La sustancia que trasladabas desde la farmacia de don Oreste hasta el piso de la Via dei Coronari era morfina, y su destinatario un viejo rabino de Hamburgo con una grave dolencia estomacal. Sí, no creo que la audacia y el valor de Estorzi hayan tenido parangón. Me pregunto qué habrá sido de él. Pero me temo que son demasiadas las historias que deseo contarte, y poco el tiempo que me queda.

Conforme la guerra se fue decantando del lado de los aliados, el plan «Mapa del Creador» se tuvo que ir adaptando a las necesidades del nuevo escenario bélico. Ya no se trataba sólo de conocer de primera mano la estrategia bélica de los nazis, sino de averiguar cuáles eran sus planes para el futuro. Y el encargado de programar el futuro del III Reich fue, cómo no, Heinrich Himmler.

Tras la derrota alemana en el frente ruso, la guerra dio un giro decisivo. La respuesta del Reichsführer fue crear una organización secreta, cuya finalidad era poner a salvo a altos mandatarios de la cúpula nazi y sus tesoros. Para tal fin, se establecieron rutas de huida y se constituyeron numerosas sociedades mercantiles en países como España (en donde ya operaba el consorcio Sofindus), Argentina (donde el número de empresas oscilaba entre las trescientas y cuatrocientas), Chile o Paraguay. En 1944, Himmler envió agentes secretos a Madrid con el encargo de preparar una ruta que permitiera poner a salvo a los nazis derrotados. La primera vía de escape quedó establecida entre Berlín y Barcelona, a través del vuelo regular de la compañía Lufthansa entre las dos ciudades. Un año más tarde, en marzo de 1945, un agente del Servicio de Inteligencia Exterior de las SS llamado Carlos Fuldner (argentino de nacimiento, pero de padres inmigrantes alemanes) aterrizó en Madrid con un avión cargado de valiosas pinturas y una gran suma de dinero en efectivo. En apariencia, quería montar un negocio de obras de arte de segunda mano, pero tras esa fachada se escondía una organización destinada a facilitar la entrada de prominentes nazis en España

Una vez consumada la derrota del Tercer Reich, los aliados pusieron en marcha la Operación Safehaven (Puerto Seguro), cuya finalidad era garantizar que la riqueza alemana se empleara en la reconstrucción de Europa y en el pago de compensaciones a los aliados, restituir a sus legítimos dueños los bienes incautados por los alemanes, e impedir la huida de destacados nazis a países neutrales. Con estas medidas se pretendía evitar que los nazis dispusieran de recursos en el exterior para poner en marcha el IV Reich. Durante los primeros meses posteriores a la finalización de la guerra, la Operación Safehaven dio algunos frutos, pero a finales de 1946 los controles aduaneros se fueron relajando. Fue entonces cuando un elevado número de jerarcas nazis, que habían permanecido ocultos bajo identidades falsas, aprovecharon para salir de sus escondites y buscar un refugio seguro en Sudamérica. Así nacieron, entre otras, «La ruta de las ratas», que unía Alemania y Sudamérica a través de Italia; la ruta «B-B», de la ciudad Alemana de Bremen al puerto italiano de Bari; el «Pasillo Vaticano», que controlaba la Santa Sede a través del padre Krunoslav Draganovic (¿no se dice que todos los caminos conducen a Roma?); o «La ruta de huida norte», desde Copenhague a Bilbao o San Sebastián.

En 1947, el gobierno de Perón, a través de la Delegación Argentina de Inmigración en Europa, ideó un plan para rescatar nazis que, por su relevancia intelectual o científica, pudieran ser útiles para el desarrollo del país. Los encargados de poner en marcha la operación fueron el espía Reinhard Koops y el obispo austriaco Alois Hudel, rector de la iglesia Santa Maria dell'Anima y director espiritual de la colonia alemana en Roma. Koops contaba con la ayuda del consulado argentino en Génova, y Hudel con la de numerosas asociaciones católicas (uno de los mayores centros de recepción de nazis en Roma fue el convento de los franciscanos de la Via Sicilia). Los permisos eran otorgados por la Dirección de Migraciones de Buenos Aires, y los pasaportes por la Cruz Roja Internacional (cuya misión era la de asistir «documentalmente» a los refugiados que habían perdido sus documentos de identidad durante la guerra). Ésa fue la ruta, por ejemplo, que siguió Klaus Barbie, *el carnicero de Lyon*, para evadirse: embarcó en Génova rumbo a Buenos Aires y, una vez en territorio seguro, prosiguió viaje hasta Bolivia. He descubierto además que Martin Bormann, el todopoderoso secretario personal de Hitler que fue condenado a muerte «en ausencia» por el tribunal de Nuremberg, consiguió llegar a España con documentos falsos que le había proporcionado el Vaticano, y que una vez allí, un espía español de la Gestapo apellidado Alcázar de Velasco se encargó de trasladarle en un submarino hasta Argentina. Otro tanto ha ocurrido con Josef Mengele, el ángel de la muerte de los campos de concentración de Auschwitz-Birkenau. Después de permanecer durante tres años en una granja de Baviera ejerciendo como veterinario, cruzó la frontera austriaca-italiana, viajó hasta la localidad de Bolzano, donde el Vaticano le proporcionó documentación falsa y, tras hacer escala en España, embarcó rumbo a Sudamérica. Y lo mismo puedo decir de Adolf Eichmann, uno de los ideólogos de la «solución final» contra el pueblo judío, que, tras someterse a una operación de cirugía estética, vive en Argentina desde 1950 bajo el nombre de Ricardo Klement. Pero la lista no termina ahí. Erich Priebke, uno de los responsables de los fusilamientos de las Fosas Ardeatinas, huyó del campo de prisioneros de Rimini y ha encontrado refugio en la ciudad austral de Bariloche. Para lograr su objetivo, contó con la ayuda de una asociación católica de Roma, por cuya intermediación las autoridades argentinas admitieron el pasaporte que le había otorgado la Cruz Roja Internacional. Priebke y su familia embarcaron en el puerto de Génova en el trasatlántico *San Giorgio*, y tras haber ejercido el oficio de camarero, ahora regenta un local de venta de salchichas. Reinhard Spitzy, el ayudante del ministro de Asuntos Exteriores Von Ribbentrop, vive en Argentina desde 1948. Ese mismo año también llegó a Argentina el general de las SS Ludolf von Avensleben. Créeme, son decenas de miles los nazis que han conseguido eludir la acción de la justicia gracias al «Pasillo Vaticano» y a otras rutas de huida similares. Pero la historia no acaba aquí.

Cuando finalizó la guerra, los aliados se encontraron con dos problemas acuciantes. El primero era dar caza a los responsables nazis. El segundo tenía que ver con el auge del comunismo en Europa, que se había convertido en un peligro tan grande como lo fuera en su día el Tercer Reich. Al menos así lo consideró el gobierno de Estados Unidos. Por tal motivo, la sección X2 de la OSS (desde 1947 la CIA) recibió el encargo de localizar a los agentes nazis dispersos después de la derrota de Alemania. Estos agentes, que son conocidos como los *stay-behind*, es decir, los que se han quedado detrás de las líneas enemigas, no fueron localizados para ser detenidos o fusilados, sino para ser reutilizados con vistas a una posible nueva guerra, esta vez contra los comunistas. El primero en verse beneficiado por esta medida fue el príncipe Junio Valerio Borghese, el jefe de los Decima MAS, los escuadrones de la muerte de Mussolini, quien no dudó en revelar el nombre de sus agentes para salvarlos. El siguiente fue René Bourguet, secretario general de la policía francesa colaboracionista con los alemanes, que también identificó a los *stay-behind* franceses. Y tras las capitulaciones, se «recuperó» para el servicio activo al general Reinhard Gehlen, jefe del servicio secreto del ejército alemán en el frente Ruso. La organización de Gehlen tiene entre sus miembros a oficiales de inteligencia de las SS como Alfred Seis, Emil Ausburg, Klaus Barbie, Otto von Bolschwing y Otto Skorzeny, el militar que liberó a Mussolini. La cuestión es que muchos de estos agentes han sido enviados a Sudamérica, a la espera de que llegue el momento de ser «reutilizados». Y su infiltración ha sido posible gracias a la ayuda de la Santa Sede.

A esta primera medida, le han seguido otras de carácter no menos preocupante, como la Operación Paperclip, que ha consistido en reclutar científicos nazis especialistas en aeronáutica, en guerra biológica y química, y en investigación nuclear, para trabajar en Estados Unidos. En muchos casos, se falsificaron los expedientes militares de esos científicos para que quedaran libres de toda culpa en los juicios celebrados por tribunales internacionales en suelo alemán después de la guerra.

De modo que, tras dedicar varios años de mi vida a dar con el paradero de peligrosos nazis, he descubierto que muchos de ellos trabajan precisamente para quienes les persiguen, y que viven bajo el amparo de aquellos gobiernos que les combatieron. ¿Acaso puede haber una mayor prueba de cinismo? Me pregunto en qué ha quedado la declaración de Moscú de 1943, según la cual Roosevelt, Churchill y Stalin acordaron solemnemente que los criminales de guerra no iban a escapar de la justicia, porque serían perseguidos hasta los confines de la Tierra y devueltos al escenario de sus crímenes, para ser juzgados por las personas contra las que habían atentado. Todo eso ha resultado una gran mentira. Europa le echó la culpa a Alemania de lo ocurrido, los alemanes a su vez culparon a los nazis, y éstos a Hitler, que está muerto...

La cuestión es que en la actualidad ni siquiera cuento con el beneplácito de «Smith», cuyos miembros están conformes con esta nueva forma de «enfocar las relaciones internacionales».

De modo que me he quedado solo. Sí, José María, me encuentro en un callejón sin salida. He ido demasiado lejos, y temo que pueda costarme la vida. Ayer un hombre preguntó por mí en la recepción del hotel mientras yo me encontraba ausente. Según me dijo el propietario del establecimiento, un húngaro que lleva residiendo en esta región de Austria quince años, la persona que vino a visitarme hablaba un alemán con acento húngaro. Naturalmente, he pensado en Gábor, a quien no he vuelto a ver desde que huimos de Roma. Temo que se sea uno de estos asesinos que ahora trabajan para las potencias aliadas. Por eso he de pedirte un último favor. Quiero que le entregues esta carta a Montse. Es la única persona en la que puedo confiar. Ella sabrá qué hacer con esta información.

Creo que ha llegado el momento de despedirme.

Reitero mis disculpas.

Recibe un fuerte abrazo.

En Innsbruck, a 18 de octubre de 1952.

Smith

2

*N*o sé cuánto tiempo tardé en sobreponerme a aquella lectura, pero tuvo que ser un período tan largo y angustioso como el que lleva surcar todo un océano en plena tempestad. Por mucho que trataba de aferrarme a la barandilla con todas mis fuerzas, cada nueva palabra me zarandeaba con el ímpetu de una violenta ola, así una y otra vez, sílaba a sílaba, palabra a palabra, frase a frase, renglón a renglón, hoja a hoja, hasta que de pronto me vi rodando sin control por la cubierta. Cuando por fin pude recobrar el equilibrio, el cráneo estaba a punto de estallarme como consecuencia de la conmoción emocional, mis mejillas ardían por la humillación, las rodillas me temblaban y el mundo definitivamente había dejado de tener formas y colores discernibles. Tan sólo de vez en cuando alcanzaba a vislumbrar algún relámpago, pequeños destellos de luz que llegaban en oleadas hasta mis ojos trayéndome imágenes del pasado que venían a corroborar las palabras de Junio. Por ejemplo, a Montse y a Junio escenificando que no se conocían en la librería del señor Tasso. Al primer Smith bautizando a Montse con el nombre en clave de «Liberty», mientras que a mí me pedía que fuera yo quien escogiera un alias; es decir, Smith llamó a Montse «Liberty» porque ésta ya existía antes de aquella cita. A Montse contándome la triste historia de su tío Jaime, de su aborto o hablándome de su apasionado romance con un «joven extranjero», que en realidad era Junio. Al padre Sansovino pidiéndome que le informara sobre las actividades del príncipe, y a Smith invitándome a hacer lo propio con el sacerdote, cuando lo que ambos hacían era utilizarme como correo. Incluso reviví los gestos de dolor de Montse después de leer en los periódicos la noticia de la muerte de Junio. Comprendí su aflicción, un llanto profundo y persistente, de esos que empapan el alma, que yo, en mi estulticia, interpreté como un simple desahogo.

A continuación imploré que una gran ola me borrara de la cubierta para siempre. Pero sucedió exactamente lo contrario. La tempestad amainó y de pronto me encontré contemplando cómo el horizonte se ampliaba hasta formar una línea inalcanzable. Al instante supe que tenía por delante años de travesía en los que no encontraría la paz. Cuando todo hubo vuelto a la calma, estaba exhausto, vacío, y tenía ganas de vomitar.

Entonces me di cuenta de que llevaba esperando aquella tormenta mucho tiempo. En realidad, aquella carta contaba lo que mi subconsciente siempre había sospechado y mi yo consciente se había negado a admitir. Una negativa eminentemente práctica, pues a la postre lo único que me importaba de verdad era haber logrado mi propósito de casarme con la mujer que amaba, con independencia de que mi amor fuera o no correspondido.

Diez años antes la carta de Junio me habría destruido, pero ahora las cosas eran distintas. Había aprendido que el sacrificio nace del amor. Y yo estaba dispuesto a sacrificarme con tal de salvar nuestra relación. Como Junio y como Montse, yo también tenía derecho a pensar en mi propia conveniencia.

Durante unos segundos sopesé qué hacer con aquella carta, hasta que decidí no entregársela a Montse. Desde luego, no tomé esa decisión porque no considerase importante la información de Junio, sino inspirado por el amor. Ahora estaba seguro de que mi relación con Montse se sustentaba sobre la base de una gran mentira, y que en consecuencia la verdad podría destruirla. Al menos no creía conveniente poner a Montse en esa encrucijada. Temía que se sintiera libre para dejarme una vez supiera que yo estaba al tanto de sus engaños. De modo que lo mejor era dejar las cosas tal y como estaban, fingir que nada sabía, y esperar a que la herida de mi corazón cicatrizara sin otra ayuda que la de la resignación.

Después de dar por firme la decisión de destruir la carta, salí a la terraza, busqué un tiesto vacío, deposité los papeles en su interior y les prendí fuego con una cerilla. Dos minutos más tarde la carta de Junio se había transformado en un amasijo de papel carbón de consistencia tan liviana que un simple soplido bastaba para que se deshiciera. Cuando finalicé la operación sentí el frío húmedo de la transpiración en mi pecho y en las corvas, como si acabara de realizar un gran esfuerzo.

Luego me senté a esperar a Montse, simulando que todo había vuelto en apariencia a la normalidad. Conecté la radio y puse toda mi atención en las noticias del mediodía, que hablaban de un país en reconstrucción y de un otoño más frío de lo habitual.

Imaginaba que la decepción había dejado alguna huella visible en mi rostro, pero los estragos debían de ser mucho más profundos, pues nada más llegar, Montse me dijo:

—Tienes mala cara.

—El desayuno me ha sentado mal. He vomitado hace media hora —mentí.

—¿Quieres que te hierva un poco de arroz? ¿Te pelo una manzana? —se ofreció.

—No, gracias, voy a hacer ayuno.

—También tienes los párpados hinchados, como si hubieras llorado —observó a continuación.

Era posible que hubiera llorado, pero ni siquiera tenía conciencia de haberlo hecho. Aunque quizá el enrojecimiento de mis ojos era debido a la gran cantidad de tiempo que los había mantenido abiertos, sin pestañear, paralizados por el asombro y la incredulidad.

—Nunca he sabido vomitar, de manera que para lograrlo tengo que realizar un gran esfuerzo. Pero ya me encuentro mejor.

Fui a refrescarme al aseo, y al mirarme en el espejo comprobé que mi rostro reflejaba más tensión que desdicha.

—¿No hueles a quemado? —me preguntó Montse cuando regresé al salón.

Por un momento, tuve la impresión de que trataba de cerrar el cerco, como si sospechara de la verosimilitud de mis explicaciones. Incluso pensé que esperaba la llegada de esa carta, cuyo contenido conocería de antemano.

—He quemado unos papeles en la terraza —reconocí.

—¿Has quemado unos papeles? ¿Qué clase de papeles?

—Papeles viejos.

—Al menos estoy segura de que no eran las cartas que te escribí desde Barcelona —bromeó.

Aproveché aquella concesión para llevar la conversación a mi terreno. Mi propósito era dejar claro que sabía más cosas de las que aparentaba, pero sin delatarme.

—No, eran las cartas que te escribí y que nunca te envié porque no conocía tu dirección.

—No me creo una palabra. Nunca me has hablado de esas cartas. Además, dejamos nuestra dirección en la Academia.

—Digamos que eran cartas escritas para ti cuyo destinatario era yo mismo. No eran cartas escritas para ser enviadas.

—¿Qué decían esas cartas? —se interesó.

—Cosas de las que ahora me avergüenzo. Por eso las he quemado.

—Tú nunca te has avergonzado de manifestar tu amor en público o en privado. Es una de las cosas que siempre me han gustado de ti.

—No me avergüenzo de mis sentimientos, sino del pasado —le repliqué.

—¿Te avergüenzas de tu pasado?

—Así es. Después de releer esas cartas me he dado cuenta de lo pusilánime que he sido. Siempre me he limitado a consignar los hechos, pero nunca he sabido interpretar el componente que tenían de exageración, sorpresa o especulación. Mi pasado ha sido demasiado correcto, si se puede expresar de esa manera.

—¿Y eso te molesta?

—Teniendo en cuenta que el mundo es incorrecto, sí. Mucha gente se ha aprovechado de mí.

—¿Se trata de un reproche encubierto?

No lo era. Simplemente quería darle una satisfacción a mi orgullo herido.

—Te noto extraño —añadió.

—Sólo estoy cansado.

Y era cierto. El dolor me había dejado exhausto, sin capacidad para trazar un plan que fuera más allá de aquella conversación.

Y

El 6 de enero decidimos celebrar la Epifanía, que en Italia había adoptado la figura de una bruja buena llamada Befana. La Befana vestía ropajes raídos, calzaba zapatos en mal estado y viajaba a lomos de una escoba, gracias a la cual podía desplazarse a gran velocidad por el aire, aterrizar en los tejados de las casas y colarse por las chimeneas para dejar regalos a los niños. En Roma, La Befana tenía su centro de operaciones en la Piazza Navona, donde se daban cita desde vendedores ambulantes hasta músicos callejeros.

La lluvia, que había estado cayendo con insistencia durante toda la noche, había remitido con las primeras luces del día, y ahora la humedad traspasaba los huesos más incluso que el frío. De la colina del Gianicolo llegaba la penetrante fragancia de las hojas caídas en contacto con la tierra húmeda. Las enlodadas aguas del Tíber bajaban revueltas, provocando un ensordecedor estruendo al chocar contra los diques de contención de la isla Tiberina, que parecía un barco abocado a la zozobra. Las calles estaban vacías, y eso acrecentaba la sensación de soledad. Montse y yo caminábamos en silencio, con los brazos entrelazados, tratando de captar los matices del invierno como si fuera un desconocido. Por ejemplo, un *sanpietrino* demasiado resbaladizo o una cornisa de la que colgaban carámbanos de aspecto amenazante. Cruzamos la Piazza Farnese, Campo dei fiori y a la altura del Palazzo Braschi, Montse, siguiendo su costumbre, me hizo dar un rodeo para llegar a la Piazza Navona.

Una vez en la plaza, todo cambió de repente: el frío se tornó calor humano; la soledad se transformó en una muchedumbre que palpitaba como un corazón a cada paso; y el silencio en ruido de flautines y cornamusas.

Rápidamente fuimos absorbidos por la multitud, que nos arrastró hasta un grupo de pastores de los Abruzzos, cuya música servía de acompañamiento a una Befana que amedrentaba a los niños con sus visajes y aspavientos:

—*Se qualcuno è stato disubbidiente, troverà carbone, cenere, cipolle e aglio!* —exclamaba a voz en grito.

Pero todos los pequeños habían sido obedientes, y a cambio

recibían chocolates y caramelos. Ese momento suponía la apoteosis de la fiesta, que se repetía con cada nueva tanda de críos. Hacía tiempo que no sentía la felicidad tan cerca, y eso me puso triste.

Lo cierto era que el desastre parecía inminente. Desde que cayera en mis manos la carta de Junio, nuestra relación había empezado a irse a pique, y en esta ocasión ni siquiera yo me había esforzado por achicar agua. La avería parecía irreparable, y era una cuestión de tiempo que tuviéramos que abandonar la embarcación. Una vez diéramos ese paso, el mar, ese abismo líquido regido por corrientes invisibles, se encargaría de separarnos para siempre. Bueno, tal vez había una forma de salvarnos, y era atar los cabos de la verdadera historia, por así decir. Pero no lo hicimos. O mejor dicho, no lo hice. Preferí levantar un muro de silencio.

Pero pese a que no había revelado ningún detalle que pudiera comprometerme, el ánimo no me respondía. Pasaba los días abatido, y mantener una conversación prolongada con Montse alimentaba mi rencor hasta dejarme sin apetito. El hecho de que rechazara la comida y de que mi humor se hubiera vuelto cambiante, alertó a Montse, que pasó a adoptar una actitud defensiva. De modo que podría decirse que ambos manteníamos una postura pasiva, pero al mismo tiempo atenta.

En multitud de ocasiones había estado a punto de confesar la verdad, porque guardar aquel secreto no hacía más que acrecentar en mi interior la sensación de que el pasado estaba más vivo que nunca, pero no encontraba el valor necesario para dar ese paso. Cuando llegaba el momento, el corazón se agitaba dentro de mi pecho, los pulmones se me cerraban y las palabras no brotaban de mi boca.

Luego nos abrimos paso entre una multitud que no paraba de moverse de un lado a otro, y buscamos un puesto de castañas. Compramos un cartucho y nos refugiamos en un anteportal para comerlas a resguardo del frío y de la muchedumbre. Como nos venía pasando últimamente, apenas si habíamos intercambiado unas cuantas palabras. Pero ahora, rodeados de tanto ruido, crecía entre ambos la sensación de las cosas no dichas. Entonces, como si mi subconsciente hubiera tomado por

289

su cuenta y riesgo la decisión de iniciar la ceremonia de liberación, me escuché diciendo las siguientes palabras:

—Los papeles que te dije que había quemado eran en realidad una carta de Junio. Lo sé todo.

Creo que yo mismo puse cara de asombro.

Montse me miró con un profundo desdén antes de decir:

—Tú no sabes nada.

Y acto seguido se arrancó a andar.

La seguí entre la multitud, sorteando obstáculos humanos que apartaba con las manos.

—Tal vez no lo sepa todo, pero sí lo suficiente —añadí.

—¿Eso crees? Ni siquiera si te explicara todo desde el principio, llegarías a entenderme.

—Es probable, pero al menos me serviría para comprender cuál ha sido, o continúa siendo, mi papel en esta impostura. Tal vez unas cuantas explicaciones me servirían para sentirme mejor conmigo mismo.

—¿De verdad crees que se ha tratado de eso, de una impostura? Desde luego he cometido muchos pecados, incluso he matado a una persona, pero el mayor error de mi vida ha sido amar a dos hombres a la vez. ¿Acaso eso no lo explica todo?

Parecía que bailáramos sin rumbo, sin música y, desde luego, sin ningún lirismo, una clase de danza que era la viva representación de las tristes circunstancias que rodeaban nuestra relación: un amor dividido y una vida compartida.

La procesión de transeúntes iba en aumento conforme avanzaba la mañana, y hacía un rato que los rostros de las figuras que se entremezclaban con nosotros habían dejado de tener rasgos definidos. Por momentos, temí perder a Montse, que seguía caminando con decisión por entre aquel laberinto humano, así que apoyé las palmas de mis manos sobre sus hombros y procuré dirigirla hacia aquellas zonas que parecían más vacías.

—Salgamos de aquí. Vayamos a hablar a un lugar más tranquilo —le propuse.

—No me toques.

—Hay una cosa que me intriga. Si la finalidad de la carta era que tú recibieras toda esa información sobre los nazis, ¿por qué iba dirigida a mí? —me interesé.

—¡No lo sé! Pero te aseguro que el plan era otro. Cuando la carta llegara a mis manos, tenía que entregarla a la dirección del Partido Comunista Italiano. Junio me prometió que te mantendría al margen —me respondió.

—De modo que vuestro encuentro en Bellagio no fue fortuito.

—Digamos que aprovechamos la celebración de una convención de bibliotecarios en Como para reunirnos. Junio quería ponerme al día de sus últimos descubrimientos. En realidad, no te mentí cuando te dije que pensaba enviarme cierta información en el supuesto de que su vida corriera peligro.

—Sin embargo, a la hora de la verdad, me envió la carta a mí. Es como si hubiera querido limpiar su conciencia en el último instante —divagué.

—En Bellagio me dijo que cabía la posibilidad de que no volviéramos a vernos, que «Smith» estaba estrechando el cerco en torno a su persona. Entonces pensé que tenía derecho a saber lo que había ocurrido en Barcelona.

—¿Te refieres a tu embarazo y tu posterior aborto?

Montse no respondió. Siguió caminando entre la multitud, sin rumbo.

—Eso explica la reacción de Junio, ¿no te parece? Enviándome a mí la carta, ha querido vengarse de ti —observé.

—No deberías haber quemado esa carta. Lo has estropeado todo. Lo habéis estropeado todo —me reprochó.

Me disponía a defenderme de sus acusaciones, cuando se escuchó un estruendo justo delante de nosotros, una detonación que provocó que la multitud huyera despavorida. Acto seguido, Montse se volvió inesperadamente hacia mí, dejando caer todo el peso de su cuerpo sobre mis brazos. El repentino movimiento me llevó a pensar que se trataba de un gesto de reconciliación, pero inmediatamente me di cuenta de que sus extremidades no oponían ninguna resistencia y vencidas por la gravedad buscaban el suelo.

—¿Qué te ocurre? ¿Te encuentras mal? —le pregunté manteniendo su cuerpo en vilo.

Entonces, en medio de aquella confusión, exclamó con estupor:

291

—¡Gábor! ¡Me ha disparado!

Sentí cómo su pecho se debatía entre estertores, de cuyo centro manaba un hilo de sangre. Traté de taponar la herida con los dedos, y noté cómo su corazón se iba apagando a cada nuevo latido.

Conforme me iba arrodillando para no dejar que su cuerpo se desplomara violentamente sobre el empedrado, volví a enfocar a quienes nos rodeaban. Me di de bruces con un rostro familiar, el rostro de un hombre de ojos azules y fríos que cubría su cabeza con un gorro de cazador con orejeras y barboquejo. Luego el hombre me sonrió durante unos segundos, estiró el brazo y volvió a disparar.

3

Los doctores no pudieron hacer nada por salvar la vida de Montse; conmigo, en cambio, no tuvieron demasiados problemas. El disparo me había atravesado el cuello y provocado numerosos desgarros en músculos y tejidos, pero milagrosamente no me había dañado ninguna arteria. Eso sí, tenía las cuerdas vocales afectadas y no podría hablar en un plazo de dos a tres meses. Mi obligado silencio supuso un grave inconveniente para la policía, que se tuvo que conformar con una declaración por escrito de lo ocurrido. Les conté todo lo que sabía sobre Gábor y sus vínculos con el príncipe Cima Vivarini. He hecho mención a la carta de Junio, aunque no creo que sirva de gran cosa. Después de todo, no recuerdo muchos de los nombres que en ella se mencionaban, ni tampoco los detalles. O mejor dicho, los únicos detalles que recuerdo con nitidez son aquellos que atañían directamente a mi relación con Montse.

Cuando le he preguntado al médico dónde se encontraba el cuerpo sin vida de mi mujer, me ha dicho que transcurrido el plazo de dos días en la morgue, y una vez realizada la autopsia, no había quedado más remedio que darle sepultura cumpliendo con las leyes italianas. A tenor de la gravedad de mi estado durante las primeras cuarenta y ocho horas, en las que había permanecido sedado, la decisión de dónde enterrar a Montse había recaído en sus camaradas del Partido Comunista Italiano. Éstos habían optado por enterrarla en el cementerio protestante de Roma, en una tumba próxima a la de Antonio Gramsci. La decisión me pareció acertada.

Y

Hoy por fin he podido visitar la tumba de Montse. Lo he hecho con un extraño sentimiento que oscilaba entre la culpa y la vergüenza. En cambio, he sido incapaz de derramar una sola lágrima. La lápida, desprovista de todo adorno (aunque cubierta por numerosas coronas de flores procedentes de diversas instituciones públicas y privadas), le confería a la tumba un aspecto anónimo y desangelado. Después de pensarlo durante un buen rato, he ordenado que graben la siguiente inscripción:

Liberty
1917-1953

Luego he ido a sentarme en el banco que hay frente a las tumbas de John Keats y de su fiel amigo, el pintor Severn. De los árboles colgaban carámbanos con forma de lágrimas, y el suelo estaba cubierto por un fino sudario de nieve. Más tarde he sentido cómo el frío aire de enero envolvía mi cuerpo, y he fijado mi atención en los montoncitos de nieve dispersa que enmarcaban algunas tumbas, confiriéndoles un aire romántico. La tristeza que me embargaba ha dado paso de pronto a una extraña sensación de paz. Ahora no me cabe ninguna duda de que la muerte tiene un componente liberador. Sin ella, la vida carecería de simetría, de equilibrio. Por último, he pensado que tal vez Gábor intente de nuevo atentar contra mí. Cabe incluso la posibilidad de que me haya seguido y aparezca en cualquier momento. Si eso ocurriera, no tengo intención de moverme para facilitarle el blanco. De modo que sólo me queda esperar. Pero ¿acaso no es lo que llevo haciendo todo este tiempo? Mi vista ha vuelto a detenerse en la tumba de Keats. Entonces, en mi interior, ha resonado el eco de la voz de Montse cuando un día ya lejano leyó para mí el epitafio del poeta:

Aquí yace uno cuyo nombre fue escrito en el agua.

Agradecimientos

El Mapa del Creador es una obra de ficción. De hecho, el título de la novela proviene de una misteriosa plancha de piedra de una antigüedad indeterminada que se encontró en Dasha, en la región rusa de Bachkire, y que, por presentar las trazas de un mapa en relieve de los Urales, recibió ese nombre. Yo he convertido la piedra de Dasha, pues, en un mapa de papiro y trasladado su origen a otra región del planeta. También he jugado con el tiempo y el espacio, situando la acción de la novela en Roma durante el gobierno de Mussolini. El Mapa del Creador, por tanto, nunca existió.

No obstante, muchos de los personajes que transitan por las páginas de esta novela son reales. Ése es el caso de don José Olarra, cuya personalidad he perfilado siguiendo los documentos que obran en poder del Ministerio de Asuntos Exteriores de España, y en la obra de Juan María Montijano *La Academia de España en Roma,* que narra la historia de la institución desde sus orígenes. Si se le acusa de delator es porque así consta en dichos documentos. Asimismo, he procurado ser lo más fiel posible a los acontecimientos históricos que se narran en la novela, reproduciendo situaciones y diálogos reales. Desde luego, no resulta fácil hablar de un período de la historia tan complejo como el que abarcó la guerra civil española primero y más tarde la segunda guerra mundial. Para lograrlo, me he servido de la ayuda de numerosos tratados, crónicas políticas o ensayos históricos. De entre éstos, me gustaría resaltar la obra titulada *Los cien últimos días de Berlín,* de Antonio Ansuátegui, un estudiante de ingeniería de caminos alumno de la Universidad Técnica de Charlottenburgo. El mérito del señor Ansuátegui fue que llegó a Berlín en 1943, cuando la segunda guerra mundial estaba en su apogeo. Gracias a su testimonio, pude hacerme una idea más exacta de cómo era la vida en la capital alemana en el otoño de 1943 y el invierno de 1944, cuando se intensificaron los ataques aéreos de la aviación aliada. Desgraciadamente, su libro está descatalogado desde el año 1973 (cuando se publicó por última vez en México), y que yo sepa sólo existen tres ejemplares en la Biblioteca Nacional de Madrid. Otra obra que me ha servido como guía ha sido el ensayo de Robert Katz *La batalla de Roma: los nazis, los aliados, los partisanos y el Papa (septiembre 1943-junio de 1944)*. Un libro riguroso y ameno que narra la ocupación alemana de la capital italiana y los intentos aliados por liberarla del yugo nazi. Los personajes del coronel de las SS Eugen Dollmann y del paramilitar fascista Pietro Koch, ambos reales, no hubieran podido aparecer tal y como lo hacen en esta novela sin los apuntes y comentarios que sobre ellos hace el señor Katz en su libro. También me gustaría mencionar el magnífico estudio de Eric Frattini titulado *La Santa Alianza: cinco siglos de espionaje vaticano*. Sin su lectura, me hubiera resultado imposible llegar a comprender el papel de Pío XII en relación a los nazis y a la «cuestión» judía, y la intervención de la Santa Alianza, es decir, de los Servicios Secretos del Estado Vaticano, en los acontecimientos que tuvieron lugar antes de la guerra, durante y una vez finalizada la misma. Gracias a esta obra he podido incluir en mi novela a personajes tan controvertidos y al mismo tiempo tan enigmáticos como Nicolás Estorzi y Taras Borodajkewycz, dos afamados espías con vinculaciones con la Santa Sede, que actuaron en la Roma previa a la segunda guerra mundial. En una novela de espionaje, y ésta pretende serlo, era necesaria la intervención de personajes de identidad dudosa y comportamiento nada claro.

Desde mediados de la década de los setenta del pasado siglo, se sabe que Martín Bormann, el secretario personal de Adolf Hitler, murió en su huida del búnker del Führer. Al menos así lo demostraron los análisis efectuados a una calavera anónima, pero de la que se pensaba que podía pertenecer a un alto jerarca nazi. En la novela, por el contrario, se da por hecho que Bormann logró huir y ponerse a salvo en Sudamérica. La equivocación en la que incurre el personaje es responsabilidad del autor de esta novela. Este error no invalida la decisiva intervención de la Santa Sede en la huida de famosos nazis (no sólo alemanes, sino también croatas, húngaros y de otras nacionalidades) a países como España, Argentina, Paraguay o Bolivia.

Para terminar, quisiera extender mi agradecimiento a la Academia de España en Roma, que me acogió como becario en el año 2004, pues fue entre sus viejos muros donde nació y creció esta historia.

Este libro utiliza el tipo Aldus, que toma su nombre
del vanguardista impresor del Renacimiento
italiano, Aldus Manutius. Hermann Zapf
diseñó el tipo Aldus para la imprenta
Stempel en 1954, como una réplica
más ligera y elegante del
popular tipo
Palatino

* * *

* *

*

El Mapa del Creador se acabó de
imprimir en un día de verano de 2006,
en los talleres gráficos de Egedsa,
Rois de Corella, 12-16, nave 1,
08205 Sabadell
(Barcelona)

* * *

* *

*